林夢雲
勇而不中禮，謂之逆
逆
林夢雲

出版緣起

「長篇小說創作發表專案」作品出版（二〇二〇年）

國家文化藝術基金會董事長

林曼麗

國藝會多年來致力關注藝文生態發展及需求，營造有利文化藝術工作者的展演環境，辦理常態補助，支持各藝術領域創作，並將資源用在刀口上、推動具前瞻性、倡議性、符合時代發展的專案補助。

本專案啟動於二〇〇三年，以「支持創作、穩固藝文生態」為核心，從創作、出版到推廣的「一條龍」概念進行補助。截至二〇一九年，已舉辦十七屆徵選，補助六十三部原創計畫，出版三十七部著作。其中多部是作家的第一部長篇小說創作，也不乏獲得國內外獎項肯定、外譯發行海外版權者，可謂成效卓著。

除了補助政策的有效推動，也期待透過各種方式，讓藝術發揮更大影響力，與社會大眾產生更多連結，達到「Arts to Everyone」的目標。藉由「藝企平台」的推動，鼓勵企業參與藝文，擴大有限資源，支持台灣原創作品，「和碩聯合科技股份有限公司」從二〇一三年持續贊助本專案；我們也從「協作」的思考出發，在二〇一七年推動「小說青年培養皿」，結合教學現場、深耕校園，培養讀者，也培育未來的創作者。更在二〇一八年建置「長篇小說專題資料庫」提供各界研究及運用，二〇一九年舉辦「長篇小說跨領域論壇」，促進學者及業界的跨領域對話，創造作品更大的產值與價值。

本次出版作品《逆》，是作家林剪雲「叛之三部曲」的第二部，書寫一九五九年八七水災和一九八九年莎拉颱風之間三十年，從戒嚴至解嚴時期，在台灣所發生的時代故事。剪雲女士現居屏東，於高中任教，教學之餘不忘創作，曾獲得新聞局優良電影劇本獎、教育部文藝創作獎、新台灣和平基金會長篇歷史小說獎。她身兼中學教師與小說家的雙重身分，相信更能促動不同世代讀者的歷史關懷，願意主動探索、回望台灣記憶。

國藝會今年邁入二十五周年，未來將持續成為藝術家創造夢想的堅實後盾，也期待在既有基礎上持續擴大與深化，提供更豐富與多元的助力，讓好作品能被發掘新價值，並活絡整體環境，讓土壤肥沃，滋育藝文產業。

最後，要向本書的編輯製作團隊及所有參與者，表達最誠摯的謝意！

目次

推薦序：

流淌在心靈的河

——讀《逆》初論林剪雲

吳錦發

1.

在三島由紀夫的著名評論《林房雄論》中，三島由紀夫起筆竟寫認識林房雄的經過，以及他和林房雄談話的感受，甚至談了林房雄說話的獨特方式。

三島由紀夫的評，開頭如此不客觀，並不是一般日本文壇評論的標準格式，但三島一出手，讓所有文評家嚇一跳，他們看到了三島在小說寫作之外，另外閃閃發光的天才——評論。

原來三島談和林房雄結識經過並非為了套交情，而是先讓讀者明白，林房雄這個人談話的方式和他小說語言形式上的關係，林房雄談話方式綿密抽象，一句話轉幾個折的，所以，他的小說語言也常拉長句，話中有話，抽象而不易明白。

我個人對此感受頗深，我初讀七等生小說，對他喜用長句、呢呢喃喃唸經式的句子很不耐煩，但後來和陌上桑一起和七等生見了面，喝了酒，赫！七等生喝酒時講話也如他小說語言一般，黏黏膩膩，前言拖著後語，不仔細，根本難以明白他在說甚麼，好像有些哲理但又抽象得很。

文學作家的「作品」就是作家生活的「倒影」。

最顯著的例子就是大江健三郎，他的文學語言是粉碎的，他起初寫作時文學語言清晰率直；影響他文風大變的是：他智能有障礙的兒子。有一天，大江竟然發現他兒子會講完整的話，而且會彈琴了，大受震撼，心想：「那麼，我兒子過去不講話的日子，他心思是如何流動的？語言的意義，順序意義在哪？」

如此思維下去，他終於發展出「大江健三郎式語言」。不明白這些，就不會明白大江健三郎破碎語言底下的意識流動。

因此，怎樣呢？當然，我第一次見到林剪雲及和她談話的印象，就和弄懂她的文學，不會沒有關係。

2.

一九八五年我在台中晨星出版社出版了第一本散文集，接著陸續出版了幾本小說，並為晨星編撰了第一本台灣原住民小說選。

林剪雲也在那兒出版了小說，因為書背照片，林剪雲貌似原住民，我問了出版社老闆陳銘民：「林剪雲是台灣原住民嗎？」陳老闆說：「好像是。」「那你介紹她和我認識好不好？」

我絕不是如井原西鶴的《好色一代男》。那時，我渴望看到台灣原住民第一位女作家出現。

但我終究沒見到她。見到她要直到我任職屏東縣文化處了。

我讀了她在晨星出版的小說集《我的學生秀蘭》，印象深刻，直覺她很會說故事，我喜歡會說故事的小說家如黃春明。

林剪雲的小說似乎在市場上很有賣點，當時正巧我在晨星出版了一本自己很得意的短篇小說集《台灣無用人》，這本小說果然很無用，一版也沒賣完。

陳銘民希望我改用筆名，「為甚麼？」「吳錦發，阿發仔，太土了，林剪雲這名字比較夢幻！」

靠！我行不改名坐不改姓，沒改！後來《春秋茶室》、《秋菊》還是賣了六、七版。

我在屏東文化處長任內，首次見到了「夢中已久的原住民公主」，根本不是台灣原住民；而且是外省仔！首次談話，赫！果然如小說中人物的語言，直率坦白，後來更明白，偶爾還很「赤」！

3.

回來談三島由紀夫。

一九六〇年秋天，三島由紀夫出版了小說《宴後》，這篇小說是以戰前外務官僚有田八郎在一九五九年四月以社會黨候選人二度參選東京都知事落選為背景，也寫到了他的再婚對象，原情人高級料亭「般若苑」的女老闆，描寫他們黃昏之戀及男女性和政治糾葛的社會小說。

《宴後》出版，有田八郎到法院告了三島，指控三島醜化他，侵害「隱私權」。有田八郎還在法庭上痛罵三島，公然說：「以我為原型而寫的小說，若是鷗外或漱石等作家姑且算了，不過卻是不值得矚目的三流作家。」

赫！「三流作家」寫他，所以要告，如果是森鷗外、夏目漱石一流作家也就算了！我終於明白，多年前，我也因寫小說差點被告，原來我是「三流作家」。但三島由紀夫寫《宴後》時已是閃亮的新星，備受期待的文壇新銳了！

我在屏東見了林剪雲的面，後來她出版了《恆春女兒紅》，覺得她向前進了一大步，接著她出版了叛之三部曲的首部曲《忤》，以萬丹某家族為故事背景，我發現她又往前進了一大步，無論文字、情節、架構、視野，野心都已顯示大家氣勢。

見了她的面，當眾誇了她一番，她卻露出憂心的面容；「人家揚言要告我呢！說我扭曲侮辱他們家族。」

我哈哈大笑：「恭喜妳！」她可能至今以為我戲謔她吧？她一定沒聽過三島由紀夫被告之事。

三島被告案，案子未結案。有田八郎先過世了，案子只好終結。

不久，三島成為全國大作家，後來成為國際級一流作家。

文學是由文字構成的藝術。

文字是有重量，有速度，有顏色，有味道，有觸覺的東西。

這只有文學家能敏銳地察覺，反之不察覺的人，永遠成不了好作家。

文學，尤其是小說，如一條河，長篇小說更是如此。

從重山之中出谷，瀑布，溪流，小湖泊，匯流，到最後出大海，各種河流有各種河川風貌，因地貌，風水特質不同而不同。

文學亦是如此。

有人如涓涓細河，婉約彎曲；有人則浩浩蕩蕩黃河之水天上來，入海之前，平闊無邊。前者如樋口一葉；後者如蕭洛霍夫、托爾斯泰。

但不管哪種河流，如果平直流暢，不彎不曲，直洩而下灌入大海，誰會喜歡這種河流？

即便沙水各半，流起來如鼻涕，也承載更多沉重心事頗有可觀啊！七等生的《沙河悲歌》不就是如此？

林剪雲擅於說故事，會說故事的好手，一如一條彎曲多變的河，處處埋伏，語言忽起忽伏，吊足聽者（讀者）胃口，才在讀者醍醐之際，故事走到尾聲。

而這一切根基在語氣掌握（文字掌握）。

林剪雲善於掌握語言，尤其到三部曲《忤》及這集《逆》出現之後。她的無可取代的「文學河流」出現了，正如寫出《假面的告白》後，三島終於走出森鷗外的影子，成為堂堂皇皇的「三島之河」。

4.

如果說「文字是小說的靈魂」，那麼小說的地理風物背景就是靈魂的「載具」。

在小說中，從未有為寫景而寫景的事，它不像散文，隨筆，小說的寫景是為小說的心理流動及象徵、隱喻而刻劃的。

我到過蕭洛霍夫《靜靜的頓河》的所在地，哥薩克草原的頓河區，敞敞大河，浩浩蕩蕩，在蕭洛霍夫《靜靜的頓河》數百萬字長的小說中，頓河的景物描寫重覆出現好幾十次，沒有一次的頓河景物描寫是一樣的。

隨著哥薩克民族兄弟內戰，白軍、紅軍兄弟相殘，戰爭前，戰爭中，及戰爭後，哥薩克老人把戰死的不同立場的哥薩克戰士的屍體收埋時，頓河的景物描寫，都使人震撼，或晴或雨或陰霾，或暗雷閃電的河面，沒有一次是相同的，偉大的蕭洛霍夫，偉大的哥薩克，偉大的頓河。

寫景是寫作家內心的掙扎，歡愉和絕望，哀傷和期待！沒有場景描寫，小說便失去內理，如果莫名其妙跳去寫景，為寫景而寫景就是累贅，敗筆。

5.

林剪雲擅長說故事，而謹慎明瞭故事場景的聯結性是她傑出的地方，尤其在她寫《恆春女兒紅》、《忤》、《逆》三部長篇之後。

令我刮目的開始是她寫《恆春女兒紅》，把恆春地貌風景，人物語言，落山風……各種恆春的獨特性寫得絲絲入扣，纖毫具現，恆春的「地理場所」、「心理場所」經她一寫，已成為如鍾理和之美濃，鍾肇政之插天山及李喬的蕃仔林，在這部《恆春女兒紅》中，已出現「林剪雲式的恆春半島」，尤其是她描寫「颱風夜的恆春」，簡直如烙鐵烙在牛犢身上，那牛犢已成她家的啦，搶也搶不走了。

到了寫《忤》，她又搶去了萬丹，把萬丹李家附近的風景，街景，戲院……全變成她「林剪雲的了」。

難怪她被人家告，人家宅院，興衰起落，人物一言一行，一咳嗽，一嘆息，妳全佔去了啦，比真實還真實。

尤其是那高屏鐵橋，車通過時的隆隆聲，連同鄉愁，橋下的溪流變化，那也是我及屏東很多鄉民夢境中的一部分啊！林剪雲全用一支筆搶去了，告妳，三流作家（其實是忌妒啦！）還回來！

在她筆下，鐵橋聲，流水聲，景象變化，她的《忤》的故事全起來了，不只人物，那已成了一個「大象徵」，一個令人驚訝不斷的隱喻！

要告她的人，到底要告甚麼？她的夢境和我們的夢境嗎？你家族再大，勢力再大，都是人間世事演替的「配角」，來來去去的人生，甚麼大富大貴，販夫走卒，全成了她筆下故事的「路人甲」、「路人乙」，隨時可以換角！

高屏溪比頓河小得多，三部曲比蕭洛霍夫數百萬字篇幅無法相比，但哥薩克草原沒有高屏溪，沒有高屏溪鐵橋，沒有鐵路便當，沒有萬丹紅豆餅，高屏鐵橋的火車格達、格達聲是我們的夢境。

6.

人物與情節是月亮的陰與陽，是文學的天與地。

小說構思經常是情節先行，故事架構好，舞台搭好然後人物上場了；這是讀者的想當然爾。

但事實上，在寫作者的世界，往往並非如此，甚至，有時還顛倒過來。

是一些人物一直鮮明留在創作者腦海中，然後，關於這個人相關的情節浮上來了；一個人浮上來，兩個人浮上來，一群人浮上來，人碰人碰出火花，原來不相關的事，或者很多小事，發生了化學變化，然後「科學怪人」般，一通電他們全活了起來；他們一活起來，你（妳）就沒輒了，他（她）們有他們的歷史、個性、喜怒、哀樂，創作者只能隨他（她）們一起往前走了，有時他們演完戲，走人了，作者還陷入他（她）們創作的感情泥淖中，久久難以自拔。

7.

《恆春女兒紅》中的優秀女狀元莉莉，堅強的瑞穗，削甘蔗，過生活不奇怪，為了生存，刀、鍋、勺子一拿，辦桌女大廚出現了，你如何想像這種「恆春婦人家」，她們不在戰場，但她們在生活上卻猛過「楊家女將」。我寧可看恆春瑞穗也比佘太君有意思，因為她更像活生生的人，有這種《女人們》，《卡拉馬助夫兄弟們》全成了《恆春的瑞穗們》，情節怎麼演都精彩。

然後，《忤》出現了，李仲義家族文質彬彬，深受日本教育、教會薰陶的瓷器人物出現了，瓷器有瓷器的故事，磚瓦有磚瓦的情節。

最後，故事來到本書《逆》，韌性的林素淨，另外，一九四六年來自福建的泉州人，來到台灣的「外省人不認的外省人」「台灣人不認的台灣人」，寄居在萬丹沒落大家族豪院廢樓中間，如陰溝老鼠、蟑螂般堅韌活著，萬丹的舊戲院，名字美如天堂內部墮落如索多瑪城的「水色酒家」；「哥哥」、「家安」、「革命愛人B」，跌宕起伏，令人屏氣、嘆息、喜悅、掙扎……一群人把讀者層層圍住，書一打開，就陷入了圍城。

以一列火車南下找昔日情人，穿插回憶，穿來穿去，又巧妙地安排在颱風天出發，七等生《沙河悲歌》寫到接不起來就來一段「沙河潺潺流過……」；或劉家昌的電影，接不起來就用一手空境流行歌接回去，《逆》好看多了，巧妙多了，林剪雲向天借來「颱風」，比孔明「借東風」還聰明，更貼近台灣人讀者的心。

《逆》由掙扎的蟑螂之地，到出走，漂浪西東（台北，高雄），再由神諭，尋找迦南地，碰約書亞，還好她把「約書亞」變成「都輸爺」，悲愴中留下縈繞餘香……。好看，爽，《逆》……欲知後事，再看續集最終曲。

8

若說《恆春女兒紅》創造了屏東恆春不可思議女性「瑞穗」，那《逆》最動人的絕不是「許信良」、「余登發」而是那個「不是老芋仔的老芋仔」，林素淨的爸爸，補鼎、補傘、當酒家清潔工，為一家活存下去，而拚到生命之汁被壓榨到一滴不剩的「阿爸」，偉大的「老芋仔」，偉大的「不是老芋啊」，不是台灣人卻和堅強老台灣人留下同樣一個龐大的影子，他是一種鮮明的象徵。

「人」這個字，是漢字極簡單的一個字，只有兩畫，但這兩畫卻一定得頂著天地，站著，才成一個「人」字，《逆》是一本非常好看的書，但也是描寫一個卑微的人如何站在天地之中，成為「人」的聖事。

小談林剪雲的《逆》，這裡當然也有我的倒影。

我唯一不贊成的是「淚水」太多，如果是我，最傷心時，我都只描寫到「滴下一滴眼淚」便收住了。但那就成了「吳錦發式的河」，而不是「林剪雲style的婉約之河」了，是為之序。

＊本文作者吳錦發先生，曾任屏東縣文化處長，著有《春秋茶室》、《人間三步》、《妻的容顏》等小說、散文、詩、政治評論十多部。

推薦序：時代之傷
——論《逆》的少女逆反、自我追尋與時代傷痕

唐毓麗

小說到底紀錄的是個人的記憶，還是時代的氛圍？刻畫的是個人的悲喜痛楚？還是族群的集體哀傷？小說到底是記憶與寫實的存在物？還是經布局虛構後喚起美的想望的美學對象？小說到底意在保存所有的歷史年輪與軌跡？還是從紀實出發飛越到虛構，旨在洞穿生命的本質？一個小說家如何想像作品與她的關係，是無可迴避的肖像畫與紀傳體？還是冷凝的利用角色扮演來言志載道，指涉小說內外複雜的符碼關係與象徵意義？小說如何利用書寫洞穴的黑暗，讓讀者看見光明的可能性？這一串疑問，彷彿都在《逆》的兩條故事線中，做了最清楚的回聲。

《逆》延續了首部曲「觸忤當死」的震撼，繼續鑿開「勇而不中禮」的陰鬱歷史，以痛惜與悲懷敘寫南方移民林家的內心創傷，融合了林剪雲長久以來對女性主體、封建體制、家庭恩怨、男尊女卑性別文化的關注，更聚焦在受政治力量波及影響的師友、愛人陸續「死亡」、「失蹤」的創痛，回首台灣母親的創傷。這樣一部飽含生命苦痛和悼念國殤的作品，帶著頑強

的叛逆姿態，從多角度展現小說豐富的內涵。

一、時代之傷：小說的逆反

屏東作家林剪雲在「叛」之首部曲，即選取了萬丹鼎昌商號作為故事的起點，白玉茗失去兩個心愛的男人，明顯與二二八事變和廖文毅事件攸關，小說巧妙的將個人歷史與國族歷史進行了巧妙的綰合，讀者早已驚詫作家在繫連個人小歷史和國族巨型歷史的細膩程度，已到了爐火純青的地步，更讓私人即政治的性別政治議題浮上歷史地表。「叛」三部曲的創發，即呈現台灣文壇中長期以來被忽視邊陲（南方／女性／庶民）的聲音和存在。《逆》相較於其他歷史素材的小說取材特殊，小說透過南北並置的觀點（相較於單一的北部視角或南部視角）、女性觀點（相較於單一的男性視角）與庶民觀點（以底層勞工家庭出身，相較於中產階級）、泉州觀點（被視為既非外省也非本省族群）、雙性戀的探索觀點（相較於固定不變的異性戀視角）、政治觀點（不迴避中壢事件和美麗島事件）都呈現了多元且矛盾的聲音，讓那些不能被定位、概念化、簡化的身分傾向與歷史觀點，有了重新被述說的可能性，而呈現了豐富的景致。《逆》以叛逆的書名作為象徵，既融匯成長小說青澀的情慾探索，又融進複雜的國族意識，流露作家最強烈的抵抗意識和政治關懷。《逆》的叛逆精神，絕不容小覷。

《逆》的敘事結構，是經過巧妙布局的雙軌結構，順著兩條故事線向前推進，將讀者帶進狂風暴雨、煙霧瀰漫的浩瀚歲月。一條是現在進行式的敘事，充滿懸疑性；讓已婚的林素淨，在美麗島事件發生十年後的一九八九年，當颱風肆虐、余登發離奇死亡當天，一心一意追蹤B的下落。而B到底是誰？為何喚起素淨痛徹心扉的感覺？則引起了不少的懸念，誘引著讀者的好奇心與無限想像。

《逆》的另一條故事線則透過倒帶的方式，回溯林素淨童年至師範學院就讀的生涯。這些閃回的片段明顯銜接上《忤》的內容，集中描述林伯仲與阿葉幸運逃過二二八事件的攻擊後，把他鄉當作故鄉，生養了四個兒女，也展開了勞工階層最貧困無助的打拚生活。在一九五七年誕生的幼女素淨，原是個稚氣未脫的孩子，卻在成長過程中，幾乎成為家人、友人和教官口中的逆女。此條故事線一路追蹤素淨的冒險經歷，尋求認同、尋找自己、尋找愛情的過程中，她差點捲進了美麗島事件的風暴中，時序指涉約從一九五七—一九七九前後約二十年時光，從八七水災追溯起點點滴滴的回憶，橫越一九七七年中壢事件到一九七九年美麗島事件爆發。雙軸線的敘事時而平行，時而交錯，時而詰問，時而補充，時而對位，時而對望。整部小說時間跨度正好綿延長達三十年左右（一九五八年八七水災到一九八九年莎拉颱風侵襲）。漫長的歲月中，既交代素淨為何對B有如此深切的懷念與擔憂，也重現了台灣白色恐怖時間最陰鬱黑暗的恐怖氛圍。

林剪雲在小說中，透過第三人稱敘事者及林素淨的侷限視野，再現林伯仲一家的移民生活、國民黨壓迫的情境和素淨強烈的遺民處境，《逆》的視野和場域擴張顯然比《忤》更為宏偉。《逆》讓塵封已久的歷史檔案終於解禁，還原了中壢事件、美麗島事件發生時混亂的局面和背後陰謀，讓暴政屠殺的幽靈浮出歷史地表，側寫國民黨這樣的威權怪獸，如何透過可怕的鎮暴、追捕和屠殺，戕害台灣子民。受到叛逆精神感召的女學生，從此不再乖順。

二、不願意地被死亡①，威權體制下的失蹤者

作者花了許多篇幅描述台灣在威權政治的宰制下，形成了何種獨特的國家景觀。小說完整描述在國民黨獨裁統治下，以最嚴密的懲罰機制圍堵，防止人民涉及「外患內亂」罪惡，也讓整部小說佈滿了禁錮陰沉的黑色氛圍，鬼影幢幢的幽靈，就是這個黑色時代最好也最具象徵性的隱喻。

胡淑雯、童偉格編著《台灣白色恐怖小說選》中，童偉格在序言明言：「國家對抗的主要敵人，正是國家自製的『全民公敵』」，點破了國民黨白色恐怖的治理原則，其實就是對假想敵人、國民公敵的全面監控；並透過連坐懲治或密告獎勵的設計，利用系統化的方式轉嫁給國民全體，將所有人都牽制在一個共犯結構裡相互偵防、相互監視。於是可知，白色恐怖本身，是一種臨場摧毀真實的強虛構。②也可以說，「每一道儼然法治化的程序，事實上，都反證了統治者，是以絕不受任何程序節制的法外權威，來遂行制度化的迫害，更簡單來說：白色恐怖的法治核心，正是絕對人治」。③執政者總是信誓旦旦地宣揚，國家為了追求國家安定、穩定秩序，施行的連坐懲治或密告獎勵是必要的惡，但警備總部的懲治或獎勵，卻沒有任何一點符

合公平正義的原則，正是白色恐怖時期所虛構出最荒謬的謊言。

警備總部每次出現在眾人的口中，總像是斷人性命的巨型怪獸，讓人心生畏懼。更讓讀者怵目驚心的，應是作者細細書寫素淨成長過程之中，身邊的人包括鄰居哥哥、公民老師、導師的丈夫、劉國忠、邱生存的消失或死亡的變異吧。他們都到哪去了，始終成為壓在素淨心底最無解的困惑。《逆》除了譴責威權體制的鎮壓，小說家亦將關注點投向最複雜難解的歷史責任時，人們習於將宰制者／加害者和受宰制者／被害者對立，並與惡／善價值進行連結，正陷入歷史詮釋最大的盲點。《逆》以寂然無聲的方式提醒讀者，很多時候，人們也可能成為助紂為虐、為虎作倀的加害者，但人們可能對自己的罪狀毫不知情，就如素淨的告密。人們在陳映真〈鈴鐺花〉、郭松棻〈月印〉、施明正〈喝尿者〉、李喬〈告密者〉或萬仁《超級大國民》、徐漢強《返校》等描繪白色恐怖的文本中，看到執政者打擊罪犯的處置手段，正從密告開始，啟動了後續一系列的逮捕、偵訊、懲罰的連鎖效應。《逆》重述這些因不知情而密告的情節，更可發現這些文本揭櫫的歷史真實，不只是執政者的殘暴，更是為數頗多的大眾的平淺罪惡、無知行動，所造成的最終結果。

小說中重複發生幾樁失蹤／死亡事件，都在林素淨心裡留下巨大的陰影，透過命運的重複與平行發展，小說再次詮釋了「不自願地被出生，不自願地被死亡」，台灣人民「不自願」的身不由己，就是最大悲劇。作者重塑白色恐怖時期這段陰暗的歷史，佈滿了彈痕和死傷、痛楚和傷疤，已造成巨大的國殤和創痕。

三、後遺民的困惑

王德威在《後遺民寫作》提醒人們：「每一次的政治裂變，反而更延續並複雜化遺民的身分以及詮釋方式」。④從泉州遷移到台灣的伯仲，是典型的移民第一代，因經歷過二二八事件的腥風血雨，讓他對於政治有更多的戒心和忌憚。他棲居在萬丹，卻與其他族裔存在極大的差異，而沾染了遺民的色彩。《後遺民寫作》觀察流離來台人士的處境與心境，展開殖民、移民與遺民三軌參差對照的思考理路。以此觀察《逆》，聚焦在泉州第二代的素淨身上，其「遺民」的感受更強，凸顯本省人以族群本位主義自居高尚，或外省人以族群優位主義自居正義，都可以看到各族群間接觸時難以避免的矛盾或侷限。《逆》表現了身分認同的建構性，更帶入情慾與暴力糾葛的複雜性、混合性和曖昧性，跳脫以往外省作家關注的面向。

首先，《逆》體現了威權體制的殖民性與壓迫性。受身分的囿限，很少外省作家，透過後殖民的觀點重述一九七七—一九七九年的兩大政治事件的原委。林剪雲以虛實之筆交錯重述兩大歷史事件，定是寄寓鑑古知今、學史明智，顯示積極介入歷史論述的態度，企求重新「還原」「歷史的真相」。《逆》也體現了濃厚的移民性。泉州人因來自中國福建，被鄉親認為是外省人；卻因操持閩南語，又不被外省族裔認為是外省人，「不能肯定自己是中國人不能認同自己是台灣人」，這種既非本省又非外省的身分，就落得裡外不是人、雙面不討好的狀況。從小到大，林素淨處處受到「排外」、不平等的待遇，受挫的心，更是與時俱增。

林剪雲在《逆》中不但體現了移民性，也質疑了中國民族主義和福佬沙文主義的強勢，對身分認同進行大規模的思考；體現了「移民」不移、「長住」「遺留」下來的「遺民性」、「遺失」和「遺棄」的「遺民性」，動搖了外省族裔與意識形態僵固合一的限制和綑綁，選取了外省人角度，觀察一九七七年的中壢事件和一九七九的美麗島事件，體現了近似於本省籍作家創作歷史小說所採取的後殖民觀點，而不是外省小說家創作歷史小說習於採取的後現代觀點；⑤書寫外省族群的生命經歷和生活現場，也和白先勇、朱天心、袁瓊瓊、蘇偉貞等作品主題不太相同，不再描述思念故土、憂傷眷村、追懷前朝、懷古念舊、憑弔文化或縫綴鄉愁，反而從「擺落中國記憶和文化傳承」，展現一股立足台灣、凝視歷史之後，傷懷「被他人排斥到認識自己」的遺民心態，林素淨顯示了第二代遺民最複雜的人格特徵。

四、結論：離開洞穴，探索自我與台灣

作家林剪雲書寫「台灣少女林素淨」的成長小說，筆觸是古雅的、細膩的、抒情的。小說流利地交錯了閩南語和國語，以最生猛張揚的閩南語和精細典雅的國語模擬最生動的人物聲口，體現多音併陳、眾聲喧嘩最真實的成長場景與歷史躁動；從「始戲」、「荳蔻」、「及笄」、「二八」、「破瓜」、「花樣」、「妙齡」、「候梅」與「待續」，一路追蹤林素淨從小到大不得不叛逆的成長過程，也刻畫了台灣在戒嚴時期威權體制隻手遮天的政治暗殺和血腥

暴力。作家聚焦在一九五七—一九八九年自有特殊的意義，這是台灣從戒嚴走向解嚴的關鍵時期，從靜態到動態，民眾的街頭運動開始如火如荼地展開，抵抗壓迫的民主運動持續在街頭進行著永恆的抗爭，而意外死亡和謀殺的揣測始終未被證實。

作者追溯少女的成長經歷，花了不少篇幅形塑素淨離開家庭／家鄉／屏東的決定，而離家的行動，似乎也象徵離開柏拉圖（Plato）的洞穴一般。她的身分認同、情愛關係、家國想像、終極價值都因離鄉出走之後，失去了穩定的座標，開始產生了巨大的徬徨和變動；也因巨大的徬徨，讓她有了更實際的追尋行動，而對家國城邦有了更完整的詮釋：「不想成為別人眼中的怪胎，但是無法擺脫自己被關在沒有門沒有窗的黑暗中的苦悶。苦悶，也讓她開始質疑生命的本質人生的意義，她甚至連免於恐懼的生活都不可及，現實世界如此荒誕、殘暴」。為了尋找免於恐懼和死亡的自由，為了尋找光明，她追隨著邱生存的足跡，推開了那道禁錮民主的大門，走自己的路。

如何評議這部小說的價值呢？小說除了呈現對威權政治的批判，流露鮮明的抵抗精神之外，這個作品最深邃的部分，就是透過這些人物生動地演繹，所謂「白色恐怖」不單只是一個名詞，更是指涉了台灣民眾所經歷過的共同痛苦與身心傷痕，恐怖之心無處不在。死亡與失蹤如影隨形，加害者與被害者如此難辨，善惡與獎懲混淆，人性與戒律撩亂，集體禁制壓抑了個人情愛，個人情愛失去了完全自由，而民主的自由又奉獻給無私的愛情。這部小說以最純真的愛情，去守護了剝離破碎的心，以愛情療癒了世間的不完美。

雖然，《逆》透過素淨的遭遇輾轉告訴讀者，離開洞穴，不一定會得到幸福；但是，離開洞穴，年深月久，人們一定會對自己的人生得到更清醒的認識。「孩子害怕黑暗，情有可原；人生真正的悲劇，是成人害怕光明」。柏拉圖的寓言，放置在任何時代都是一盞明燈。

＊本文作者唐毓麗女士，為高雄師範大學國文系副教授。

1 「不願意地被出生，不願意地被死亡」，此為白萩知名詩作〈天空〉的詩句，指台灣人民無法自主的命運。
2 童偉格：〈空白及其景深〉收錄自胡淑雯、童偉格主編《讓過去成為此刻：台灣白色恐怖小說選卷三國家從來不請問》（台北：春山出版社，二〇二〇），頁十四—十五。
3 童偉格：〈空白及其景深〉收錄自胡淑雯、童偉格主編《讓過去成為此刻：台灣白色恐怖小說選卷三國家從來不請問》，頁十四。
4 王德威：《後遺民寫作》（台北：麥田出版社，二〇〇七），頁六。
5 陳建忠：〈後現代的後遺民書寫：論台灣「外省第二代」作家的「新歷史小說」〉《台灣文學的感覺結構》（南投，暨南大學中語系出版：二〇一五），頁二七〇—二七一。

推薦序：

美麗島為何成為「鬼島」？

——讀林剪雲《逆》台灣人的精神逆旅

廖淑芳

《逆》是林剪雲「叛之三部曲」歷史小說系列中的第二部。繼承《忤》的空間地景，同樣以屏東「萬丹」作為故事核心場址，同樣經由小女子被無端捲入政治事件之中的無辜與驚惶，演繹台灣幾個重要歷史階段的大劫難。

如果作為首部曲的《忤》，林剪雲為我們展示的是政治力如何以血腥方式，毀掉原本愛鄉愛土的本土菁英，與他們心心念念的故土家園。《逆》呈現的則是在這些大摧毀後，在這塊土地上無論哪一個族群，都曾經集體籠罩於其中的恐怖靜默氛圍，以及那個階段可能的常民生活景觀。

《忤》的故事，透過一位戰後初期從泉州渡海來台的小人物林伯仲的移民者視角，因緣來到萬丹富商李仲義家族住居的大宅當地人稱為「大營」旁，寄寓為生，因而從旁見證了，在戰後初期經歷的二二八事件與廖文毅事件，竟致一對人品才學兼優、各有專精的兄弟——子慶、子毓，前後遭到掃射遇難或槍決而死。這使得二部曲《逆》中女主角林素淨的父親林伯仲，成為戰後「台灣人」集體性格的具體代表——馴服、閉嘴、沒有聲音。即使再怎麼疼愛小女兒素淨，在家境無以為繼的情形下，在身體已經越來越孱弱不堪的惡劣健康之中，他都想盡辦法努力掙錢栽培心愛的小女兒，讓她一路從屏東萬丹跨過高屏大橋，越境就讀得增加不少花費的高雄女中，甚至在素淨大學落榜後仍然支持女兒重考。然而，不論再怎麼疼愛素淨，他從小對素淨耳提面命，留給素淨印象最深的卻是那句話——「囝仔人有耳無嘴」。

全書以今昔雙線交織卻並不複雜的手法，演繹移民者林伯仲小女兒林素淨，由出生、童年、少女，到大學、戀愛、結婚，各階段的人生故事。小說中林素淨的成長至少面對四重存在陰影：一是家裡的貧窮使她自小經常處於「枵飢失頓」的饑餓狀態；二是因為生為上面已經有兩個姊姊的小女兒，她一直被母親視為——「破格貓」「外頭家神仔來呷了米」——的賠錢貨而備受嫌惡。甚至童年時要面對母親三番兩次要將她出養甚至販賣，成長過程要面對女生不必有夢想、無需多讀書的待遇。遇見有男人騷擾，母親也覺得必定是素淨在「白賊」；三是從小會莫名其妙被罵是「外省豬仔」「阿山仔的囝」，但來自眷村的同學又說她福建來的，怎麼會是「外省人」的奇怪指責；而第四個，更是彷彿看不見卻又真實存在的惘惘陰影——從小到大遇見種種不合理的事，連疼愛她的父親都不時要掛在嘴上的「囝仔人有耳無嘴」「早慢予警備總部掠去關到死」的威脅。貧窮、飢餓、汙名，加上被要求噤聲，正是二部曲《逆》全書，氤氳縈繞，揮之不去的歷史氛圍。其中，童年林素淨面對——首部曲《忤》裡顯赫一時的「鼎昌號」三層高的紅樓，在二部曲中已化身鬼影幢幢，「傳說裡面是一罈又一罈的骨灰甕；樓前那棵苦楝樹也有吊死鬼」的鬼屋般存在。而小洋樓則住著後來成為鋼琴家的鄰居李沐心和她美麗無比的母親李老師，讓素淨童年的生活世界充滿著反差巨大的困惑與驚嚇。除了母親賣杏仁茶的早餐擔旁的綿豐戲院，以及一位出身水色酒家的哥哥「敏郎」，還有父親的疼愛，為她生命增添一點溫暖的亮度與光彩，本書透過林伯仲傳遞到林素淨這一代的經歷，模擬出戰後台灣社會精神與物質的多重貧困、省籍對立意識的外弛內張，及經歷兩次政治大肅清後，籠罩在靜默氛圍下，集體自我檢查與社會壓抑的無邊恐怖。

林素淨成長過程中，身邊不斷有人主動或被動地「不見了」，如童年的鄰居也是後來成了鋼琴家的李沐心、國中導師周雅仙、李慶餘老師的先生……或者是酒家哥哥敏郎、國中公民老師、憲兵隊劉國忠、書攤老闆胡江圖、她的戀人邱生存等。他們的「不見」與「消失」，往往不得解釋，甚至莫名奇妙，比如明明和她勾過小指頭打了契約，一定等他三年後退伍回來的酒家哥哥敏郎，之前才勸她「毋管未來命運怎樣拖磨，會拄著偌濟凶險，活佇這個世間妳就袂使軟餌先放捨自己」，為何卻在當兵後過了沒多久就在軍中「自殺」終結一生？究竟他是「自殺」還是「被自殺」？小說中沒有留下任何線索，自然也不會有任何解答。這些一樁又一樁的「反常」與「非常」，卻成為當時大眾生活的「日常」與「如常」。

當然，書名為《逆》，自然另有曲折，故事也從林素淨在成長的種種困惑、壓抑、不安與不服中，萌長出不屈服於命運的反逆。高中期間被動的同性之愛、替身式的異性情感，以及「人家朱春英才十五歲，就有這麼了不起的事蹟，妳們呢？妳們呢？」這種被強力宣傳的愛國護國旗、國家高於一切的集體意識，都讓她逐漸意識到自己從來無能自己決定自己命運，「外省人不像外省人」「本省人不像本省人」的邊緣位置，及需要努力爭取才可能擁有的機運與未來。她在聯考落榜後，在母親阿葉與兄長連機強力杯葛下，自行掙錢好籌資逃離命定的可悲命運，考上大學後決定依照自己的意願一次又一次去書報攤探訪，甚至在美麗島事件發生當下，不顧一切地瘋狂找尋邱生存。她在生命中遭遇的種種挫敗，以及一步步掙扎向上的歷程，象徵的不僅是過去台灣底層階級不得不以「閉嘴」「聽話」以換取脫貧翻身機會的艱苦道路；同時也說明，「自由」與「人權」原是生而為人理所當然的權利，更是與生俱來的想望，多大的阻撓與壓抑，一旦機會來臨也就有多大的反彈與背逆。

因此，全書最大的精華與張力，要到林素淨在上大學後於書報攤認識了邱生存，這位開頭只有一個符號B的男子，開始在小說中有了真實名字，並開始與素淨互動，讓素淨發現他才是真愛，而不是對自己追求不已的鄭家安，之前林素淨成長的所有鋪梗到這裡力道齊聚，像火山熔岩般終於從地底噴發。「邱生存」因為有位因言惹禍平白成為政治犯的父親，生涯從此被毀，他與素淨的結緣與相戀，因為他的身分與投入美麗島事件後的失蹤，成為一個悲劇；鄭家安則代表戰後大部分未被捲入歷史災難之中，也不想多去聞問，只求安定過活，把一切交給政府的凡俗大眾。這個人物，明顯是作為與男主角邱生存站在對立面的象徵型人物。林素淨與他的結合，正說明當時台灣社會追求穩定，疏離政治的集體社會性格。

然而，透過邱生存與林素淨，一個本省、一個外省，兩個邊緣人的遭逢與相遇，正說明本書名之為《逆》的主旨所在，林素淨認識邱生存之後，才真正打開眼界，認識過去的壓抑與禁聲為何不合情理。即使十年音訊全無，林素淨不放棄地一定要找到邱生存。這種反逆，不僅是打破從小至大一貫恪守的「認知」上的重新回溯，更是開始翻轉過往一切保守為上的「行動」上的逆反。當年她為了翻身，帶著逃家的心情一路「北上」，但尋找邱生存，則是反向的「南下」之旅。小說一開始就透過素淨的丈夫鄭家安，說她「本來方向感就很差，記不記得？大學時……妳從小到大都在迷路。」《逆》是林素淨由反向出發的尋路之旅，也是要認識「甚麼是台灣人」必然需要逆向回返的精神旅程。當然，這樣的回返不可能到此為止，還需要未來的第三部來為我們解謎。

林剪雲小說向來善於編織極具張力的情節，對女性內心的捕捉更是細膩婉轉，本書今昔交織的兩線情節，為我們揭開台灣這塊「美麗島」的一段驚心動魄的歷史傷痕。本書是戰後台灣小說中，極少數試圖捕捉發生在一九七九年美麗島事件的某種精神切片的難得作品，單憑這一點就值得細心品讀。究竟「美麗島」為何被稱為「鬼島」，此書也提出了最好的解答。

*本文作者廖淑芳女士，為成功大學台灣文學系副教授。

勇而不中禮，謂之逆〈廣雅・釋詁禮〉

一九八九年九月十三日星期三，橋頭事件主角高雄縣老縣長余登發離奇死亡。

林素淨日後回想起來，那真是最長的一天，她已然經歷的前半生被鑲嵌在那一天；尚未經歷的後半生被預言在那一天。那一天，註記了她的一生。

現實生活的那一天，如果真要說有甚麼特別的，只不過有個八日就發布的莎拉颱風警報已經鬧了六天，早先從秀姑巒溪口溜到花蓮搭建舞台大跳曼波，整個台灣以為莎拉應該筋疲力竭了甘心以安魂曲謝幕，擁有雙眼的莎拉的確古靈精怪，再由台東近海形成副低壓還魂，繼續以詭譎的舞步在台灣上空邀請氣象局共舞，右旋轉步、左旋轉步，頭昏眼花跟不上節拍的氣象局，因為無知於舞伴何時會從天而降於是演起放羊的孩子，誰還在意這齣極其膩人的「狼來了狼來了」？……

木麻黃木麻黃木麻黃向前木麻黃向後木麻黃，一棵又一棵森森羅列看不見盡頭的木麻黃。

林素淨在嗚咽中睜開了眼眸。

宿夜的淚水清透如露珠，洞見了窗外黎明前濁紫穢紅的天空，颱風即將來臨的色澤。

「素淨，妳又做噩夢了嗎？」家安囈語般的問句。

收回對窗的眼眸，只見他翻個身，魂夢繼續逗留在睡鄉。

是否該告訴他圓因和尚捎來的音訊？或者，十年過去了，家安早遺忘了曾經存在過的B？那最遼遠最深層最難以言說的痛楚記憶，卻化為鬼魅般潛意識總在夜晚無聲無息襲以噩夢。

一旁嬰兒床的小壞似乎也正在作夢，隔著眼皮的眼球轉呀轉，還牽動兩邊嘴角笑著。據說，「哭」是人的本能而「笑」要經過學習。

小壞也正在夢中學習如何和這個他才開始摸索的世界建立關係嗎？

心理學家說，人會做夢是大腦在虛擬環境對如何應付危險的一種預演，尤其是噩夢，每個人一年要做三百到一千次噩夢。

她眉心微微一蹙，但是，為何，她的夢境不斷不斷不斷重複？好像從渾沌初開就存在的那個最古老的夢境，剛剛又溫習了一遍：木麻黃，不知從哪開始會結束在哪的木麻黃，往兩頭無盡無止、無止無盡地延伸，自己很勇敢地選擇了一頭，然後很努力地走著，只要能夠走到木麻黃的盡頭就能夠回家……

古老的夢境卻驚心一如剛剛才發生，木麻黃逐漸模糊在淚水當中，從來就不懂，自己為何沒有停頓沒有張望，以超越四、五歲的執著步伐一路往前……直到背後一聲「素淨」，接著腳踏車嘎～刺耳地在她身旁煞住，一抬頭，見到跑去收成過的紅豆田撿拾遺穗叫她等在路邊的連機！汗水正沿著他嚇白了的臉龐狂奔——等等，連機真的有被她驚嚇嗎或是日後自己過多的想當然耳？那種得救了的慶幸則從彼日溫存至今。

那不是她對連機最初始的記憶？

有溫度的記憶，為甚麼在往後的歲月不停以噩夢隨行，總在淚水中驚醒，在萬籟闃寂的破曉前似乎聽見自己如瓦片在碎裂的心跳聲？

這太不符合心理學家「人類正是在噩夢中進行安全訓練」的理論；更不符合「日有所思夜有

所夢」的常識。自己最該夢見的，不是B嗎？……

「那時候妳也四、五歲了，連機怎不帶妳一起下田撿紅豆？妳沒被丟在路邊，現在不就不會常常做迷路的噩夢，真是的！」

看著家安無聊地打了個大呵欠，她覺得自己好像也正在上演一齣老掉牙的兒童劇，不該為此擾他清夢，關於B，她就更囁嚅在唇齒之間了。

「那個年代，大家都窮啊！」話是她開頭的，總得回應：「誰肯讓自家田裡的作物白白被撿走，田主若發現會追人、打人還搶回東西，連機哪敢讓我跟下去──那時候太小了，就覺得自己等了很久……」

「欸！妳本來方向感就很差，記不記得？大學時，妳搭公車錯過校門口前站，在校門口後站下車妳就不知道自己在哪了，還叫計程車從學校後門搭到前門。妳從小到大都在迷路。」

然後兀自哈哈，看來家安笑醒了，只不過慵懶地賴在床上。

她也無趣地賴在自己的思維，這個笑話，不是從彩色講到黑白又泛黃了？他周遭的人都聽過一輪以上，不管熟識或不熟識──也或許，他這既單純又念舊的性格，才能讓她在愛與不愛之間躊躇猶豫不斷回首不停逡巡，兩個人還是走過了這十年？……

這個笑話倒很像晨間咖啡總能讓他提神醒腦，興致盎然地起了新的議題：「妳怎麼都直呼『連機』？大人沒教妳要叫『哥哥』，台語叫『大兄』嗎？」

一傻，楞楞以台語反問道：「恁阿爸阿母攏有教你喔？」

一陣爆笑，他也回以台語：「莫怪阮媽媽攏講妳足野ㄟ，按怎看，也無親像做老師的。」

還來不及反唇，鬧鐘一下子把她拋入林投樹叢，勉強按捺刺痛的神經，看著家安果然在噪音裡頭甘願起床。她從來不使用鬧鐘，這個世界夠嘈雜了，尤其那答答答急促而固定的音頻，煞似引爆炸彈前的倒數計時，只要他沒回來，她就把鬧鐘監禁在廁所。

他想買一台電視機她也始終不肯，不想讓床鋪對著一個黑色框框就可以任由不同的陌生人來來去去，最恐怖的，當然是他們的聲音襲擊了每個角落霸佔了整間房子。他因而抱怨她孤僻；她也回嘴不跟電視裡頭的人親近就叫孤僻？

親手謀殺了鬧鐘的雞鳴不已，家安坐在床沿，難平慵懶的憤懣：「還是妳好，可以繼續賴床。」

「你假日再回來就好啊！彰化到台南真的很遠，你自己也有宿舍。」

她心中盤算著，既然關於B的音訊說不出口，索性悶聲不吭照原先和圓因和尚的約定，屏東走一遭。

「我傍晚會回來。」

她的建議反而成為他迅速下床的動力，拖鞋一趿，到廚房刷牙洗臉。

不死心，她跟到廚房門口。

「氣象局又發佈颱風警報了，說不定，下午颱風真的會進來。」

「八號氣象局就開始發佈颱風警報了，今天幾號？十三！」

糊了一嘴牙膏泡沫，看不清楚他是不是在笑。

放羊的孩子有一天還是遇到了大野狼！不過，人人盡知的童話，她不想多嘴演繹，如果噩夢真的是在進行安全訓練，她太習慣且勇於見招拆招，今天，屏東，她一定到。

折回床上，小壞也甦醒在晨光中，異常酡紅的雙頰對她綻露燦爛的笑靨，舞動著小小手小小腳發出咿咿喔喔童稚的呢喃。她唯一的天籟，人世沒有任何樂音可以比擬。

昨晚，台南文化中心音樂會結束後，返回宿舍路上，家安其實並沒有發現她怪異的沉默，古典音樂一向被他歸類為絕緣體，才經歷了一場對她表示寬容而不得不忍受的音樂會，身旁的安靜可能是一種恩典。

一向她也樂意耽溺於只屬於自己的思維，昨晚在波濤洶湧的思維中難道有溺水的窒息感？竟然想抓住語言的浮木泅游上岸。

主動開口道：「我中場休息離座不是去上廁所，是到後台看李沐心。」

家安手握方向盤隨意瞥來一眼：「誰？」

「李沐心，以前我提過她……」

「不記得了。李沐心是誰？」

「就是，剛剛，音樂會的演奏者，鋼琴家……」

頹然放棄掙扎，語言本身就是迷障，她又該如何拿來定義一個「人」？家安對跟他無關的人事物頭腦又特別沒有神經元做連結……。

家安抱起床上的小壞，親了親，說了幾句兒語，又將他放回床上，臨出門趕上班，看著她再強調一次：「下班後我會回來。」

沉默以對。

一身軀殼是空的，魂魄似乎糾結在一九七九年十二月十日當晚遺落了。這些年來重回高雄大圓環數不清的次數，除了街頭張望讓心重新抽痛感受到自己還活著，她和B在事發當時的人群亂流中各自被沖往不同的方向，為何他就此「不見了」？十年來，生死兩茫然。如果圓因和尚可以解謎，任誰也攔不住她今日出門。

一聽見家安發動停在宿舍旁轎車引擎聲，她迅速起床漱洗，對鏡打理。望著鏡中人，她擠眉弄眼，一臉嘲謔地問了句：「妳是誰？」

穿上風衣，肩掛包包，抱起床上正滋滋有聲品嚐粉嫩指頭的小壞，不禁發噱：人生萬般滋味由此開始？

鎖門走出前院，她順手虛掩竹扉，穿過宿舍區老舊圍牆外窄巷，大多住著退休教師及家眷，圍牆內每戶人家各有不同的人生故事吧？

靠近學校外牆的整排日式宿舍，從宿舍外坐擁天空的榆錢樹、鐵刀木就可以揣想屋宇的日月滄桑，似乎連木頭廊柱都傳來蛀蟲啃蝕的窸窣聲。

端木嬤嬤拉開紗門，對著她懷中的小壞笑容滿溢，忙不迭伸手將他摟了過去，她瞥眼端木嬤嬤背後的端木老師，清瘦矍鑠的他是四腳書櫥，古中國經史子集排列腹中，對她這個後生女流從來不屑正眼，倒是低頭咧嘴一臉和氣向小壞。夫妻倆，太寂寞了，唯一女兒遠嫁台北，當初才肯答應幫忙照顧小壞。

禮貌地對他點點頭，他眼中無人地兀自轉身往後頭走。她也習慣了。

端木嬤嬤瞄了瞄她掛肩的包包。

「早上沒課，我要去新營一下。」迅速而主動解釋道。其實，連下午的課她都請好了假。

「颱風要來了，早去早回。」老人家叮嚀了句。

離開端木老師家，她直接往僅隔著學校圍牆外排水溝的省公路，公路局招呼站就在學校斜對面。

出校門，隔著省公路，她就可以與嘉南平原對望直到敻遠的地平線，黃昏時刻最喜歡抱著小壞出來看火車，地平線一輪碩大的橘紅，映照著火車轟隆轟隆奔馳在原野，那種壯闊之美，是她對這個僻處鄉間的高中最深的迷戀，彷彿靈魂也即將隨著轟隆聲奔向不可知的遠方，雖然形體還是綁在此地，依然歡悅地對著懷中正在認識這個世界的小壞喊：火車！火車！

火車，對她是某種擺脫的儀式，然後啟程與追尋。

她抬頭端詳天空，天空透著詭譎，往南，蔚藍如倒映的碧海，卷卷的雲朵是白色浪花；往北，淡淡陰霾一路逶迤漸成壓在遠處山頭的重重烏雲。

招呼站下只有她一個人在等車。過了上班上課的清晨，就算是白天，木麻黃樹下的省公路一樣荒寂，只有偶爾疾馳而過的車輛平添空曠。

圓因和尚說人間不離因緣果報，她嗤之以鼻，事事若得以追因究果，她的人生為何除了荒誕還是荒誕？突然可能有B的下落，十年沉寂瞬間霹靂而來，緊接著又偶然在報紙藝文版瞥見李沐心的名字，回國巡迴演奏，第一場由母親的故鄉台南出發，自己不禁也要錯愕於頭尾突然接踵貫串而來——難道，她和B走到生死兩不知的命運，真得追根究柢於風馬牛不相干的童年？

除了不歸意志力管控的夢境，童年，一直被她完美禁錮——冥冥中真有所謂因緣果報？任憑理性阻擋還是去聆聽了昨晚的音樂會，就像不應該開啟的潘朵拉之盒，「往昔」毋需翻閱歷史佐證直接就在心坎搭建舞台演義，此刻，路上斷了行人，屬於嘉南平原遼闊的寂靜，場景輕易就將她接回那兩扇朱紅色大門前，就在似近還遠如真又幻的萬丹一隅……

始齔

她悄無聲息推開大門，彷彿也瞥見了自己少小時候老是瑟縮躲藏的身影。

那兩扇又厚又重的朱紅色大門，白天幼稚園上課的時段完全打開，因應住戶及人車出入，黃昏過後大多也只虛掩。

很怕經過紅樓。

印象中不曾有人居住過的三棧西洋樓以緊閉的門窗詭異矗立，傳說，裡頭是一罈又一罈的骨灰甕；樓前那棵苦楝仔樹也有吊死鬼。

每回不得不經過紅樓，完全不想讓樓與樹飄入眼簾驚悸，卻把兩者幻化為幽靈搖曳在眼角餘光，由不得她不拔腿狂奔。

原先，她一家人住在與紅樓遙遙相對的L型房舍最邊邊那一間，L型房舍自成一個院落，好多戶人家比鄰而居，還有可以一起玩耍的石瓊玉、卜念華。

家門前那棵高大繁茂的黃槿樹是一把遮蔭傘蓋，樹上朵朵鐘形黃花在花心點燃一簇簇暗紅的火焰，彷彿為遊子留下了一盞盞燈火照亮回家的路。

她看見自己就托著腮幫坐在門檻，抬頭仰望日光在樹梢緩緩流動，靜靜等待著，直到日光化為一支支金針穿透層層心形樹葉，在地面閃爍濛濛金光，她坐不住了，不斷探頭往外望。

隨著濛濛金光慢慢褪色於逐漸晦暗的樹影，她再也按捺不住焦慮，索性跑到樹下繼續往外張望。她知道，若跑到屋旁可以直接看見阿爸和他的鐵馬進到朱紅色大門，但同時她得面對暮靄中的紅樓，無膽，再怎麼飢腸轆轆，只敢等候在黃槿樹下，直到熟悉的喀啦～喀啦～車鏈聲傳來，雀躍奔向前去，鐵馬已轉進院落，戛然停在她面前。

她急忙望向阿爸還駐留在車把的手，果然拎著牛糞紙袋還重重的樣子呢！一下子化身小麻雀蹦蹦跳跳緊緊跟隨阿爸，明日中午阿母也會有米下鍋了吧？

「阿爸！阿爸！」

沒有應聲，阿爸先把鐵馬牽到屋簷下停放，她更加迫切，緊盯著綁在後座的工具箱，果然，阿爸拉開工具箱的一個小抽屜，拿出一個土色薄紙袋。

石頭餅！一整個下午的期待成真，她歡呼出聲。

「噓……恬恬啦！妳踮①外口呷了才入去。」

阿爸低聲叮嚀，將紙袋塞入她手中，卸下工具箱一手提著，連同拎著的牛糞紙袋踏入家門。

「阿葉！阿葉！妳好煮飯了，我糴米轉來了！」

阿爸的聲音聽來中氣十足呢！其實她更得意，噓……只有黃槿樹曉得她和阿爸的祕密，只要當天補鼎補雨傘的生意不壞，阿爸會偷偷賞她一塊石頭餅。

蹲躲在樹幹後頭，讓那由淡變濃的樹蔭暗影完全掩護了她，隔著紙袋摸到了石頭餅，猶微微溫熱，麵粉和著糖粒、花生碎屑的香氣也自紙袋縷縷鑽入鼻內，深吸一口氣，拿出紙袋的石頭餅享受起來，那軟Q軟Q的香甜滋味啊……

電錢太貴了，有米下鍋時，阿母就趁著暮色猶有晚霞讓一家人早早吃罷，然後門外樹下歇坐，屋內就省去了點燈。

阿爸會一邊搖著葵扇為她拍趕蚊蟲，一邊帶著大家追隨唐三藏師徒四人一起翻山越嶺，直到

---

1 踮：在

她的眼皮跟不上他的聲音，但夢中依舊火燄山烈焰八百里，就是銅腦蓋、鐵身軀，也要化成汁液，啊！啊！西去路已斷……

她慌慌急急又從阿爸的膝蓋上抬起眼來：「後來咧？後來咧？」

阿爸又把她的頭輕輕按回膝蓋上。

「妳安心仔睏啦！彼隻潑猴趕去向鐵扇公主借葵扇了。」

動不動就停電的夜晚，鄰居不論老少也走出了家門，聚在樹下聽她阿爸講《西遊記》，小孩子或聽古或追逐或嬉戲，整個院落襯托著天空的明月或燦星，有種寧靜的熱鬧。

她很怕黎明前的大雨。直到天亮猶不肯罷休，阿爸就站在屋簷下呆望從樹縫灌下雨水的暗灰天空，天空若太慢收手，他出門遲了，她就知道了，那晚最好的狀況還有稀粥可以喝，大半，她得趕快上床遺忘一整天不曾進食的腹肚。

她更怕午後才變臉的天空。瘋了那般把雨水潑下來，換阿母從屋內到屋外來回踱步，對著頭上那方猙獰聲聲抱怨：「唉唷！天公伯仔專門躙蹋散赤人！唉唷！天公伯仔專門躙蹋散赤人！」「今仔，人到底佇②佗位？是毋是又昏昏死死踮半中途了？」

她聽過，阿爸曾頂著風雨在歸途，氣喘發作就倒在路邊了，若不是幸好有路人發現……。

「阿爸死掉了」的想像，欲哭，不敢，怕真真實實挨阿母的棍箠，一邊怒罵「破格貓！妳這隻破格貓」，只敢在心裡不停叫喚：阿爸！你趕緊轉來，我無愛呷石頭餅了，我也會當免呷晚頓……。

後來，只有她一家人搬到大宅後頭一間獨立的紅磚屋，因於八七水災。

八七水災，聽說她兩歲左右，任誰也不認為她會有記憶。

不知怎的，她腦海深處就是漂浮著船隻解體似的零碎殘骸：被狂風暴雨吞噬的暗夜，滾滾濁流灌入屋內漫過木凳再漫過竹眠床，阿爸就站在桌上她就偎在他背上，睡睡醒醒、醒醒睡睡。

「水淹著我了！」

驚醒，號哭。

「膾，膾，阿爸佇咧。」

阿爸雙手反抱著她，輕輕搖了搖又拍了拍，她又睡著。

可是，只要她拼湊這些殘骸，總招來阿母一次又一次的拆解。

「妳一、兩歲囡仔記得啥？白賊！白賊！就是愛白賊！」

終於，她徹底封口。

她也開始相信，腦袋就是愛欺騙她，老是過度幻想而自編自導自演，把殘骸偷偷珍藏在內心隱密的一角曝曬，在挨打啜泣的暗夜拿來燃燒，那是她對阿爸溫暖的記憶。

淹水，每戶人家都淹水，唯獨在邊間的她家，土埆厝牆角就崩落了一塊，大水穿牆而出留下開口笑。

水退後，阿爸拿糖廠出產的甘蔗紙板遮蔽缺口，一家人繼續住在裡頭。

直到明顯可見房子歪著頭往一邊傾斜，鄰居們常嚷說早晚倒了不能再住，李沐心的巴將，幾次代表她媽媽來到歪歪斜斜的房子前，要他們一家人搬走。

2 佇：在某個地方

她就蹲在門口，靜靜看著阿爸頂在屋簷下反覆強調：「會當住！絕對會當住！」

那時，她真覺得就算屋簷塌下來阿爸的肩膀也會頂回去。

但是李沐心的巴將一轉身走掉，阿母就對著阿爸發牢騷了：「這間破厝真正會當住？你看阿拾連瓴陘腳③都毋敢踏入來！」

「妳要搬去佗？」她依然弓身抱膝，靜靜聽著阿爸拉開嗓門斥喝：「卜仔、石老師伊們呷政府的頭路領政府的薪水都無才調搬出去了，妳毋就存辦路邊做厝徛？話講倒轉來，作李老師的厝腳仔才妥當，伊𣍐像外口黑白起厝稅！」

阿母喉嚨的破洞顯然更大：「現現厝就要倒了，你還咧想江山萬萬年！棺材板咁有較俗，還是厝若倒拄拄仔好④做一家人的墓龜？」

阿爸和阿母爭吵過沒幾天，不知怎的一家人就遷入大宅後頭的紅磚屋了。

搬入紅磚屋之後，原本一直廢棄在石瓊玉她媽媽雞舍旁的石磨，跟著一同入住新家，還尊貴地擺在屋側近門的院子，一家人的生活也跟著石磨改變。

夜晚，門口的黃槿樹換上老芒果樹，沒了左右鄰居，阿爸也從此不在屋外樹下乘涼講古，家裡開始亮起一盞燈泡，他忙著泡黃豆、泡杏仁，半夜就用來磨豆漿磨杏仁茶；阿母忙著整理茶攤，檢查碗碟、湯匙、木炭等等物品。

她很怕阿母臨時發現雞蛋不夠了，有些客人喜歡在熱騰騰的豆漿或杏仁茶加一顆雞蛋。

「素淨，妳趕緊去石老師那買一斤雞卵。」

不敢問為甚麼都她在跑腿，轉而要求月英：「妳佮我去。」

「無愛！頂司管下司，鋤頭管畚箕，妳細漢ㄟ顛倒要差我大漢ㄟ。」

雖然天黑了，明珠還在學校上課拚初中聯考，不然她會肯陪她去的。

阿母已惡罵出聲：「後壁行到頭前買一斤雞卵，妳也要拖沙！以後啥人敢娶妳這款懶屍查某？」

她緊捏手中的錢倉皇跑出門，棍箠的真實完勝鬼魂的想像。

很怕經過紅樓，更怕經過大宅。尤其黃昏晚霞漸隱暮靄漸濃，獨自慌慌狂狂越過宛如小小叢林的假山，進入兩排柏樹森森的中庭，站在紅磚道上，抬頭仰望兩端屋簷翹楚如飛鳥的大宅，原本，驚懼於背後紅樓可能緊隨不捨的無形鬼魅；當下，即使在周圍日昏後的靜寂聽見自己噗、噗、噗劇烈心跳聲，她也得強捺顫抖，放緩腳步，近乎躡足，只願可以無聲無息行經廳堂門外，穿過簷下左側拱型廊門就到了做裁縫的那一家人，再沿著簷下廊道走過和做裁縫阿姆她家相隔的那片空地，她才可以安全到家。

實在太害怕撞見大宅廳堂內那個有著軀體的幽魂。

一個很老很老很老的女人，頭上盤著一坨奇怪的髮髻，一襲寬大灰黑長袍掛在她乾癟瘦小的身軀，腳下則是尖之又尖小之又小非人類可以穿著的鞋子。

那一次，日已隱沒才被阿母差遣去街上的籤仔店打油，逃避著紅樓與苦楝仔樹的鬼魅她一路鼠竄那當下，就在廳門外和拄著拐杖的「伊」撞個正著。

3 瓴陘腳：屋簷下
4 拄拄仔好：剛好

「查某囡仔人，慢慢行就好。」

一抬頭，一張深雕歲月印記即使笑顏也像哀愁的臉龐，驟然跳入眼簾，在暮靄初濃的冷寂黃昏。

她手中罐內的火油只差沒整個潑灑在身上，恰似一直以來想像中的鬼魅剎那間具體迎面……。

一逃抵家門，忍不住放聲嚎啕，阿母搶過她手中的罐子一看，勃然變臉臭罵：「妳瘸手咻？搭一罐火油到厝睶⑤半罐，還敢哭！」

她隨即把哭聲嚥落喉嚨，不然接著棍箠上身……。

始終不知道「伊」是誰，如何避免撞見「伊」，她還曾為此繞遠路回家。

朱紅色大門外圍繞的紅磚牆，傳說是清朝乾隆時代建的外牆；護著幼稚園又有一道土灰牆，傳說是日本明治年間建的內牆。兩道圍牆之間夾著一條路，傳說日本時代供軍用車輛進進出出，但現在連幼稚園的娃娃車都直接停在大宅外中庭讓學生上下車。暮色裡，她踩著滿地落葉發出窸窸窣窣怪聲，想像著拐彎處可能躲著自己從來也不知道的魑魅魍魎……那個繞路的傍晚，回家的路突然走不到盡頭似的。

無從選擇，只能日日躡手躡腳廳堂外驚心路過，但求別見到「伊」廳堂內飄然而出。

她都是從大宅廳堂外左側拱型廊門鑽入鑽出，如果從右側進去，經過一片花圃，就可以到達紅色斜瓦小洋樓，那是李沐心的家，錚錚鏦鏦的鋼琴聲從屋內流洩而出，不過能走右側拱型廊門的，除了李沐心一家人和她的巴將，就是學鋼琴的學生。

她不必走右側拱型廊門就能日日站在小洋樓對面，隔著一方只栽種茶花樹叢的庭園，再來就是紅磚屋前頭那幾棵老芒果樹，龐大的樹幹足以遮蔽她整個身體，再悄悄挪出眼睛覷望李沐心的媽媽，她曉得大家都叫她李老師。

茶花樹叢看來乾淨又美麗，尤其花開時節，各色花朵有的含苞有的吐瓣有的怒放。不過就算不是花季的清晨，李老師依然日日清晨佇立茶花樹叢前，就算花苞一個也無，她一樣深眸凝視，彷彿上一季的美麗依舊睥睨枝頭。

吸引她的不是花，是人，即使每天窺視那宛如雕像的側面身影，還是驚異於李沐心怎會有那麼美麗的媽媽，她阿母矮矮胖胖一頭早蒼的髮絲；石瓊玉、卜念華的母親也只是一般街頭巷尾尋常婦人。

天方熹微，躲在老芒果樹幹後頭偷窺對面的小洋樓，當然不是因為人家的媽媽很美麗。

剛搬入紅磚屋時，夜半她一樣會驚醒在昏黃的光線中，不過不再是紅樓屋簷下那盞燈泡，而是屋側院子燈光微微，映照入屋，阿爸就在門外推著石磨磨豆漿，轆轤～轆轤～的低沉聲響傳進來，應和著身旁阿母高亢的打鼾聲，好像她也變成被碾過來碾過去的豆子。

老鼠般溜下床來，她搞不懂阿母為何可以安睡在自己的轟隆聲中，穿過側門她來到父親跟前。

「素淨，妳睏毋睏，怎三更半暝爬起來？」

「我嘛要挨豆奶。」

5 賰：剩下

阿爸握著石磨的木柄，笑了，她抬頭仰望，石臼長得比她還高，她得舉起雙手才搆得到木柄。

她還是只能蹲在一旁托著腮看著阿爸推磨，泡過的黃豆和著清水一杓杓倒入石磨圓洞，他再一圈一圈又一圈轉動石磨，然後乳白色的漿汁先流入石臼凹槽，再由石臼的尖嘴流入盛接的木桶。

在阿爸不斷的重複中她眼皮逐漸滯重，萎倒在帶著濕氣的沁涼地面似乎睡得更加酣沉，夢中，田裡拖著犁翻土的水牛一趟過來一趟過去——猛然驚醒，她被阿爸抱在手中進到屋內。

把她放回床上，阿爸一邊低聲叫喚：「阿葉！阿葉！起來濾豆奶落去燃了，我還得磨杏仁茶。」

只聽得阿母唔了一聲，然後拖著一身臃腫離開床鋪，看來她的眼皮比身軀還有重量。

直到半夢半醒之間嘎吱～嘎吱～的車輪聲漂浮遠去，她心頭會模糊掠過，阿爸阿母出門了喔？

微睜惺忪瞥眼窗外，墨汁色。聽說，阿爸阿母這麼早就出門去綿豐戲院前擺攤，是為了攔截屠宰場、果菜市場凌晨三點多就開始工作的人們，黑漆漆的街道只有她家的杏仁茶攤可以填飽腹肚，所以天亮之前是生意最好的時候。

清晨，家中僅剩她一人的清晨，沒有食物可以安撫一整夜嘰哩咕嚕抗議著的腹肚，早早就醒在暗黑中拖到看見曙光才下床；正如昨晚沒有足夠的食物滿足空虛的腹肚，昏睡將她早早拉上床。大人卻斷言她是一隻「拄龜雞仔」來轉世，日落而息日出而啼。

藉著老芒果樹龐大的身軀，她大膽地耳朵竊聽樂音眼睛偷窺雕像，鼻子則貪婪地吸吮著從小洋樓後頭的煙囪冉冉飄散的各種食物味道。

有個日頭冷冷的午後，李沐心的巴將端著一碟透著粉嫩淡紅方形巴掌大薄肉片來到，以尊貴的步伐，剛蒸熟的肉香暖暖鑽鼻，她就永生記憶了那味道。

楞楞看著李沐心的巴將把那碟肉片往她阿母面前一推：「這ハ厶啦！李老師要送恁素淨呷，挈恁的盤仔來貯，膾使用阮的。」

她因驚嚇而發抖。

老芒果樹不是掩護了她，李老師怎會知道她竊取小洋樓各種食物的香氣？偷竊被逮，過後雖然得以分到一塊盤中飧，因為驚嚇過度，嚼在嘴裡的粉紅肉片留下了薄樹皮般的滋味。

很怕李老師發現她又躲在老芒果樹背後，悄悄溜回屋裡去。只有自己一個人的紅磚屋空空洞洞，似乎只剩看不見的空氣味道。

飢餓，加上無聊，雖然畏懼路過街後，她還是走出了朱紅色大門。

經過街後，她得小心著那個看不出年紀也看不出衣服色澤好像布袋套身的女人，從隔著排水溝不知有關著豬沒關著豬半坍的豬欄突然冒出頭來嚇她，只要她駭叫出聲那女人就高興得不得了，一下子從豬欄跨跳出來，對她嘎嘎嘎、嘎嘎嘎地笑，一手比向她兩腿間：「妳下底有空否？要予人戳否？」

每回她驚嚇未已，那女人已雙手著地蹶高屁股像豬在走路，但她短短的布袋裝不堪她彎腰手落地，整個屁股全露了出來，沒穿褲子，屁股又黑又髒，像極造煤球的阿姆家曬在埕前的煤球。

她不敢看她，慌慌張張兩手前後用裙襬摀住兩腿間，感覺沒穿褲子的人是自己……

幸好那女人不一定會出現，她一路低著頭，盡自己的腳力只想速速通過彎彎曲曲的街後路，但是——

「阿山仔的查某囝，妳行那呢緊要去佗位？」

還是沒逃過，隔著一條排水溝，那邊的屋簷下傳來大人的戲謔叫聲。

不過她不敢停下腳步，反而催促自己：快走！趕快走！

又有另外的大人拔高嗓門怒罵：「外省豬仔！恁這些外省豬仔怎毋死轉去恁大陸！」

接著一群小孩拍手狂笑狂叫：「阿山仔的查某囝！阿山仔的查某囝！」「外省豬仔！外省豬仔！」

她想拔腿狂奔，又不敢，只要一跑，那些小孩就會來追她，她只能繼續低著頭往前快快走。

沒想到那群小孩還是由跨在排水溝上的木板跑過來阻擋她的去路，囂嚎的狗群那般跳來跳去，她緊緊絞弄衣角不知如何是好，突然一顆石子就砸在她額頭了，她哭叫出聲。

有個女人從屋裡跑出，大聲斥喝道：「夭壽喔！恁這些大人、囝仔創治一個那呢細漢的查某囝仔嬰創啥啦！」

「出氣啊！」那個罵她外省豬仔的男人高聲惡氣回答道。

「要出氣，你𣍐去反攻大陸喲！」

趁著男人、女人鬥嘴空隙，她奮力往前跑開，還好那些小孩沒追來。

鬆了一口氣，緩下腳步來，她反而啜泣出聲。

穿出街後，過馬路，就是街頭，她再走到綿豐戲院去，茶攤擺在戲院前。還沒走到茶攤前，她得趕緊用力擦掉眼淚擤去鼻涕，否則阿母會一聲聲嫌惡罵道：「一天到暗孝男面，討死人厭。」

阿母不會問她哭泣的原因；她也不敢問，那女人為甚麼不穿褲子還以為自己有四隻腳可以在地上爬來爬去？還有，「外省豬仔」「阿山仔的囝」是甚麼意思？那些人，可能就是阿母說的，她長得太顧人怨，才每回碰上就要捉弄她。

茶攤的客人稀稀落落，已經過了尖峰時間，阿爸把生意交給阿母，工具箱一綁，騎著鐵馬又四處補鼎去，接近中午阿母才會收攤，一路推茶攤回家。

這之間，她默默蹲在一旁，沒客人時看著攤子上的玻璃木櫃，想像擺在裡頭的油條和麵包多麼可口；有客人時看著客人油條配杏仁茶或麵包沾豆奶，喉頭不自覺一直有口水需要大力吞嚥。

雖然一樣沒有食物可以下肚，她寧可忍住恐懼穿過街後來到茶攤，街上熱鬧多了，不會孤零一個人在家。尤其，有時碰上她不知道的節日，整條街家家戶戶掛上國旗，大人、小孩擠到街道看萬丹國小的學生從街尾遊行過來，萬丹初中的學生從街頭遊行過去，一路唱軍歌喊口號，兩邊的隊伍就在綿豐戲院這邊交會，拚場似的歌聲更雄壯，口號更嘹亮：「蔣總統萬歲！」「中華民國萬歲！」「萬歲！萬歲！萬萬歲！」，喊到她全身發熱，平常的畏縮也一下子被熱氣驅離，跟著振臂一聲聲高呼：「蔣總統萬歲」「中華民國萬歲」……

「欸！賣杏仁茶ㄟ，這妳的查某囝喔？」沙沙啞啞的女聲。

她抬頭看了看那女人，眼皮塗得很藍；嘴唇畫得很紅，跟她平常見到的大人，女的，全然不相同。

那女人坐到攤子前，叫了油條和杏仁茶，她又發現她頸項、臂膀整個裸露在衣衫外頭，她也沒見過周遭哪個大人，女的，穿這樣的衣服，像阿母就是有領有袖前面一整排鈕扣的上衣。

大概她的眼睛掛在她身上，那女人也側身瞅著她，對她露齒一笑，紅珠珠兩片嘴唇像突然迸裂綻放的指甲花，她趕緊撇開臉去。

阿母把油條和杏仁茶端到那女人面前，她拿起盤子內的油條酥脆一聲折成兩半，突然把其中一半往她面前一推。

「吶，挈去呷。」

她哪敢伸手去接，阿母也立刻出聲制止。

「欸欸！𣍐使按呢，哪有我賣妳物件妳又挈予我的囡仔呷。」

「哪有要緊？」

「囡仔會歹款！」

「妳看伊，若像腹肚真枵⑥。」

「伊老父半暝仔就開始挨豆奶做到透早，這時陣又出去補鼎，伊有一個大兄佇藤椅店學手藝，兩個姊仔去學校讀冊，啥人有呷早頓？我相同無。」

「夭壽喔！自己咧賣早頓，一家人攏無呷。」

「一家口仔六支嘴，自己若挈來呷就倒攤了，伊一日到暗取迌迌⑦，呷飽相同換枵——本來想要拚一個查埔ㄟ，又加一個外頭家神仔來呷了米。」

阿母叨叨絮絮，她蹲在地上拿著碎磚塊亂畫一氣，很想把頭也埋在地上。

後來，聽說，那女人是水色酒家的酒家女。

水色酒家她知道，就在距離戲院不遠處的巷子內，可是——酒家女？

雖然距離不遠，她不曾去過，因為大人嚴禁，有一個酒家的哥哥也會來光顧，碰到她就喜歡逗逗她。

聽過阿母叫他敏郎，不過他要她叫他「哥哥」。腳下一雙夾腳拖，走起路來啪啪啪，好像在通知大家他來了，兩隻手臂有奇怪的圖紋，有一回還撩起汗衫展示背部的一條龍給她看，問他為甚麼在身上畫圖，他說這不用筆畫，是用針刺，還故意擺出痛得不得了的有趣臉孔。

呵呵驚笑之餘又覺得刺激，問他為甚麼要用針扎身體，他振臂高呼：「我是正港的男子漢！」

她再一次被逗樂，不過還是不明白，連阿母的竹箠，她都好痛，好怕。

第一次到礱米廠遊玩，他帶的；第一次進戲院看戲，他帶的。聽說，他有個姊姊嫁給礱米廠兼戲院老闆的後生「做細姨」，至於那是甚麼意思，跟「酒家女」一樣，大人總是一臉的不可說也不准問。

那個老闆，她也見過，來過茶攤吃早點，矮矮肥肥的，走起路來搖搖擺擺像極鴨子，她偶然

---

6 枵：餓

7 𨑨迌：遊玩

說出口，阿爸還罵她：「飯會當加呷話𧮙用得亂講！」

他說那是萬丹的「頭人」，縣議員許謀。

不過那個老闆真的很有趣，不只走路有趣。茶攤喝乾吃淨後兀自起身，嘴一抹、手一揮，走人。

第一次撞見，她還著急直拉阿母的衣角：「阿母！阿母！彼個人無納錢走去了啊！」

阿母嚇一大跳的神情，用力揮打了一下她的頭：「妳討皮疼喔！囡仔人莫黑白講話啦！」

她雙手護疼抱頭正感莫名，鴨子老闆前腳才走，後頭即有人趕來付帳。後來才聽阿爸說，許家有錢到許議員身上從不帶錢，下人自會跟在後面處理。

哥哥帶撲克牌來教她玩撿紅點和二十一點，那就更有趣了，她學會了幾支牌加在一起會超過或不會超過二十一點，討到第五支牌還沒超過二十一點叫「五支箭」，最贏，就可以彈哥哥的耳朵，那讓她興奮期待而樂此不疲。

但阿母很不高興，面前要他「莫教囡仔博儌」；背後罵他「不八不七」。

不過阿爸警告她不能得罪哥哥：「妳莫看伊對素淨笑頭笑面，這隻是『相拍雞仔』，狠霸霸、惡劇劇，伊彼個姊夫連武士刀都有，正港的『大尾鱸鰻』……橫直，水色酒家的人𧮙當得失！」

「派出所的警察仔毋是惡過日本仔？怎毋把這一寡仔『鱸鰻』掠去關！」

「啥人敢？水色酒家後壁的靠山是許家！警察仔干單會曉欺負老百姓爾爾，尤其是咱這種無根無基的外地人。」

她也討厭警察。常常半夜跑來擂門吆喝「戶口調查」，在驚嚇中被拖下床，兩個警察先拿著手電筒搜遍屋內屋外每個角落尤其床底下，她不懂，深夜還有人在玩「掩咯雞」嗎？然後拿著阿爸奉上的戶口名簿清點家中每一份子，接著一個個盤問，最喜歡問她：家裡是不是有住奇怪的陌生人剛剛才跑掉？日時有沒有奇怪的陌生人來找妳阿爸祕密談話？之類。她一直搖頭，心裡想：奇怪的陌生人不就是你們？為甚麼一直問我阿爸，有沒有和市場也在賣杏仁茶的福州仔伯互相勾結？問石瓊玉、卜念華的爸爸會不會吃政府頭路還做「呷碗內洗碗外」的事？問對面的李老師是不是藉著幼稚園掩飾非法行為？……

他們可以這樣一直逼問阿爸，還不斷凶惡地穿插「思想若有問題，就送你去火燒島關到頭毛生蝨母」「你敢知匪不報，死罪一條」「莫予我抄著⑧證據，攏總送你們去呷槍子」，有時盤問的時間拖太久了，還自己開玻璃木櫃拿麵包吃，也曾把她夜晚冒著被鬼追的恐懼跑去石瓊玉家買的雞蛋整包帶走。

過後，阿爸反而斥喝一直哭一直罵的阿母：「要我挈針紩⑨嘴否？一家人平安上要緊，伊們若清彩安一個罪名，妳真正就找鬼哭無父了！」

為甚麼阿母希望哥哥的姊夫被警察抓去關？他也常來茶攤交關啊！她好喜歡看他走路，總是一件白汗衫和看得到一截小腿的寬白褲，人本來就很高大腳下還趿著厚底木屐，遠遠走來，有山

8 抄著：抓到
9 紩：縫起來

的氣概，想像，他若真的再配上一把武士刀，哇～不就是電影裡的日本武士？

他不像哥哥一牛車的話講不完，她好像不曾聽過他開口，阿母似乎很清楚他要甚麼，他一來她就自動端上油條配杏仁茶，茶裡一定現打一顆蛋。吃完，他會對她阿母微微點頭，默默付錢，轉身就走。

直到有一回，阿爸還在茶攤他就來了，他不收他的錢，直說請他就好。

「世間哪有白呷的道理？大家攏是艱苦人。」

他把錢丟在攤子上，一樣轉身就走，不過他低沉有力的嗓音留給她悶雷響過的印象。

最喜歡哥哥帶她進綿豐戲院，尤其神祕的後院，一邊膽怯一邊興奮著探險的感覺。

他帶她從旁門進入，那是散戲時用來疏散觀眾的，早上不會上鎖，方便戲班子的人進出。正值歌仔戲班駐台演出，十天的檔期，戲班子就住在戲院最後面ㄇ字型的院落，一間又一間鋪著木板總鋪的房間。

哥哥直接帶她來到後院天井，大清早，數個小孩看來有的比她大有的比她小，正在院子練拉筋、劈腿、翻跟斗，有個男人拿著竹鞭在一旁不斷斥喝、糾正，突然唰～刺耳一聲，一鞭子就揮過一個身體後仰卻無法讓頭觸地的女孩，女孩一驚，跌坐在地，輕撫腿上立即的紅腫，要哭不敢的神情，默默承受那男人接下來的一連串叫罵。她趕緊躲到哥哥背後去。

拿竹鞭的男人看到哥哥立刻換上笑臉，還掃了探頭偷窺的她一眼，一驚，她趕緊縮回去整個頭埋在哥哥背後。他詢問哥哥是不是要帶她來學戲，哥哥放聲哈哈，回說只是帶她來要一團裹糖的飯庀⑩，那男人直說沒問題，對著廚房吆喝還交代多放些糖，聽到有裹糖的飯庀，她忍不住連身子都探出來。

才一下子，廚房走來一個女人，要遞給她一團外頭焦黃、焦黃看來十分可口的飯庀，笑頭笑臉看著她。

「金山，這個查某囡仔嬰鼻目嘴生做媠媠仔……」

那女人話是對著拿竹鞭的男人講，先反應的卻是哥哥，一把搶過她手中的飯庀，臉上有她沒看過的惡氣。

「討一個飯庀妳全話屎！」

「無歹意啦！我看過伊，是戲園口賣杏仁茶的查某囝對否？」

哥哥沒理會她的問話，自顧把飯庀放到她手中，她很受不住誘惑地伸手要接，又畏怯地瞄了瞄那女人。

「呷呷呷，免睬伊！」

「對啦！作妳呷，以後妳自己入來就好，我相同會挈予妳呷。」

手中的飯庀不斷散發飯粒的焦香味，她完全失去抵抗地一口咬下去，硬硬脆脆在嘴裡卡滋卡滋作響，糖粒找飯粒的空隙在舌尖獨自慢慢溶解……。

後來，戲班那個女人又自動拿了一、兩次飯庀來茶攤給她，順便跟阿母閒聊，乜斜著她笑的眼睛老讓她有些心慌，也跟著無法放膽享受那美妙的食物。

10 飯庀：鍋巴

檔期結束的那天早晨，來找阿母的不是給飯庀的女人，而是那個拿竹鞭的男人，原來他叫「班主」。

他和阿母低聲咕噥，她蹲在水溝邊端詳來來往往、忙忙碌碌的螞蟻行列，耳朵卻拉得長長的，還是只能聽見阿母不斷模糊重複：「這我得和阮頭仔參詳⑪……這我得和阮頭仔參詳……」

班主回戲院前最後的叮嚀，她倒聽清楚了：「暗場煞戲，阮就徙位了，妳要悉⑫著伊來戲園口等貨車。」

直到阿爸午後補鼎返回，他和阿母才幾句話兩人嗓門就盡數拉開了。

「妳動不動就狼子心肝要賣查某囝！」

「你老狗記得久長屎！當初若毋是把惠玉分給船主，我怎會當來台灣生連機為恁林家傳後嗣？素淨毋是分毋是賣，是送去戲班學身藝！」

「戲班？根本是無父抑無母才會去寄身的所在，任人苦毒……」

「要學一把功夫本來就呷苦當作呷補，連機學做藤椅仔，還毋是隨在彼個無天無良的師傅娘凌遲，還得替伊捙⑬伊的屎桶、洗囝仔的尿苴仔⑭！」

「較艱苦連機也三年六個月就出師，素淨送入戲班就一世人了！」

那晚，天一黑，她立即躲上床。

把自己整個蜷縮在又厚又重的大棉被裡頭，彷彿這樣，棉被就可以像街頭賣膏藥的耍魔術那般把她變不見。大熱天，她從頭到腳流淌著一汪汪的熱水然後全身浸泡其中……。

雖然後來，大人沒再提起戲班的事，似乎從來也不曾發生。不過好久好久她都不敢再去茶攤，寧可一個人在芒果樹下躲躲藏藏或屋旁院子踅來踅去，李沐心的巴將還當面說她：「素淨，妳怎親像無靈魂ㄟ？」

直到有一日，阿母收攤回來，臉面散發著糞廁的氣味：「彼個不四鬼叫妳去茶攤啦！講伊足久無看著妳了。」

她不知道阿母為甚麼要叫酒家的哥哥「不四鬼」，那是罵人的話吧？她似乎很討厭他。一聽到哥哥找她，不知怎的，她又有勇氣去茶攤了。

明知道穿過街後，會碰上那個不喜歡穿褲子的女人；那些喜歡罵她追她的大人、小孩；還有，那個戲班的班主會不會又突然出現在茶攤？不過哥哥會陪她玩紙牌，會牽著她的手四處遊逛，當渴望的衝動超越了無膽的退縮就會激發她那莫名的勇氣。

再次經過街後，再次經過排水溝旁的半坍豬欄，再次碰見那個女人四腳落地，背後卻多了一個男人趴在她身上同樣沒穿褲子露出白白的屁股，那女人扭動著身軀似乎想掙脫，發出咿咿唔唔不知在哭還是在叫的怪聲，那男人一手掐住她脖子一手暴打她頭臉怒罵：「嚷啥？嚷啥？膾見膾笑臭查某！怎毋死踮南洋就好，還敢走轉來卸世卸眾猥褻歸個萬丹！」

她拔腿就跑。

11 參詳：商量
12 㨑：帶
13 摒：清理
14 尿苴仔：尿布

終於見到哥哥。他問她為何好久沒來茶攤，捻著裙角，她沒說戲班的事。

哥哥盯著她的臉：「妳是按怎？一個面青恂恂！」

「……街後的水溝仔邊，有一個豬槽……」

「哦！那是日本統治台灣的時代，強逼家家戶戶飼豬補給前線留落來的——哎！妳哪知影啥伙叫前線，橫直，彼搭抛荒了，無飼豬了。」

「有一個查某ㄟ時常佇那……」不敢說她沒穿褲子。

「妳去予彼個痟查某駭著喔？莫驚莫驚，伊只是一個苦慘的查某人，戰爭的時陣被日本政府調去南洋……聽講，戰後倒轉來人還好好，予伊兄哥、兄嫂逼到起痟……」

她也聽大人說過，有些人家的後生被調去南洋作戰就再也沒有回來過，可是那個不喜歡穿褲子的女人為甚麼也被調去南洋，她也要作戰？

哥哥臉上竟然也出現不可說也不准問的大人表情：「……這妳莫問啦！」

她也就不提那裡還有一個男的，同樣沒穿褲子。

哥哥只管攤開他大大的手掌心，裡頭有五顆潔白中帶著一些些透明的小石子，那和明珠或月英玩「放雞鴨」的一般小石子很不相同。

他將小石子放進她手中卻紛紛滾落，她趕緊握攏手心也只留住兩顆，哥哥放聲大笑，一一撿起：「一個手這呢幼秀，實在真古錐。」

他說，那是和他姊夫去台東辦事，他海邊撿回來給她的。

問他「台東」在哪，是不是跟「南洋」一樣遠？哥哥又笑了，說南洋要坐船才能到，去台東開貨車就可以，不過從清晨摸黑直到晚上摸黑才能抵達，而且在山路一直繞來繞去，他還暈車嘔吐。聽起來好可怕。

「按呢，為啥物要去那呢遠的所在？」

「人佇江湖行踏……」哥哥突然嚥了好大一口口水，他喉嚨被甚麼卡住嗎？「素淨，妳這呢細漢，一寡⑮代誌，真正莫咧⑯較好。」

去台東辦事哥哥不歡喜？不過他還去海邊撿美麗的小石子給她呢！更加寶貝，她連睡覺都偷偷放在身邊。

第二次在茶攤碰到那個酒家女，她一樣側身對她微笑，她害羞地閃到水溝旁去，帶著炫耀的心情從衣袋掏出那五顆小石子，玩起「放雞鴨」：「一放雞，二放鴨，三分開，四相疊，五搭胸，六拍手，七紡紗，八摸鼻，九咬耳，十拾起……」

反複重玩，就算哥哥沒出現，有他給她的小石子陪伴也很開心。

那個酒家女吃完走到她身旁，她聽見她嘴巴咂咂有聲地清著齒縫。

「妳自己一個人耍喔？」

抬頭望著笑咪咪的酒家女，她不敢回話。

「我嘛攏自己一個人。」

15 一寡：一些
16 莫咧：別懂

她好驚奇，阿爸不許家裡任何人靠近酒家，記得他就是吩咐「那款所在，真複雜，五色人出出入入」，她知道那是人很多的意思，她怎會自己一個人？

驚奇未已，她轉頭向她阿母：「頭家娘，我叫金鳳啦！妳這個查某囝，偌大漢了？」

「明年要讀小學了。」

「按呢，毋就還無啥物記持⑰？」

「五、六歲囝仔有啥物記持，毋過我這個查某囝真歹性，愛講白賊，不時講伊會記得一、兩歲的代誌，真正無伊的法度。」

她突然蹲下來跟她面對面，同時伸出手來：「阿姨要來市場買物件，𤆬妳做伙去好否？」

一愣，她猶豫著看向阿母，沒想到她對酒家女手一揮：「看妳要𤆬伊去佗攏好，伊踮這齷齪死人爾爾。」

於是，酒家女牽住她的手，還要她叫她「阿姨」，她就跟她去逛市場了。

在市場的簳仔店，阿姨買了一瓶貼著一個女人拉開粉紅蓬蓬裙的東西，對她說：「幾落擺攏買無，聽講全台灣大欠貨。」

她顯得很高興，還把那瓶東西挪到她鼻尖，沒開封照樣嗅得到一股熟悉的香氣——喔，就是阿姨身上的味道嘛！

看著她珍惜地放入手上繡著珠珠的大錢包，這也很特別，一般大人，不管男的女的，頂多就是揹著藺草袋。

「這叫明星花露水，人客就是愛這味。」

「阿姨，妳也咧賣物件喔？」

她春風笑容的臉面突然霾霧一攏就不跟她說話了。一駭，也不安起來，似乎，她很容易惹人不高興。

不過阿姨還是牽著她的手，往賣紅豆湯的攤子過來。還沒坐下，她已經聞到那濃郁的香氣，貪饞地盯著紫紅色稠稠的紅豆湯在大鍋內噗噗噗冒著蒸騰的泡泡，口水也跟著冒出嘴角。

老闆很快端來一碗熱呼呼的紅豆湯，阿姨往她面前一推，臉面也重新送來春風：「妳呷，阿姨南北二路呷透透，萬丹的紅豆仔湯上蓋讚，煮到糜糜糜。」

「歸碗攏要予我呷哦？」

「是啊！我在恁的茶攤呷飽了——細膩⑱！細膩！燒滾滾啦，妳怎會這呢大嘴！」

哪管從嘴唇到舌頭的燒灼，這麼美好的事怎可能發生在她身上，可以一個人擁有一整碗香甜濃稠的紅豆湯呢！

後來只要在茶攤碰見阿姨，她都非常樂意讓她牽著去逛市場，每回一定等得到那碗又香又甜的紅豆湯。

吃紅豆湯時，阿姨喜歡說話給她聽，彷彿應和著大鍋內的噗噗聲話也像蒸氣泡泡不斷冒出她的嘴，不過她常常聽不懂。

17 記持：記憶
18 細膩：小心

「呸！有一寡仔查埔人根本是糞埽，垃圾人，把我當作禽牲凌遲……」

「我是清水人，有一天，阿姨煮妳來去阮台中住好否？」

一傻，她忘了滿匙的紅豆湯，阿姨噗嗤一聲：「嚇妳的啦，甘願死踮外頭我也膾倒轉去，咱來去住台南好了，台南有足濟⑲好呷物。」

她頭腦還是轉不過來，為何她要和阿姨去住「台南」——那是哪？也要像哥哥那樣搭貨車在山路轉來轉去嗎？

有一早，又要跟阿姨去逛市場吃紅豆湯，就跟也來茶攤光顧的哥哥撞上。

「金鳳！妳要焉素淨去佗位？」

哥哥直接叫喚阿姨的名字，除了那回對著戲班給飯庀的女人，這是第二次她在他臉上看見凶凶的表情。

「我要焉伊來去市場呷紅豆仔湯啦！」

「素淨！妳真實要綴⑳伊去？」

不知怎的，她竟然克服了對紅豆湯的迷戀，選擇留下來跟哥哥玩紙牌，他還拿紙牌變魔術給她看，當她驚呼連連：「你騙人！你咧騙人！」

他打結的眉毛解開了，眼睛又成了彎彎的月亮，那凶凶的表情從他臉上徹底塗去痕跡……。

那回，當她又穿過街後來到茶攤，只有阿姨一個客人，正跟阿母面對面、膝碰膝說著話，奇怪的是，阿姨在哭，又揉眼睛又擤鼻涕，也有人丟她小石子嗎？剛剛她才在路口拿衣角把眼淚、鼻涕擦乾淨。

阿母抬頭瞄了她一眼，她熟悉那帶著恐嚇的阻止眼神，聽令地趕緊蹲到水溝旁玩「放雞鴨」，卻忍不住拉長了耳朵。

「煙花界，無了時，就像我頭拄仔[21]講的，我總㑳使一世人孤孤單單，到老連一個服侍生苦病痛的人都無。」

「我了解妳的心情啦，好天，也得想雨來糧。」

「多謝妳同情我這個歹命人，我也㑳克虧妳，加加減減，我會補償妳一寡仔錢。」

「毋過，阮彼個老ㄟ真歹剃頭，啥人就㑳當磕著[22]那些囝仔。」

「……伊毋是會出去補鼎？」

「妳的意思是……」

阿母和阿姨突然同時轉頭眼睛向她，她慌忙低頭專心玩手上小石子：「一放雞，二放鴨，三分開，四相疊……」

她不敢停下數唸聲，也就聽不見她倆壓得更低的交頭接耳。

聽不見，更害怕，阿母和阿姨，等候阿爸出去補鼎時，接下來要做甚麼？

似乎茫然，又約略明白，阿姨也是班主？可是戲班早去到班主看不見她的地方，阿姨每天都

19 足濟：許多
20 綴：跟隨
21 頭拄仔：剛才
22 磕著：碰觸

在，隨時會來抓她去那個她說的「台南」？……不要！不要！再多再好吃的食物她都不要了……她好想好想大聲哭喊：阿母！我不乖嗎我做錯事嗎為甚麼妳一直想讓別人把我帶走？……

她只是無聲瑟縮在棉被內，明明住在大宅後頭的紅磚屋，夜晚睡夢中，窗外搖晃著紅樓簷下那盞昏黃的燈泡，緊貼玻璃的鬼影竟然掛著阿姨的臉龐……

她連白天都藏在屋內不肯踏出門去了，但是悄無聲息的家，外頭連芒果樹落葉都會讓她駭然驚跳，最怕阿母從外牆和內牆之間的那條小路收攤返來，茶攤嘎吱～嘎吱～的車輪聲由遙遠漂浮到清晰刺耳，阿爸還在她不知道的地方補鼎，有甚麼會攫走她的鬼怪就跟在阿母後頭一起回來？

她趕緊跑向屋後的釋迦園躲起來，恐懼，讓她想把自己變不見……

直到有一天，阿母收攤回來，她似乎強忍怒氣丟給她一句話：「酒家的敏郎要去做兵了，叫妳明仔早去茶攤，伊有話要對妳講。」

怎講的不是關於那個阿姨？不過哥哥要去當兵了一下子佔滿她的頭腦。

她在鄉公所的廣場看過造煤球的阿姆她兒子去當兵。

以前住在L型房舍時，那有一張灰灰黑黑臉孔的阿姆，每天埕前造煤球、曬煤球，她就蹲在一旁把一顆顆的煤球當人頭數。

有一回她開口問她在做甚麼，她誠實回說：「我在數人頭。」

卻煞白了阿姆的臉，她也才發現，阿姆臉上又黑又灰的是髒髒的煤渣。

後來阿姆到處跟人家說：「阿葉彼個細漢查某囝予紅樓的鬼煞著！」

傳到後來變成：「阿葉彼個細漢查某囝有陰陽眼……」

阿姆的兒子要去當兵時，左鄰右舍幾個女人包括阿母出動陪伴她歡送兒子光榮入伍。她興奮著可以跟去湊熱鬧，不明白為甚麼阿姆一路哭到鄉公所。

她兒子和一整排別人家兒子都披著紅色綵帶，廣場前樂隊正演奏著強而有力的音樂，全是在喊「蔣總統萬歲」「中華民國萬歲」的遊行隊伍中聽過的樂曲，歡送的人群將廣場塞到足供她在縫隙鑽來鑽去，太有趣了！仰頭一看，怎麼盡是一張張垮臉甚至哭臉？造煤球的阿伯還得攙扶哭到癱軟的阿姆。

「好了啦！妳莫按呢啦！三年就倒轉來了……」

「三年還無夠久喔！阿共仔的槍子咁有生目睭？我的心肝仔囝，一抽就是海陸仔，毋就穩當送去金門抑是馬祖做水鬼仔？我煩惱就死……」

不只阿姆一個人在哭，有兒子披綵帶的女人都在哭，連愛趕熱鬧的她阿母也眉目不開，對著同行的鄰居咕咕噥噥道：「阮連機隔幾年仔也得做兵了，伊漢草無像土妹的後生那呢好，毋過去訓練中心了後若抽著金門、馬祖籤……」

「做兵」，難道也很可怕？

隔天，早早來到茶攤，幸好不見阿姨。

哥哥比她還早到，就蹲在茶攤旁的水溝前抽菸。

看到她，他把叼在嘴唇的香菸吐進水溝，一如往常笑嘻嘻喊道：「素淨！」

她卻奇怪地感覺到那笑容跟平常不太一樣。

「哥哥今仔日有騎腳踏車出來，我載妳來去溪仔邊戽大肚魚仔。」

他瞧都沒瞧她阿母一眼，恰似他們兩人說好，就好；她可不敢，拿眼睛聽阿母的指令。阿母才開口：「危險啦！溪仔邊水真湍流……」

就被哥哥打斷了：「素淨和我做伙𣍐比和妳做伙較危險！」

然後直接要她上腳踏車後座，她不敢再看阿母，橫直，沒聽見她暴怒的阻擋聲就好。

哥哥載著她，居然就拐入禁地水色酒家的那條巷子。

正張望著，他突然往前面一間房子一指：「那就是水色，我住佇二樓。」

很普通的木造樓房啊！樓閣外懸掛一塊招牌，比較不一樣的是招牌閃爍著幾個五彩燈泡，在日光下顯得無精打采。

「啥人會當選擇自己的家庭？……一個人，是毋是一出世，就注定一生的運命？……」

正失望於水色酒家和她所想像的神祕不一樣，哥哥背對著她說話，她看不見他臉上的表情。

腳踏車很快就溜過酒家門口，一路往前，她忍不住又回頭看了一下，還是看不出特別。

車停在雜草竹林前，哥哥牽著她的手穿過竹林內小路後，眼前一寬，藍天上朵朵白雲自由飛往無盡處的無盡處，溪崁下淙淙流水輕快奔向遼遠處的遼遠處。她不禁歡喜拍手，哥哥也宛如溪水那般蕩漾一臉笑容，帶著她用屁股滑下溪崁，她新奇大笑出聲，起身立即衝向簇簇小浪花的溪水。

「細膩！細膩！石頭真利，跋倒就大空細裂㉓啊！」

煞住腳，她就踩在離岸邊最近的水流處，任淺淺的水流碰撞腳踝帶來的清涼，半透明的大肚魚成群從她腳邊游過，太有趣了。

哥哥在離她最近的石頭坐下，也把腳放進水裡，看看天空看看溪流，這才發現，哥哥的眉毛和眼睛不像平常老糾結成團，放在應該放的位置，好好看。

「素淨，妳要戽大肚魚仔否？」

搖搖頭：「我干單愛看伊們踮我的腳邊泅來泅去。」

「連魚仔都歡喜踮這……我心情若鬱卒，攏走來這，看天看雲看水。」

連她阿母都怕他，他為甚麼還會心情不好？

想問他，才瞥見他手臂上的圖紋不再鮮豔漂亮，像洗過又沒洗乾淨的抹布那般深淺不一甚至缺角模糊，她用力看清楚，那深淺不一的顏色竟是皮膚受傷露出紅紅紫紫的肉，她一下子慌駭起來。

「你這是按怎？」

「聽講，身軀頂刺花去到軍中日子會足歹過……幹！用硫酸洗也洗艙清氣，比當初用針刺還疼……」

「啊？」

他又眉頭堆成山峰眼睛也再一次位移：「這妳毋咧啦！這個世間有足濟好驚人的代誌，妳上好莫咧，莫搪著㉔……」

---

23 大空細裂：大小傷口
24 搪著：遇到

「哥哥！你目眉目睭莫攝作伙啦！」

她伸手試著剷平他眉目間的山峰，哥哥笑了。

「素淨，哥哥要來去做兵了，我會足久足久𣍐當看著妳了，等我做兵轉來妳也大漢了。」

他的話讓她開心地笑了，長大，多麼讓人嚮往的事啊！她就可以像大人那樣甚麼事都不會再害怕，恐懼。

「毋過，平安大漢毋是簡單的代誌。水色來來去去的查某攏是歹命人，也有十三，四歲就被父母逼落煙花的……」哥哥定定看著她的眼睛，煞似直穿她背後：「素淨，我看妳也毋是好命囝，一劫過一劫。妳要記得哥哥的話，毋管未來命運怎樣拖磨，會拄著偌濟凶險，活踮這個世間妳就𣍐使軟餌㉕先放捨自己。」

他怕她不懂似的一句一句慢慢說，但她還是不懂，只覺得每句話像落在溪中那一尊尊的岩石重得不得了，他的眼神更讓她害怕，想轉頭又不敢轉頭看自己背後有甚麼。

他從褲袋掏出一副撲克牌：「送妳，以後我𣍐當陪妳耍紙牌了。」

她驚喜地慌忙上岸，小心接過，拿在手裡翻過來翻過去。

「我三年才會退伍，到時，妳𣍐記得我是啥人了。」

「我一定會記得。」

「妳咁會等我轉來？」

「嗯！咱來頓印仔。」

她不但用力直點頭，還跟他勾勾小指頭，兩個人的大拇指再互相用力壓了一壓，那也是哥哥教她的，他說這代表答應人家的事就一定要做到，和大人打契約蓋印章的道理一樣。

哥哥大聲笑了起來，眉眼之間熨斗燙平了那般，露出的兩排牙齒和水裡小浪花一樣白一樣吸引人……。

然後，不知道哪一天，哥哥就去當兵了。

到底隔了多久？然後，她就在茶攤聽說，酒家的「大尾鱸鰻」也就是哥哥的姊夫，去領回他的骨灰，軍方只交代說：自殺身亡。……

她躲著一直哭一直哭，直到把那五顆潔白圓潤的小石子，哥哥從台東海邊撿回來送給她的，一顆顆丟入戲院前那條陰暗的水溝，眼淚也才像小石子那般凝結了，棄置在心底不再撿拾的角落。

倒是珍惜著那副撲克牌，常常自己跟自己玩撿紅點，假裝另外一方還是哥哥，反正他教過她，紅點一共一百八十點，誰吃的點數超過九十點就贏了，誰贏了都是興高采烈，因為她會幫哥哥歡呼。

阿母四處宣揚：「敏郎的魂魄真正有綴伊姊夫轉來，倚佇阮素淨的身軀。」

說她總是一個人玩著他的遺物然後對空有說有笑。後來撲克牌的失蹤，應該跟阿母有關係吧？

不只哥哥不見了，還有酒家那個阿姨也不見了。她也是後來才在茶攤聽來的，哥哥曾拿他姊

25 軟飷：軟弱

夫的武士刀要劈了阿姨。

「若毋是伊姊夫佮幾個查埔郎硬死擋落來，金鳳哪有法度好腳好手離開酒家，恁素淨真正會害死人。」

那個聽說在水色酒家做清掃工作的阿桑，就像當初在演義哥哥的死訊那般，說著甚麼遠方趣事似的，很不相干地嘴笑目笑，一臉不快的是她阿母。

「金鳳是要收阮素淨作養女仔，老來有一個倚靠，我就毋知敏郎咧想啥，阮素淨還未讀小學，伊的年歲會當去做兵了，大人對著囡仔嬰……」

「哎喲！阿葉，妳也無佇酒家做工，怎會歸頭殼攏想歪的？敏郎自細漢就無父無母，靠伊姊仔晟大漢，踮酒家徛起真複雜，會當佮一個單純的查某囡仔無煩無惱作伙迌迌，莫怪敏郎會惜伊衛伊，伊就是幹譙金鳳自己連悃㉖無夠，還想要拍垃圾一個囡仔。」

「死無對證了，我就毋相信一個酒家大漢的查埔郎會偌清氣。」

抬頭看了阿母一眼，她猜，那一眼是瞪不是看，包含著不說出口的恨怒，因為接下來阿母就指著她嘶吼詈罵了：「妳上害妳上害！𣍐見𣍐笑，才幾歲囡仔就會和人亂來，煙花命！以後注定煙花命！」

林素淨猛然驚覺，公路局班車已經來到眼下錯身而過，她慌忙一邊舉手一邊狂追，幸好嘎～一長聲，司機在不遠處煞住，只在她衝上車時悻悻然咕噥了句：「一仙像柴頭翁仔，啥知妳要坐車否……」

她只能報以一抹微笑表達歉意。一小時一班車，沒搭上，她和圓因和尚約定的時間就遲了。

車上乘客零散分布，她輕易選擇到靠窗的位置，愉快地望著窗外隨著前行的車子不停後退的木麻黃。應該在軌道上運行的日常得以暫時奔逸，內心漂浮著詭祕的喜悅，彷彿偷開糖罐子得到一口甜的孩子；另一方面，今天能否從圓因和尚那覓得B十年迷蹤，同時糾結著無法掌握難以確定的亂麻而焦躁著。一顆心剖成兩半。矛盾，似乎一直是自己的人生寫照。

看著司機開車的背部，抓著方向盤的手顯得熟練而穩當，這個世界其實是靠著盡忠職守的好人在運行。

家安就是在扮演這個世界「好」字輩的人物，好老師好丈夫好爸爸，雖然他對他的世界以外的人事物不經心也不經腦。只要她神經線別太纖細，兩個人應該可以達到一般人對幸福婚姻的定義。今早他始終堅持下班後一定回家，她當然明白他言語之外的意思，不管颱風會不會入侵他都得趕回來守護家園。

他一直用力在照顧他倆的日常，走不走得進她的內心，從來不是他需要掛意的課題，最愛數落她的話：「妳的頭腦可不可以不要這麼複雜？我們結婚了，小壞也出生了，妳一切都安定了。」

很想為他的單純慶賀，懷著羨慕和忌妒，生活和生命對他一直是，理所當然。

所以他也不曾理解過她內心的恐懼感彷彿樹的根人的影，只不過在流逝的時光之河，她逐漸學會了對外面的世界避免情緒的揭露，也逐漸明白小時候一恐懼就想把自己變不見，其實「不見了」才是恐懼的最極端。夢境，屬於她的真實，酒家的哥哥就存在她最深層的夢境；B也會成為她另一個永恆的夢境？她常常顫慄於這樣的恐懼。

前方駕駛檯和司機操控方向盤的雙手，在她眼中，彷彿幻化為昨晚的鋼琴鍵以及李沐心專注撩撥的手指。

昨晚後台，她並沒有認出她是誰。當她一般好奇或多事的樂迷吧？時間雕刻師把李沐心雕琢為更加精美的藝術品；歲月魔術師難道也在她身上玩「不見了」或「變為他物」的把戲？

隨著後退的木麻黃，「往昔」又帶著她穿越時空，她再次看見了在課堂上睡覺的自己以及在講台上受獎的李沐心……

總角

就算一家人住在小洋樓對面的紅磚屋，除了那回的洋火腿，李老師平時應該不太留意她的存在，因為自己太不起眼？還是太擅長躲藏？哎，小孩怎會明白大人行事準則。總之，李沐心的兩個姊姊，在她某個年齡之後似乎就不常見到了，李老師出門不在的夜晚或假日，巴將會去找石瓊玉或卜念華來陪伴單獨在家的李沐心，不會是住在對面的她。

進了小學，一開始連導師點名她都不知道那是她的名字，課堂上，她從一年級睡到二年級，然後每次月考過後的頒獎典禮，她就傻傻地看著隔壁班的隔壁班的第一名李沐心上台領獎，她和司令台之間的距離，就是夜晚抬頭仰望的星空，而李沐心就是那顆最明亮的星星。

直到三年級，突然驚醒過來那般課本的每個字光一樣射入她的頭腦，每次月考過後的頒獎典禮，她都很肯定司儀叫的是她的名字，她和隔壁班的隔壁班的李沐心一起站在司令台上，接受班級第一名的獎狀。

在李沐心的巴將召喚下，她開始在小洋樓出入。

雖然很小的時候常常藏匿在老芒果樹背後偷窺小洋樓，真的得以進入，也許都處在神經緊繃的狀態，她對屋內反而不太有細節印象，只留下一塵不染的清冷感覺。

李老師會等她來到才離開，輕聲道謝，還準備了豐盛的餅乾或點心，但不知怎麼了，面對李老師時她總是慌裡慌張，老覺得自己的臉孔或身體髒髒的。

倒是不曾伸手去拿繪著精美和服仕女圖的木盤內餅乾或點心，除非李沐心主動遞給她，雖然那是莫大的誘惑，對於苦苦抵抗飢餓的她。只好轉而去拿滿書櫥的課外讀物，囫圇吞下，製造腹肚的飽足感。

小時候，洋火腿揭穿了自己渴求小洋樓食物的羞恥滋味；現在，她若主動去拿餅乾或點心就鐵證了自己的渴求。

在小洋樓的李沐心大多冷冷向她，她總在心裡堅持道：是她需要我陪伴。不過，只要不在小洋樓與李沐心單獨相處，她又感受著她的友善。

有一天巴將來告知，李老師要免費教她鋼琴，說李沐心要求她媽媽的。陪伴李沐心時，巴將都命她從小洋樓外的樓梯直接上二樓書房，第一次，她拉開一樓的紗門讓她登堂入室，還告知李老師在鋼琴間等她。

難以明白自己是雀躍？或龜縮？這與只要成績夠好就得以和李沐心並列司令台上領獎，不一樣，她從很小很小就就注意到了，能夠進入小洋樓學琴的女孩，跟李沐心都有某些類似的神態——很像，在小時候偷窺的眼，小洋樓和紅磚屋不屬於同一個世界，那樣。

匆匆經過起居室，一抬頭，牆上兩幀並列的黑白照，入眼的男人一個俊逸一個儒雅，還來不及回神已真實坐在黑得發亮的鋼琴前，又錯以為這才是夢；一直遠在雲端的李老師就坐在她身旁，輕柔如霧地教導著五線譜和基礎音階，她更誤以為是幻。不真實到陷入夢魘般而兩臂僵直手腕重壓琴鍵，任憑李老師聲聲召喚「放輕鬆！放輕鬆」，依舊無法還魂。

後來不了了之。

前後差不多一、兩個月吧！忘了怎麼終止的，自己堅持不學？李老師主動不教？反正她從不提在李老師那學過鋼琴。黏黏稠稠無法洗滌的羞恥感覺怎能曝曬於唇齒，當然要埋葬在內心黝黑深處的儲存格。

又有一天，大宅廳堂那兩扇雕花木門盡開，對著廳門，裡頭端端正正擺放著一副棺木。聽說，棺木內盛裝了「伊」的身體。

大人忙著讚嘆棺木是檜木製成；她忙著想像只要再聽見她倉促莽撞的奔跑聲，「伊」就會推開棺蓋拄著拐杖走出來：查某囡仔人，慢慢行就好……。

當大宅廳堂內裏小腳的女人幻化為沉重厚實的靈柩，出殯時，靈柩前導不是嗩吶而是手持十字架的牧師；後頭跟著一竹竿又一竹竿各色布匹綿延了整條街；最後頭送殯的行列又是另外一條見首不見尾的人龍。

看熱鬧的鄉民擠在街道兩旁，她以捉迷藏的身影小心隱形人群中，好讓阿母看不見她。阿母必不缺席湊熱鬧的行陣，卻嚴格執行「囡仔人會煞著」的禁忌。一向無膽，卻不知怎的，只要大人說「艙使」而且隨著禁止的強度，就會強化她以行動說「我欲」，觳觫中的勇氣，執拗著非做不可的莫名勇氣。

那一竹竿又一竹竿五顏六色的布疋，彷彿一隻隻鮮豔欲滴的大蝴蝶，其中一疋碎花亮面緞布飛入了她家，巴將轉達，李沐心堅持也要送她一匹布。

有布，無錢裁製，也是枉然，隔壁做裁縫的阿姆伸出援手，把布疋轉給正在傳承手藝的女兒，製成了一件上衣一條裙子。

然後，她變成了一棵移動的花樹。也不過花開滿身兩回，她就任由阿母詬罵碰都不肯再去碰花衣裳。並不是大人私下竊笑的「好好鱟，刣到屎若流」㉑，白白浪費了一疋上等布料，而是布料來自出殯行列的竹竿。聽到李沐心的巴將和她阿母之間的閒聊，各界把一幅幅輓聯改成一匹匹布疋，是李老師想圓滿老曾曾祖母一生賙濟窮人的懿德——自己卻只把布疋和死亡聯想在一起，無膽讓死亡的連結穿在身上，讓她充滿勇氣不從阿母的怒斥。

李沐心對她的好，其實，不完全都是夢魘。

同學們喜歡談論拜拜好像生活才有了中心點，除了清明節、端午節、農曆春節還有神祕的七月鬼節要拜拜，家中做生意的固定初二、十六要拜拜，還有哪個廟宇神明生也要進香拜拜。

尤其就在國小斜對面的萬惠宮，三年一次的媽祖生大拜拜，全鄉三十六個庄頭的廟宇陣頭都來拜謁祝壽，媽祖也全鄉遶境回禮並庇佑鄉民闔家平安，足足「迎鬧熱」三天三夜，連學校都放假供各路陣頭夜晚歇息、晨間集合，全鄉跟那喧天鑼鼓一樣躁動、一樣亢奮，大拜拜前後同學們熱烈討論陣頭種種，學起七爺八爺走路和宋江陣招式，最好笑的是學「素蘭要出嫁」花轎前那壯漢裝扮的媒人婆扭腰擺臀，平日再內向再無言的同學，在媽祖加持的那幾天也會活潑多話起來。

唯有她，插不上嘴。

住在L型房舍的那幾個女人正與外表苦苦掙扎，又為了閃躲同院落男人奇異的眼光，每隔一陣子就擠在她家屋後空地，一個木桶放入木藍餅和水攪拌成靛黑，然後妳幫我、我幫妳讓染劑塗去歲月蒼白的印記。

她靜靜看著午後的日光自釋迦疏落的枝葉篩透在地面，斑駁的影子依風款擺，那幾個平時或靜默或嚴肅的女人，好像剝開裹葉的粽子，熱騰騰的笑語聲也風送蹭在門檻看著她們的她耳內。

---

27 好好鱟，刣到屎若流：意不會做事的人，把事情搞到一團糟

她們談起當年李老師嫁入屏東浩大的迎娶場面，談她的美貌談她的婚姻談她的命運。雖然日日面對小洋樓，小洋樓對她始終是神祕的禁地，也就拉長耳朵專注於日影婆娑下的稗官野史，但是女人們口中也同時吐出雲霧和簾幕，一切隱隱約約、遮遮掩掩。

「土妹賣土炭做生理，膾當無拜神無拜鬼。」

「咱體諒有啥路用，李老師根本是虎鼻獅，離那呢遠，竟然有鼻著土妹拜拜的香味。」

「哎喲！妳莫這呢好騙了，一定是彼個爪耙仔啦！恁看伊，假高尚、真嬈俳㉘，只不過是一個老嫺！」

她們在罵李沐心的巴將。聽說，當年李老師無乳可餵哺剛出世的紅嬰仔，煮食的廚娘不但一肩挑起照顧嬰兒的工作，還把自己也才生下小孩不久的媳婦帶來哺乳嬰兒，她就永久住在小洋樓了，宛如也成為小洋樓的家人。

女人們繼續吱吱喳喳：「土妹每月日十六去媽祖宮拜拜嘛是掩掩揜揜㉙，我就講了，這李老師無權利干涉！」

「就是啊！就是啊！咱莫踮厝內挈香拜拜就好了。」

「神，毋是愈濟仙愈好，有拜有保庇，基督教信一仙上帝哪有夠力？」

「伊們基督教把祖先的神主牌仔擲入屎礐仔，我到今還稅厝姑不二終㉚，以後有才調搬出去，照常要拜神拜鬼拜祖先，古早人講根不離土，人不忘本。」

靜謐的午後，托著腮幫坐在門檻，她藉著微風就可以接收到許多好似「講古」的內幕。

不想，原本屬於一群女人的納涼閒聊，阿母卻沒結束在日影飛過的午後，反而帶入家門繼續纏扯不清。

她抱怨別家人都有偷偷去外面拜拜，阿爸回以祖墳遠在福建神主牌也沒揹出來，是要拜甚麼，而且當年租房子李老師唯一的約束就是不許拿香。

「當年既然答應了，就𡁜用得反悔。」

「無拜，無保庇，我想要去拜媽祖。」

「做人，𡁜當無信用。」

「你干單想到人，無想神也無想鬼，全然無代念媽祖婆救過你的命……」

「噓！噓！噓！」

她猜，自己一定像狗一樣往前豎起耳朵，否則不會還來不及開口問媽祖婆如何救阿爸，阿爸就先大聲對她斥喝那句：「囝仔人有耳無嘴！」

阿母嘴一掩，驚慌的雙眼四下張望，空氣中煞似突然生出竊聽的耳朵。

阿爸嗓門壓到彷彿日光猶明就已有伺機攫人的鬼影：「妳一支嘴較密米篩，早慢予警備總部掠去關到死！」

誰誰誰！誰會把阿母抓去關到死？她不由跟著慌張起來，為甚麼「嘴」和「關」、「死」會

28 嬈俳：倨傲神氣
29 掩掩揜揜：遮掩躲藏
30 姑不二終：迫不得已

綑綁成串？

「我……我……」

「以後莫擱提起了！」

她連呼吸也跟著阿爸恐懼的斥喝屏息，可是，好似心竅初開就籠罩在不能問不能說的禁忌反而讓好奇更加蠢動……。

上下學時必定經過萬惠宮卻從不曾進入，只是日日看著廟前廣場好像隨時有人在老榕樹下乘涼閒聊，龐大的香爐似乎永遠煙燻裊裊，有種亙古存在的神祕，未知，兩扇看來古老的廟門內氤氳著甚麼？

有一天上學途中，她再也受不了好奇的慫恿，偷偷跑到門邊往裡頭張望，還茫然於光線晦暗的大殿煙霧迷離，神龕雙側兩尊造型凶惡的神偶一下子撞入眼簾驚嚇了她，還來不及看清安座中央的神偶，她轉身就逃。

曉得媽祖救過阿爸之後，她努力地想從書頁內尋找答案，終於知識了兩尊神偶叫千里眼、順風耳，中間神祇即是媽祖，但廟宇神殿瀰漫著不真確是最深化的印象，再揣想祂們如何走下神龕出手搭救阿爸，她竟完全魔幻地顫慄……。

有一晚，再次在巴將的帶領下來到小洋樓，她一抬頭，竟然望見李老師直接站在紗門外樓梯間等她，看到她，明顯放下心來的神情，下樓來還對她點了點頭，像往常那樣說一聲「多謝妳」，然後離去。

她回頭瞅了李老師的背影一眼，敏感到今晚異樣於平常。

住。

獨自上樓，推開紗門進到裡頭，李沐心整個頭埋在書桌上，無聲但顯然在哭泣，她一下子傻

一整夜，她就以這個姿勢向她。

她慌張失措，像煞椅子成了鍋鼎有火在燒，她坐也坐不住，深切感受著自己應邀而來是可恥的錯誤。

恰似放在時間中熬煮，直至鐘敲九響才得以脫離小洋樓這座火爐，她匆匆收拾課本和作業簿正想逃離爐火，又躊躇於自己一整晚也是無言相對。

她以國語叫喚道：「李沐心！不要哭了，妳媽媽等一下就會回來……」

小石子丟入水塘也會泛起一絲漣漪吧？冰山對小石子就徹底無感。

李沐心的冰冷，提醒了她的卑微，她需要的陪伴者，確定不會是她。

從此，她不再踏入小洋樓。

任憑李老師一再差遣巴將前來叫喚，她就是不肯依從。

巴將終於被她激怒，最後一次叫不動她時，對著她阿母飆罵：「恁素淨會讀冊就足嬈俳哦？隨在我一擺叫過一擺！妳就是無教無示，伊才敢無禮無數！」

站在院子一邊收衣服的阿母，斜敧的日影像苔癬斑駁在她頭臉，或許為了給一個交代或許為了證明並非無能，一把抽出曬衣架上的長竹竿，對著躲在門邊偷聽的她橫掃過來……。

縱然阿母的竹竿掃了她一身血痕還滿，終究無能為力將她掃入小洋樓。

不在小洋樓出入了，不知怎的，她更注意起小洋樓的動靜。

偌大的莊園就住了幾戶人家，後來陸陸續續有能力的也搬走了。白天還有幼稚園的喧嘩聲妝點一下熱鬧，隨著黃昏到來就逐漸落入無邊無際的空寂，如果壯膽站在左側拱形門廊下一路望出去，不聞人語響的廳堂、幼稚園、中庭、假山、紅樓直到大門，將晚未晚尚無燈火，荒煙若有似無裊裊蒸騰。

當暗夜完全霸佔時空，大宅後頭除了她家還有聲響，屋前老芒果樹風吹沙沙，小洋樓外的花草樹木搖曳著詭譎魅影，屋內隱隱透出幾許蒼白燈色，徒增伶仃。

只要來到假日，縱然是白天，燦陽下的小洋樓灰灰沉沉罩著天羅那般，屋內傳出的鋼琴聲盡成寂寞，彷彿大灶內的灰燼撿拾不完。

她和李沐心，本來就像紅磚屋對小洋樓，中間還隔著花圃和芒果樹，不在小洋樓做陪伴的工作之後，其實完全可以沒有交集。

然後，李沐心來了，在紅磚屋門外叫喚她的名字。

帶著幾分訝異跑出來，只見她手裡拿著一個雕花木碗，對她展顏一笑：「咱來去挽桂花做茶。」

不知怎的，她突然好開心，紅磚屋和小洋樓的距離好像不是想像中的天涯海角。

就任由她帶著她到小洋樓旁靠近幼稚園的花圃，那裡有好幾棵桂花樹，正值花開時節，沁鼻的清香一陣陣，淡黃色細細碎碎的花朵長滿枝頭，她們很快就踩了滿滿一碗，李沐心說可以焙茶了。

李沐心準備了一個平底小煎鍋和煎匙，又拿了一個烘爐，她帶著她進入小時候自己只能羨慕的幼稚園，聽說，萬丹有錢人家的兒女才讀得起。

星期六的下午，庭階寂寂，麻雀啁啾，她帶著她在靠近教室的空地，烘爐內起火，然後小煎鍋上鋪花、炒花，拿著煎匙的姿態既熟練又優雅，她只能楞楞看著淡黃色碎花漸漸深褐，清香轉為馥郁。

她把炒熟的桂花重新盛回木碗，說：「妳稍等一下，我入來去泡茶。」

倒回來時，李沐心手上有了兩杯桂花茶，茶杯精緻秀麗。兩人坐在教室內木凳，隔著桌板相對品茗，第一次感覺自己在做一件優雅的事，她竟然想哭。

她閒閒放下茶杯，閒閒邀道：「我明仔早要去上主日學，妳咁要和我去？」

她回得很簡單：「好。」

隔日，李沐心帶著她踏入教會敞開的大門內。庭園有疏朗的小葉欖仁映襯微雲藍天，繽紛的太陽花讓花圃成了調色盤。進到佈道廳，日光燦爛了彩繪玻璃，聖壇上只有鮮花和十字架，一切潔淨、明亮。而學生在主日學教室聽聖經故事，還有小點心可以吃，也滿足了小時候她對幼稚園的渴想。

阿母不反對她跟著李沐心去教會上主日學，眾神皆有庇護力，這是她對神明的認知，雖然她失望於她沒有帶回傳言中的麵粉而嘮叨抱怨。

後來有人跟她阿母解釋：天主教才叫「麵粉教」，妳家素淨去的是基督教長老教會。天主教和基督教到底有甚麼差別，不都拜上帝不拜祖先？阿母實在難以分辨，索性用一個發麵粉一個不發麵粉來區分。

隨著她禮拜天固定跟著李沐心上教會，李老師差遣巴將送食物來的次數也頻繁了，阿母似乎得到了另外的補償，不滿的咕噥頻率也隨之降低。後來李老師辦家庭禮拜聚會，阿母第一次受邀進入小洋樓，轉而慶幸起她去對了教會。

她不會告訴阿母正如她不會告訴李沐心，與上帝無關。和清冷的小洋樓不同和陰暗的紅磚屋不同和威嚴的學校不同，更和嚇著她的萬惠宮不同，她純粹喜歡教會的潔淨、明亮，不論小葉欖仁樹下、太陽花圃前，還有四面門窗敞開迎來涼風和日光的主日學教室，尤其在彩繪玻璃灑下斑斕五彩光的佈道廳，聽著聖歌隊吟唱聖詩，她從來無法安置的恐懼感，在乾淨、悠揚的歌聲中暫時抒放了。她只是喜歡，純粹。

就像上了高年級之後，住在學校附近的學生可以申請回家吃中餐再返校上課，她明明知道回家也不一定有飯可吃，但還是帶著詭祕的快樂申請中午回家吃飯，然後連回家碰運氣她都寧可捨棄，一路走到街道賣電視的店家門口就停駐了，等待著十二點半電視播演《雲州大儒俠史豔文》。

騎樓下的人越聚越多，當溫文儒雅一身白的史豔文吟哦著「回憶迷惘殺戮多，往事情仇待如何，絹寫黑詩無限恨，夙興夜寐枉徒勞」俊逸從容地出現在螢光幕前，大家就像看到最崇拜的人不約而同一陣騷動，接著全神貫注；如果自稱「我乃驚動武林轟動萬教，萬惡罪魁藏鏡人也」現身，他都還沒開始做壞事呢！電視機前就罵聲四起了。

擠在店家門口的人實在太多了，她還發現不只有學生，男男女女當中少年人壯年人老年人都有，她動不動就被擠到邊緣去，只能聽電視，不過當「紅花繪香，香花繪紅，牡丹花又香又紅；

臭屁膾響，響屁膾臭，蕃薯屁又響又臭」的二齒，還有還有，去年六十三歲今年還是六十三歲明年依然六十三歲的怪老子，他們一出現，連聽電視都很過癮，那「答嘴鼓」的對話實在太好笑了。

而她往往在戲尾幾乎千篇一律史豔文、藏鏡人正邪對峙就要展開對決的旁白「緊張緊張！刺激刺激！」中，慌忙百米衝刺回學校去，那才真的緊張又刺激，因為所謂的世紀大對決，隔天中午戲一開鑼就輕鬆化解了，沒有一次真的打成，她還是樂意被騙，看戲那當下也脫離了內心一向無來由的恐懼感。她就是喜歡，純粹。

國小畢業，最後時刻趕上萬丹國中的入學註冊，而且和李沐心同班。一年級女生的資優班，來自萬丹各個國小的班級縣長獎、議長獎、鄉長獎、家長會長獎等等的畢業生，不再像明珠那個時候全校畢業生只有一個縣長獎，比完成績再比家世，所以國小六年全部第一名，初中聯考又是全校唯一考上屏東女中的明珠，畢業時只得到導師一本安慰式的國語辭典，那個縣長獎畢業的有錢人家女兒考上第三志願。

上了國中，再渾沌也漸清明，她和同學們一樣多多少少有疑惑，講台上的老師怎對著李沐心一個人上課？只要那是男老師。

沒人敢公開議論，但私下竊竊。

直到那回，下課時間，教務處年輕英俊的幹事進來教室宣布事情，偶然瞥見站在窗戶旁的李沐心，眼睛就直接掛在她臉龐了，宣布完畢繼續拉拉雜雜不肯離開，直到上課鐘響不得不。

幹事才離去，幾個跟李沐心競爭著成績的同學包括她就起鬨了。

「他只對妳一個人宣布事情耶！」

「他眼裡全班沒有別人。」

「太漂亮了啦妳！」

不管是羨慕或忌妒，美麗，不是每個年輕女孩的憧憬與追求？就像苛刻成性的地理老師，對著全班盛讚她一百分的考卷，連問答題的標點符號都無可挑剔的完美，她何等昂揚，睥睨——卻見李沐心咬著玫瑰紅的唇瓣不發一語，半晌，竟然趴在桌上哭了。

李沐心的眼淚，驚嚇了全班，也驚動了班導周雅仙。

班導追問她哭泣的理由，李沐心一味搖頭，只是淚落紛紛，年輕貌美從台北來鄉下任教的導師，不知該拿甚麼理由責備她和同學多嘴多舌，稱讚美麗的人美麗犯了哪條過錯？也就不了了之。

但她心懷愧疚。放學後，兩人像平常那樣同伴回家，她不敢看她也不敢說話，一路沉默著。

直到可以看見朱紅色大門了，李沐心才突然吐出：「我上驚人講我真婧，尤其講我親像阮媽媽那呢婧……」

「親像恁媽媽那呢婧有啥物毋好」差些衝出口，幸好頭腦緊急阻止她再次莽撞。

過後，不知怎的，這兩句話讓她逐漸嚼出苦澀和悲哀的滋味，從小，日日看著李老師茶花樹叢前宛如雕像的姿態不變，歲月卻涓滴老去……。

每天早上，李沐心捨棄她家那纖細而優美的腳踏車，和她一起走路上學。二十多分鐘路程，談老師談同學談功課，也就不覺得遙遠。

她們也有共同的不滿：公民老師。

老到脊椎骨在他的背部拉起弓來，動不動「卡呸」一口濃痰從教室射出窗去，拿起課本就是操著濃濃鄉音照讀一遍，放下課本就是讚美共產制度是最公平的社會制度，歌頌中華人民共和國終將超英趕美。

學校不是一直教導要反攻大陸殺朱拔毛消滅共匪？學校圍牆原本還寫著斗大的標語「不聽信謠言，不傳播謠言」呢！直到上學期應該熱烈慶祝的台灣光復節，聯合國突然「排我納匪」，蔣總統本於「漢賊不兩立」宣布退出聯合國，諄諄教誨全國上下團結一心，「莊敬自強，處變不驚」的箴言才取代了圍牆上原先的標語。

導師周雅仙一再告誡同學，聽到甚麼可疑的人物散播甚麼可疑的謠言，就要向她報告。誰敢主動找老師說話哇！再說，公民老師怎會是可疑人物？

她只將內心蠢動的不滿和疑惑寫在週記上。

很快，導師就把她找去講話了，她要她把公民老師在課堂上講過的話一句不漏照講一遍。導師嚴肅又慎重的神情嚇到了她，她盡量原汁原味，末了，為了強調絕無加油添醋，她提到了李沐心。

導師也把李沐心叫到講桌前。本來，她以為，她就把她們議論公民老師的話證實一下就是了——從頭到尾，李沐心咬著嘴唇，任憑導師怎麼哄勸怎麼誘導甚至變臉，除了直挺挺站著，與坐在講桌後頭隨著聲聲逼問身體越往前傾的導師對望，無隻字片語掉落唇外……。

傍晚放學，兩人依舊一起返家。她走得飛快；她也走得飛快，誰也不向誰示弱的嘔氣，一路上完全沒有交談。

直到大宅廳堂外，她向右側拱門；她向左側拱門，連平日那聲「再見」兩人都有志一同省略了。

隔天開始，李沐心改成騎車；她照常走路，兩人各上各的學，也是心照不宣相互採取行動。一道冰牆砌成。冰，還可以覷見雙方的身影；牆，就此隔絕彼此的內心。

直到學期結束。

暑假期間，李沐心跟她兩個姊姊一樣，從小洋樓不見了。後來，從她巴將口中輾轉得知，她轉學去台北。

開學後，導師也不見了，傳言她不但回到都會區而且被拔擢當官。

公民老師連傳言都無，就憑空不見了。

玩「不見了」不是她從小的把戲？因為無膽卻違逆，又害怕被棍箠交集。

李沐心集寵愛於一身，有哪個原因要「不見了」？兩位老師代表講台上的權威，有甚麼道理會「不見了」？最主要，到底，這跟當初自己週記上的牢騷後來導師的盤問，有無關連？

惶恐，讓她像原本一直躲在陰暗潮濕的腐葉下的蛞蝓，一下子被拋擲在明晃晃的陽光沙漠上，彷彿天地萬物都看見了她失水的蜷縮——人人依舊安安靜靜過日，不因為三個人的「不見了」而有任何變化，比魔術師虛晃一招其實無物改變還神奇，至少魔術師還會贏得滿堂喝采，三個人「不見了」空氣中只有幾聲窸窣，很快連空氣都沉滯不動。那種感覺像極乍聞阿爸「噓！噓！噓！」「妳一支嘴較密米篩，早慢被警備總部掠去關到死」，她更加惶恐……

「鈴……鈴……鈴」「鈴……鈴……鈴」下車鈴聲此起彼落，除了傳達乘客到站的心情，「往昔」這瞬間先竄下車去，遁逃無蹤。

林素淨恍然回神，這才慌慌張張找出包包中的車票，急急忙忙跟上下車乘客的腳步。下了公路局班車，她眺望一下遠方怪異滾動的颱風雲，晨間原本還算清朗的南邊天空也開始層層堆疊，颱風真的會進來？還是堅決地走向火車站，蔓延十年的思念讓她迫不及待。

進入火車站，隔著窗玻璃，售票員從唯一的對外圓孔丟出南下火車票，面無表情地。她一看，普通車，特慢，看來圓因和尚非等她不可了。只希望他別因為不確定的颱風因素失約，不管他見到的是不是B，她今天非探詢個究竟不可，比莎拉更風雲更詭譎的是，她可能會在曾發誓不再回頭的屏東覓得十年來遍尋不著的B？這不是比荒謬更荒謬？或者，如圓因和尚所說一切自有因果？

雖然擔掛颱風的來與不來，怕慢到會慢回，她可不能錯過接小壞回家的時間。不過她喜歡普通車每一站停泊的悠緩，有一直漂流偶爾駐點的流浪感。

曾經救過父親的媽祖救贖不了她陰暗的生命；祥和寧謐的教會無法歸宿她躁動的靈魂。高中之後，她不再仰望聖壇十字架卻依然堅稱自己是基督徒，教會的潔淨、明亮是少數讓她不害怕不退縮的處所，甚至還帶著日光般的愉悅回憶……或許，這是李沐心留給她最不和暗黑、卑微縮繫的紀念物。

她渴望流浪。內心永不停歇的騷動，只有在南來北往的車廂中才會暫時得到平靜，宛如長久以來尋找的B隨時會出現，躺在手中小小的長方形硬卡往往帶給她有所期待。

候車室旅客不多，她一眼瀏覽過去，一個蹙眉沉思的中年男子；一個身著草綠色軍服卻萎靡蒼黃的青年；一雙似乎正在嘔氣的情侶，各自把頭撇往一旁去；還有一對沉默的老夫妻，帶著一個製造了候車室唯一喧嘩的男童。

候車室如果是湖面，她就是那顆投入波心微微泛起一絲漣漪的小石子吧？陌生的眼光一樣瀏覽了她。上午，正常上班或工作日，應該像火車運行在軌道上，這個時間點出現在火車站，各有各的生命際遇吧？無從閱讀內容，就讓彼此以陌生和冷漠交集在候車室。

找了個最角落的位置坐了下來，她雙手環抱在胸前，不想打擾誰誰也別來打擾她的姿態。她和B不曾有任何合照，他的臉容似乎和小時候酒家的哥哥一樣逐漸模糊在歲月中，最最清晰難忘的，是他那雙盛滿柔情的丹鳳眼——事發後政府展開大逮捕，她日日瘋了似的遍尋聯合報上「美麗島叛亂分子」被逮捕名單，顫慄於「剷除國賊，人人有責」的輿論風潮。到底，他有沒有被牽連？被逮捕？怎就一縷蒸騰的輕煙般不知散佚何方……

「我要買啦！我要買啦！嗚嗚嗚……」

男童突如其來的哭叫聲讓她回過神來，同時瞥過眼去瞧個端倪。

大概招架不住候車室集合過來的眼光，那滿臉莊稼人日曬雨淋標誌的老婦人，出聲叱止，並試圖拉回一直指著車站外棉花糖攤子的男童，男童先蹲下來抗拒老婦人的手，接著索性往地上一躺，扭動身軀亂滾亂踢，哭聲震天價響。

老婦人無助地望向老先生，老先生別過頭去不理，她似乎更加無措，又對眾人無以交代那般，在男童哭鬧聲中，兀自以哭調嘈嘈切切：一分田一季收成扣掉秧苗肥料等等成本盈餘一千五百元遇到颱風倒穗就得賠錢後生說做死也不會有出頭的日子索性喝農藥自殺媳婦守不住寡跟契兄跑了兩老養雞養鴨種田做散工才能勉強過活養孫子哪有多餘的金錢買這買那……不知道候車室的旅客是不是都跟她一樣，表面漠然地留心聽著，她驚異於一個家庭數個人的命運寥寥幾句彈唱就交代完畢。

那她和B呢？也許，對不相干的人來說，同樣不過是寥寥數句彈唱，背過身去隨即遺忘。

驗票口開了，老先生似乎急著擺脫那讓他顏面盡失的嬤、孫，自顧走了過去，候車室所有旅客包括她在內也往驗票口挪移，老婦人看來更加慌張。

「老ㄟ！老ㄟ！」

「莫管伊了！莫管伊了！」

斜瞄過去，只見老婦人左看看堅決要驗票進月台的老先生，右看看已轉為嘶聲假哭雙眼卻盯著她的男童，她兩片嘴唇一抿，往老先生走去，男童喉頭擠出一聲驚恐，小猴子般一躍而起，快步跟上，緊緊牽住老婦人的手。

她在心中扮了個鬼臉，一場鬧劇總算結束，但是老婦人一分田頂多賺一千五的哀嘆，不知怎的，恰像小時候戲台上老旦的聲聲悲吟迴盪耳際。

站在月台上等候遲到的南下普通車。

緊咬嘴唇一言不發的李沐心……撕扯喉嚨哭鬧的男童……同時匯流在她腦海形成荒謬而錯亂的對照。

和李沐心無言的疏離一直到莫名的決裂，就像刺魟的棘刺留下的傷口，到現在就是想起，心頭還會痙攣，還會忍不住自問：當初，到底，誰背叛了誰？

四年前開始在那所交通不便的鄉下高中任教，於是搬入學校宿舍，後來才聽端木嬤嬤說那原本是她和端木老師所住的，因為沒有獨立的廁所才會搬到現在的房子。當初她覺得好笑，搬進來之前她就先僱工蓋廁所了，端木老師夫婦寧可大費周章搬動住處，也不願意自己花錢蓋間廁所？她甚至揣測，還沒宿舍可換之前，老先生和老太太難道天天去學校如廁？

宿舍區混熟之後，才聽一個比較年輕的退休老師偶然提起：妳知道端木老師那個年代的教職員待遇有多低嗎？退休金根本不夠生活，夫妻倆還得靠台北的女兒每個月寄錢回來補貼。

隔年，五、六月之間，院子比人稍高的石榴花吐出一樹紅豔，而難得出門的端木老師居然讓端木嬤嬤攙扶過來賞花，她告訴她說，以前花開時節，端木老師總會叫她搬張躺椅到院子來，在日光下賞花讀書。

心頭掠過苦笑，她望著越遠處越細長的鐵軌。當時還想，顯然端木老師比他老學究的外表風雅多了。後來她也在簷下看書看報，抬頭就可以看見石榴賽過朝雲晚霞的嬌容，還把映襯的綠葉逼出欲滴翠顏——三年前，就在如此美麗的五月天，她再一次在報紙上看見「廖文毅」的名字。

突然想起國小時在班上所訂的聯合報就記憶了這個名字，因為整個頭版除了廖文毅還是廖文毅，斗大標題直的是「廖文毅昨自日返回台灣　宣布解散所謂獨立組織」，還有兩行比較小的字體「響應總統號召決心參加反共陣營　並盼所屬份子同樣放棄錯誤主張」，橫的是「覺悟前非棄暗投明」，全部都是廖文毅這個人從日本回國的新聞，甚麼「廖文毅在機場　受到熱烈歡迎」

「廖文毅歸來　總統感欣慰」，記得報紙最左旁還有一大篇社論標題：「國家利益高於一切　迎廖文毅回祖國效忠」。

不過和小學時廖文毅回國的整面頭版報導相比，他的死亡只是藏在報紙內頁不算大的一則新聞，很容易忽略過去，內容也僅簡略提及廖文毅生前在海外組織台獨叛亂組織，後來受到先總統蔣公的感召，放棄錯誤的主張回國為反共大業效力，晚年生活得到政府優渥妥善的照顧——她突然連打好幾個噴嚏，從報紙上抬起眼來斜睨壓垂枝頭的朵朵紅蕊，令人過敏的花粉讓她直揉鼻頭，白居易的詩「薔薇帶刺攀應懶，菡萏生泥玩亦難，爭及此花檐戶下，任人採弄盡人看」也突然湧現腦海。

或許因為花粉過敏，過後，她請來校工砍了石榴花。

當端木嬤嬤攙扶著端木老師再次來訪那盛夏紅顏，落空，他為斷頭石榴瞋目相向，引經據典將她數落為罪大惡極者，其實她也不太清楚自己為何有狠下毒手的惡意，更難以現代語言跟老人家說明心中幽微，隨口回敬了句「莫問興亡今幾主」。

過後，聽端木嬤嬤笑說，老人家回去後氣到不肯吃飯，整晚直嘀咕：「那無知女子諷刺誰來著？」「女流之輩懂甚麼氣節！」

小壞出生後，他竟然由著端木嬤嬤答應她的請求，白天她去上課她幫忙照顧小壞，雖然照常對她不理不睬，她還是由衷感激他的寬厚。

「嗚……」尖銳的火車汽笛聲一路鳴響，深藍色車廂拖著歲月的沉緩腳步，進站。

她和所有月台上的旅客毫不遲疑地投入張嘴的車廂。

很幸運，車廂內不是兩排面對面的墨綠色長條座椅，而是有靠背的一張張雙人座椅。很排斥搭到那種長條座椅，不只兩隻手無依無靠坐姿被限制的僵硬感，最主要是無遮無攔的感覺很沒有隱私，還被強迫面對所有的陌生人，不能一直盯著對面的旅客，轉身向窗又怕妨礙了左右鄰居，雙手環胸直身端坐閉目假寐往往是唯一的選擇，卻喪失了搭火車的某一部分樂趣。

車廂中旅客不多，依循習慣她找了個周遭無人的靠窗位置，沿路可以盡攬大大小小的火車站。不管稱為「駅」或「驛」，旅客輾轉跋涉中得以暫歇的象徵；長亭更短亭，似乎更像追尋途中的逗號。

火車再次啟動，漸漸出站。

「往昔」，也像一直往後旋轉的風景，再次拖著她駛向時間軌道……

荳蔻

她和李沐心之間薄弱的交集，國二之後完全斷線。

國一發生的事成了心頭不癒的傷口。她怨怪李沐心不肯應證她句句屬實，並未對導師周雅仙撒謊捏造；而李沐心就此打上的死結又是甚麼，她是個告密的「爪耙仔」？被背叛，她猜，應是兩人最共同的傷口。

李沐心「不見了」之後她開始仔細翻尋記憶，這才發現，兩人之間不曾談過各自的家或家人。難道她一家人住在有老芒果樹遮蔽的紅磚屋，小洋樓的眼睛還是穿透門扉洞悉一切，所以話題不必觸及她的家庭狀況？而關於小洋樓種種，盡是小時候釋迦樹影搖曳的午後聽來的，一切諱莫如深真假難辨，記憶中連隨風浮動在樹影下的日光都虛無起來，彷彿只是為了掩飾比深墨更深墨的暗黑。

李沐心，越來越像小時候酒家的哥哥，記憶，山在虛無飄緲；困惑，心底盤根錯節。

整個國二，震盪在自己可能是個卑鄙的告密者，班導也由周雅仙換成李慶餘，一切出於她的多嘴？開始有些明白小時候一直不明白的「嘴」為甚麼會和「關」、「死」像粽子綑綁成串⋯⋯驚恐，無措，讓她越來越沉默，整個二年級一頭栽進書堆不敢再碰觸書堆以外的問題。

隨著國三到來，全班進入高中聯考的備戰狀態。班上成績特別好的下課都圍在一起討論，要不要跨縣市考高雄女中或力拚屏東師專，只有她躲避著這樣的話題，常常獨自踢著小石子走到圍牆邊，小石子撞到牆壁又彈飛回來。

國二，鴕鳥般埋首在書堆的結果就是班排名居高不下；國三，換外界搞得她一心想要的平靜被戰鼓聲聲擂碎。

憑甚麼妄想自己還可以繼續升學？

也才沒多久之前的事，像往常一樣拿著三元去中街的書店要買一支祕書原子筆，老闆從不知是近視還是老花的鏡片後頭瞅了她一眼，淡然回以漲價了，一支要十二元，瞠目結舌不足以形容她當時的倉皇失措。

一路彳亍回到家，心頭磨蹭著該如何開口解釋原子筆突然漲價四倍，向阿母索取另外的九元？連手心緊捏著的三元也要了好幾天呢！直到原子筆一個字也寫不出來了，阿母才心不甘情不願掏出來的。

回到家，卻見阿母蹲坐戶定前靜靜淌淚，即使跟阿爸打架輸了她也是一邊噴淚一邊吼罵啊！那竟讓她產生她臃腫的身軀突然「消風」的錯覺。

平常她大哭大罵她都逃得遠遠的，此刻慌慌張張趨近：「阿母妳怎樣啦？」

「怎樣？予人誚皮㉛蹧蹋啦！」阿母哽咽控訴道：「米行彼個夭壽死囝仔！有夠嬈俳，一斗米雄雄起到百外箍㉜，根本咧搶人！竟然詼洗㉝我呷米毋知米價，譬相㉞我呷𣍐起就莫來米店講要糴米！」

米也漲價！

31 誚皮：諷刺
32 百外箍：一百多元
33 詼洗：諷刺
34 譬相：羞辱

她不禁用力緊捏手中那三張一元紙鈔，不敢說自己也買不起原子筆。

半夜，阿爸從水色酒家下班回來，曉得阿母和米行少頭家的口角後，語氣無奈卻淡定：「按呢，米算起較少的了。」

怎麼，難道所有的東西統統漲價？而且是那句成語形容的「一夕之間」？

「也毋知物資怎會雄雄做一下浮起來，還連番數倍，真親像舊台幣要換新台幣彼當時。一斗米羅膾起，妳羅半斗就好……」

「你毋就像米店的頭家仔囝講的呷米毋知米價，掠做還佇咧會使羅幾升米的時代？伊講伊們的店糴米用斗算！」

阿爸只能感嘆：「陳財本來就目頭懸，伊彼個好命囝更加看懸無看低，完全毋知散赤人按怎拚生活。」

她後來才從課堂上歷史老師口中得知，中東又爆發第四次以阿戰爭，造成石油危機，以致全球通貨膨脹。

楞楞聽著講台上歷史老師口沫橫飛，她還是不懂，中東打仗為何全世界跟著煙硝四起？下課後，她還跑去辦公室向地理老師借地球儀研究，看過來看過去，中東就在非洲和亞洲之間，台灣遠在亞洲邊邊位在太平洋中，即使是一顆地球儀她也想像得出來那是天邊和海角的距離，為何台灣照樣被波及？雖然歷史老師解釋說，石油不僅提煉汽油，也是許多產品像洗髮精之類的原物料。她不懂石油和洗髮精的關聯，可是在書店，自己明明看到書架上的書籍，原本定價二十元被黑色簽字筆劃掉改為五十元。

家裡隨著通貨膨脹越發拮据，升學只是徒然的妄想，阿母最常掛在嘴上罵她的一句話：「生查某囝，就像放一坪屎落屎礐仔。」

小時候渴望長大，以為長大後就不再孤獨，恐懼，現在卻希望回到只要瑟縮在紅磚屋，除了飢餓甚麼都可以不管的小時候。所有最純粹的快樂，除了跟著哥哥遺失的那部分，其餘的都留在綿豐戲院了。

哥哥「不見了」之後隔不多久，阿爸大病送醫院，聽說，他沒有繳清醫藥費就溜回家了。不過他始終不承認：「啥人講我無納錢？住院進前就納一條保證金了，我住院無幾天又要納一條醫藥費？我是去看醫生還是搪著土匪！」

但是他的身體再也不容許他騎著鐵馬到遠地補鼎補雨傘。

在「大尾鱸鰻」幫忙下，他在綿豐戲院做起新片上檔前到附近鄉鎮張貼廣告海報；以及午夜散場後的清掃工作。

茶攤改作晚間第二場電影開映之前營業，直到隔天上午收攤，至於補鼎補雨傘的工作，阿爸只剩收街坊或鄰居送來家中待修的物件。

鐵馬後頭的座位不再載著工具箱，而是她。

出門前，阿爸總會拍拍鐵馬又寬又大穩穩穩的後座招呼她：「看阿爸這台伍順牌的武車！」眉眼和口氣得意極了，好像那是一位驍勇善戰的武士準備陪伴他們出門。

拿著糨糊抱著海報她歡歡喜喜爬上後座，要去附近鄉鎮熱鬧的市場或路口的牆壁或電線桿張貼。

怕坐在後座的她打瞌睡掉下車來，於是西遊記、水滸傳、三國演義……從阿爸口中源源不絕，原本中斷了的黃槿樹下的故事舞台，從此只為她搭建。

來到適合張貼海報的市場出入口的電線桿前，阿爸放下鐵馬，她仰著頭，眼睛一眨也不眨地看著美麗的女主角、英俊的男主角被他高高貼起來，她整個人鼓脹著歡欣和迷戀。

當路人也停下腳來張望海報，她總是迫不及待主動說明：「那是王哥和柳哥！伊們足笑科ㄟ喔！」「女主角是金玫，男主角是陽明啦！」

完全走鐘演出平日怕生見人就躲的自己……。

阿爸的工作，在哥哥「不見了」之後，讓她繼續在戲院自由進出。

歌仔戲或布袋戲都是十天一檔期。每晚的歌仔戲一定有這樣的橋段，或者小旦上京尋夫欠缺盤纏；或者小生落難沿街乞討；或者童星失去賴以為生的爺爺奶奶，「枵雞無畏箠；枵人無惜面底皮」㉟的台詞一說完，就跪在戲台中央聲淚俱下唱起哭調仔，觀眾席上也會一直有人起身向前往戲台上拋錢，甚至是整張的十元大鈔，入場券也才三元啊！之中有些人她是認得的，他們在茶攤常常或尖酸或凶惡地嫌豆奶、杏仁茶不夠甜或沒盛滿碗沿。

布袋戲來駐演時，晚場開演前一個鐘頭就有人陸陸續續進場占座位了，晚到的擠滿走道兩旁站著也要看到散場，只靠懸掛在天花板的電風扇，夏天無法驅散滿場的汗水和熱氣，戲院老闆就叫製冰廠送來最大型的冰磚，置放在中間走道降溫。她最喜歡蹲在冰磚旁邊，蒸騰的白煙陣陣清涼。

不過再厚再大的冰磚還是會逐漸融化，整個戲院濕漉漉的，散場後觀眾踩踏而過的花生殼、瓜子皮、糖果紙和著塵土泥黏在地板上，足夠讓負責清掃的阿爸忙到大半夜。

最埋怨的是阿母，演電影最晚一場十一點才結束，茶攤可以多做些生意，可是歌仔戲和布袋戲，晚間七點半演到九點半，還不到吃消夜的時間，幾乎一散場人潮也散了。

她卻更怕放映電影時，阿爸得「走片」。

完全弄不懂，為甚麼一齣電影的膠捲會兩家戲院共用，阿爸必須把播映完畢的這部分送到屏東去，並換回這邊還沒放映的那部分，在時間內十萬火急趕去又趕回，電影才能持續播映，否則就會出現放映師只得讓戲院燈光重新亮起的場面，免得在黑暗中等待繼續看電影的觀眾更加騷動，燈光下，她看得清清楚楚，觀眾紛紛轉頭面向沒有光束射出的放映室，催促聲、叫罵聲四起，她好想好想站起來很大聲很大聲喊說：「莫趕阮阿爸啦！阮阿爸會嗄龜會喘嗽」——只是悄無聲息溜下座位跑出去，在入口處著急張望，然後嘎～一聲急煞，只見阿爸鐵青著臉抱著膠捲氣喘咻咻直接衝進入口跑向放映室，完全顧不得頹然倒臥地面如死的鐵馬。

只要「走片」不出紕漏，一齣電影從頭到尾「斷片」個三兩次倒正常，雖然全場會不約而同發出長長一聲「齁……」，其實觀眾也習慣了，還趁著空檔起身去戲院附設的攤子買甘仔糖、鹹橄欖，或出去上廁所，不過廁所入口只有一盞五燭光燈泡，廁所門一關連手指頭都看不太清楚，卻老是有人嚷說見到鬼，害她也不敢去上戲院的廁所，索性憋著跑去放映室看片子何時可以接好。

35 枵雞無畏箠；枵人無惜面底皮：為了拚生活可以放掉羞恥心

站在觀眾席最後面揹著「放送頭」的口譯員也趁著斷片休息一下，對著走過他面前緊盯著「放送頭」看的她扮了個鬼臉，她害羞地一溜煙鑽進放映室。

放映室裡頭除了放映電影的機器，還堆放了零零總總的雜物，最多的是電影海報、一捲捲的膠卷，還有滿地一條條長短不一燒壞了的底片，放映師也正忙著剪掉手中膠卷燒到蜷縮的部分，前後重新接起來，才可以繼續放映。通常他只會瞄她一眼，好脾氣或沒空理會地由著她撿起地上的底片玩，一格格底片只有淡茶色模糊影像，怎會透過放映師的手，就變成銀幕上活靈活現的人物與扣人心弦的情節？膠卷，也定格了她最好奇的迷戀。

綿豐戲院一般兩天換片；觀眾很多的才會三天下檔。她也就三天兩頭看一齣電影，從黑白片看到彩色片，從倚賴口譯員到自行看字幕。

《梁山伯與祝英台》是唯一連演五天的片子，也是她唯一同一齣電影連看五天，台詞都會背了黃梅調都會哼了，也第一次懂得了愛情：海誓山盟，生死相隨。……

上課鐘聲響起，她依然慢條斯理一路踢著石子返回教室，再繼續認真上課認真讀書還有甚麼意義？反正她就等著國中畢業了，或許可以去找個工廠作業員的工作吧！

離高中聯考僅剩三個多月的一個午休時間，導師要她去教師宿舍找她。心裡有數，她是要問她上了國三之後，成績為何反而像溜滑梯一路往下滑吧！她在心裡聳聳肩，死心的無所謂感。

當初小學才畢業，阿母就去天香汽水廠探聽要不要童工了，各科任課老師接踵上門，力勸她讓她讀國中，她雙手一攤：「伊阿爸身體𣍐做主，伊兄哥歹囝浪蕩，還放一個細漢囡仔予阮育飼，害我也無法度出門擺攤做生理了，伊要讀啥物冊，一家人呷都呷𣍐飽了。」

不曉得在醫院又進進出出多少回的阿爸，早失去了綿豐戲院的頭路，她本來以為自己就要去天香汽水廠工作了，「大尾鱸鰻」又在這時踏入她家。

他詢問阿爸，酒家剛好缺一個兼「走桌」的清潔工，雖然不必像戲院需要四處張貼海報最吃力的是「走片」，還可以午後再上工，不過工作集中在傍晚到半夜：「你的身體咁會堪得？」

才出院沒多久的阿爸居然滿口：「會會會！當然嘛會！」

「大尾鱸鰻」要踏出戶定時，難得對人表達感激的阿母突然說：「撸力！實在真撸力，阮和你無交無陪，你肯按呢三番兩次來幫忙……」

只見他神情一頓，眼睛電光般射向抱著阿如站在門邊的她，她心頭一凜，他悶雷般的聲音就轟隆入耳了：「我是為著敏郎……當初伊要去做兵，唯一交代我的代誌就是，要替伊把恁的厝查某囝顧予好，伊做兵需要三年，膾當予恁為著生活來賣囡仔……敏郎一去無回頭，這就成做我佮伊，一世人的契約了……」

阿爸去酒家工作後，阿母阻擋不了他讓她註冊讀國中，惹得她聲聲咒罵：「欠欠外頭家神仔的死人債！也無想錢是你一手扶壁嗄龜一手拚掃賺來的，我就看你是毋是要予素淨讀來做皇帝娘！」

開學前一天，不知怎的，雙腳就將她帶到了綿豐戲院前。

戲院在小時候的眼睛龐大多了，現在看來既矮小邋遢還飄散著一股霉味的陳舊，戲院前看板欄也不再是一張張「今日上映」「近期上映」的電影海報，高掛戲院外的大型看板，繪著不知有穿衣服沒穿衣服的女郎只以草帽遮住重點部位還配上色情廣告詞，原來是跳脫衣舞的歌舞團駐演。

不變的是戲院前那條水溝，依稀彷彿，酒家的哥哥還背對著馬路等候在那，隨著她的叫喚聲，他轉身回眸笑得神采飛揚，隨著燦笑瞇睇的眼尾盡是溫柔——她淚水簌簌而下，恰似那一日訣別的溪流湍湍急急，棄置在水溝內那五顆小石子是否能夠拾回？或者，它們早就凝結在她體內成為生命的凹凸點，她隨時觸摸得到？……

原性不改地一路踢著小石子往教師宿舍，既然導師找她了，索性跟她實話實說，她繼續升學，無望。

無望，反而激起她強烈的渴慾，不但很想繼續升學，更想離開家裡離開萬丹，越遠越好……。

內心有一個祕密，天大的祕密，她沒有勇氣面對。

哥哥和綿豐戲院，隨著童年遠去的腳步殘存跫音，日日面對阿母的凌虐才是無處逃躲的真實。她老是罵她「孝男面」、「死人款」，她也一直搞不清楚，自己是因為常常挨打才苦著一張臉；或者常常苦著一張臉才挨打？

從小學三年級開始，像一頭睡醒的猛獅功課無人能及，在學校獲得的尊嚴和在家裡承受的貶抑，整個落差就像山與谷，土石流就是她的回應，不僅僅在心裡質疑阿母對待她的種種，而是真正表現了不再順受，她詈罵，她會頂嘴；她持棍箠，她就閃逃。

那回，那回到底何事引爆的？現在回想起來完全失憶，或者，只是她的種種反抗激起阿母更加暴烈的手段？她竟然不拿棍箠讓她有警覺的空隙，直接拳頭、巴掌落在她的頭頂和臉面，驚恐、憤怒擠壓出尖聲哭喊，下意識伸手抵擋她的暴打，這讓她更瘋狂失控，抓住她的雙手反折，再以龐大的身軀把她壓制在地，整個騎在她身上雙手狂風暴雨般橫掃過來橫掃過去……。

當時是否一度昏厥？當游絲般的知覺再次緩緩蠕動，是壓在她身上的千鈞重鼎突然移開。

「妳怎會按呢拍囡仔啦！要拍予死咻？」

是去採野菜的阿爸剛好進門救了她。

「拍死好啊！伊敢出手拍我！嗄？伊敢出手拍我！」

我沒有我沒有我沒有！——她以為自己很大聲在抗辯，真實卻連開口的力氣也無，任憑眼角汩汩熱流燒燙著她。

「素淨敢拍妳？伊佮天借膽！」

「予伊拍的人是我，你啥物都毋知！」

「阿葉，厝裡雖然散赤歹過日，妳也莫一天到暗凌遲素淨出氣，這個囡仔真巧，無定著以後會有出脫……」

「莫嗔夢了你，咱一岫㊱囝仔佗一個無巧，後來佗一個有出脫？查埔ㄟ就膾靠得了，還想到查某ㄟ？明珠還全校伊一人考著屏女，你也做老牛拖命予伊讀了，今仔咧？今仔咧？」

「要怪，就怪咱是無背景的出外人，明珠屏女畢業連一個較正當的頭路都歹允，彼個第三志願的好額人查某囝，今仔轉去國校代課做老師了……」

36 一岫：一窩

「咱這種家庭栽培囝仔讀冊也枉然啦！當初應該攏做青暝牛就好，這個夭壽死囡仔還敢對我起腳動手，相同無彩工讀冊，背骨！就是背骨！」

「伊若毋是背骨，怎會倒踏蓮花㊲來出世？若毋是背骨，怎會倒踏蓮花還有才調活落來？伊就是尻脊骿㊳揹一支背骨啊！」

「伯仲！你正港愈老愈番癲，囡仔背骨你還呵咾㊴伊！按呢你毋就要叫素淨像李哪吒刻骨還父刻肉還母，伊今仔才會當拍我以後就會當刣我！」

「幹！愈講愈過分，以後素淨若真正出頭天，伊會毋插潲㊵妳！」

「若真正有那一天，我甘願來去做乞食婆！」……

啊啊啊！她將一塊石子飛踢老遠，撞到圍牆的石子發出「咚」的憤怒抗議聲。多希望，一切就像斷片的電影，膠捲剪去若干鏡頭，電影照常播放觀眾照常接收，記憶中某些片段不曾存在。

鄭麗華，也是她很希望能夠像小時候放映師手中燒燬的膠捲之一，卻清清楚楚記得小六坐她後面的她。

也不過腹肚一陣輕微絞痛，似乎有物排出體外，真實一陣溼溼熱熱，她正詫異難道忍不到下課再去廁所小便，突然被導師點名讀課文，她才起身，先是鄭麗華低低驚呼，周遭三兩個同學也微微騷動，在她讀課文時，鄭麗華丟了一本課本在她的座椅上，她莫名其妙，但是讀完了又不能不坐下。

下課鐘聲一響，鄭麗華不由分說就將她拉往廁所連同那本社會課本，再把她拉入廁間並慌忙關門上閂，正要嗔問她在演哪一齣，卻驚見鄭麗華手上的課本的透明塑膠封套，兩面都沾了，血漬。

話全傻在喉嚨間，只能呆呆看著鄭麗華抽出課本的塑膠封套丟入腳下的糞溝，再從口袋拿出預先摺好的幾張衛生紙給她。

「妳那個來了。」

「甚麼來了？」

「月經。每個月都會來一次，那裡，會很多天都在流血。」

「……我會死掉嗎？」

噗哧一聲鄭麗華笑了出來：「怎會死？不會啦！」

「妳怎麼知道？」

「我媽媽說的，她說這叫——班長，我講台語妳不要去跟老師說喔，我媽說這叫『轉大人』，我們女生就長大了，以後就能結婚，生小孩。」

「……」

「妳回去也要跟妳媽媽說，叫她買像我這種內衣給妳穿，就是胸罩啦！」

鄭麗華完全不忸怩地掀起上衣給她看，其實薄薄的白色制服上衣就浮印著內衣的輪廓，五年

37 倒踏蓮花：胎兒胎位不正，生產時腳先出來
38 尻脊骿：背脊骨
39 呵咾：稱讚
40 毋插潲：不予理會，台語罵人的粗話

級時，全班就都知道她是唯一有穿那種東西的，女生感到害羞，她也不明白為甚麼鄭麗華會像大人，女的，有胸部。

男生則很好奇，會故意拿話撩逗她，從背後拉扯她制服內的內衣帶子，還有更大膽的就直接從前面碰觸她隆起的胸部，然後所有的男生哄然大笑，那種笑聲讓她極度不悅，大概就是後來她學到的兩個字「猥褻」。

鄭麗華本身對於男生的捉弄，反而沒有她反應強烈，除了男生故意碰觸她的胸部，她會躲閃，瞪眼，其他似乎只是有些無可如何的順受，甚至有男生在她面前故意比一個動作，左手拇指和食指環成圈圈，再以右手食指戳進戳出，她會紅臉摀嘴格格地笑——怪不得一直聽說她媽媽是私娼寮的女人，而私娼寮就是鄭麗華的家，小六了，再怎麼懵懂，大家都有些會意只是無法言傳甚麼叫「私娼寮」。

導師一再臭罵那些惡作劇的男生下流，不要臉，只要當場被逮手心就吃藤條了，還特地安排鄭麗華坐她後面，在她的視線範圍內讓她保護她。

鄭麗華足足高了她一個頭，但她是班上無人能夠超越的第一名，導師指定的班長，自信讓她強悍——怎的，自己從來也沒學習過的「月經」，由個無一次例外月考後就蜷縮著臉面五官領受藤條的鄭麗華教導她？

猝不及防，鄭麗華還掀起她的藏青色制服裙要拉下她的內褲：「來，我教妳怎麼把衛生紙鋪在褲子上，月經來時不要穿這種內褲，叫妳媽媽買一種月經褲才不會漏出來……」

「妳出去妳出去！我自己會！」

她凶狠地拂去她的手，一把將她推出廁間，再用力閂門，滿腔爆炸般的怒氣就發洩在這一連串動作。

她又不是笨蛋！怎會不知道不管高矮胖瘦美醜，女人，就會有胸部有丈夫有兒女，像她的母親石瓊玉的母親卜念華的母親李沐心的母親，可是——「月經」？

好似電影裡頭持槍歹徒要射殺男女主角的鏡頭，她會索性閉上眼睛不看，一個人關在廁間，也是那種不願面對的心情。楞楞看著手上鄭麗華好意的衛生紙，家裡沒有，只有又粗又硬的莎草紙；有時連莎草紙都沒，就撕舊作業簿。

終究，慢慢褪低內褲，她不得不看見了，濡濕一片深紅，還持續從體內排出，剛剛滴落的豔紅讓她更加驚怖，原來，「女人」得經過這道儀式——她暴哭出聲，莫明於自己為何痛哭而哭得更加慘烈，鄭麗華門外「咚咚咚」地敲。……

又狠狠踢了一下腳下的石子，腳尖乍然傳來尖銳的痛楚，低頭一看，原來是深埋在土裡表面突出尖尖一小塊的大石頭。

怎可能跟阿母提「胸罩」、「月經褲」！

小時候住在L型房舍最邊間時，院落最外面靠近圍牆的那間茅廁，在童年留下了恐怖影像，除了被踩到光禿禿通往茅廁的那條小徑，兩旁盡是比她的身長還長的草叢，走在小徑，無法預知會從兩旁竄出甚麼譬如蛇啊大蜈蚣啊的戰戰兢兢，還沒走到茅坑已然臭氣四溢根本是小事，那扇腐朽到坑坑洞洞不識原本色澤的木板門，一推開，白色的蛆蟲從糞坑到踏板到牆壁四處蠕動爬行，最讓她害怕的是，兩片踏板中間看起來無限大的糞坑，滿滿滿盡是糞便和蛆蟲，萬一跌落……。

搬入紅磚屋之後，聽說那原本是廚房，門外有雙口大灶，但沒有廁所，李老師要他們這家人和做裁縫的阿姆那家人，就近去幼稚園方便。

幼稚園的廁所很乾淨，不會直接面對糞坑，地面有一個潔白的便盆，解決後只需伸手拉水箱外的一條繩子，就會有清水把穢物沖入便盆的一個圓孔，然後完全不見，太神奇了！

不過李沐心的巴將，很是嫌惡他們這兩家人來幼稚園方便，常常在廁所外叨叨絮罵甚麼「癩哥鬼」、「垃圾人」，廁所內的人除非聾子或摀住耳朵，當然聽得一清二楚，有時候幼稚園放學後她還索性將廁所上鎖。

逐漸，他們這家人開始效法做裁縫的阿姆那家人，穿過屋後釋迦園去到連接圍牆的香蕉園，就地解決。為此，還驚動李老師親自前來諄諄教誨不要隨地便溺，那是不文明不衛生的。

她嚮往那乾乾淨淨的便盆而願意冒險，萬一被巴將撞見只好假裝沒看見她那也很臭的臉，否則就得忍到學校去。而學校的廁所雖然有隔間，糞溝卻是一條直通，在下午打掃時間清水沖過之前滿是屎尿，溝內還有各式擦拭物包括小石塊、草枝、樹葉，也是令人閉著眼睛強捺作嘔的感覺。

她不能把月經用過的紙張置放在幼稚園廁所內的垃圾桶，否則李沐心的巴將會更加嫌惡；也不能丟棄在釋迦園或香蕉園，否則李老師會認定就是沒有衛生觀念的非文明人。上廁所已是每天的慌張，現在又增加了每個月的無措。

她從自身反推：阿母、明珠、月英也有「月經」吧？明珠、月英早在外面她不懂的成人世界坎坎坷坷，阿母當然也不曾提及每個月有這回事。

實在無法忍受莎草紙長時間摩搓的苦痛，獨自悄悄翻尋衣櫃，找到顯得陳舊而無用的布巾替代莎草紙，嗯，好受多了。

布巾還得留著下個月使用，她不敢一起放在髒衣服內讓阿母洗滌，於是趁著四下無人在水井下搓搓揉揉，再躡手躡腳晾到竹竿上最邊邊。

以為自己夠鬼鬼祟祟了，沒有周詳思慮竹竿歸阿母管轄。

她猜，阿母一定是一眼就發現入侵物，想像她拿下來仔細檢查沒有搓揉到完全不留痕跡的暗色污漬，否則不會大發雷霆——可不是李沐心的巴將「癩哥鬼」、「垃圾人」之類的，她直接被劃為不知羞恥的「腳梢間仔」㊶的下賤女，驚天動地的斥喝等於向天下昭告她「月經」來了！

她想狂喊：阿母！如果月經是如此骯髒污穢必須囚鎖於不見天日，妳為何明刀明槍磕磕碰碰，難道「月經」讓我罪大惡極？——卻只哭到整個人萎倒地面，還莫名想起小時候那個棲居在廢棄豬欄被親兄、親嫂逼到發瘋從南洋回來的女子……。

一定是！自己一定也瘋了，才會生出那不可告人更不可告諸天地的祕密……

一顆小石子從竹籬笆彈回她的腳邊，行經中午時分的教師宿舍有談話聲、碗筷聲、電視聲，她走到導師的宿舍前。

雖然大門敞開著，她只站在外面對內喊道：「老師！」

41 腳梢間仔：妓女戶

李慶餘，與國一的導師周雅仙相比，就像平凡的石子和璀璨的鑽石擺在一起。有一雙兒女的中年外省女人，臉龐坑坑洞洞好像電視上阿姆斯壯所登陸的月球表面，鼻樑上還架著一副又厚又重的近視眼鏡，一開始同學們會擠眉弄眼相互揶揄「她的一小步，我們班的一大步」，然後爆出瘋狂笑聲，彷彿那是觸動快樂機關的暗號。

其實，年輕漂亮的導師變成老老醜醜的導師，誰開心得起來？就像從小繚繞各種美麗傳說的月亮；阿姆斯壯踏出人類第一步的月亮，這怎可能是同一顆星球？她也一直不肯相信。

記得是小四的暑假，大人、小孩全擠在有電視機的石瓊玉她家，當黑白畫面出現太空人還有那支美國國旗登陸月球的那一剎那，眾人「哇～」的驚愕聲，突兀了石瓊玉她爸爸「耶～」的歡呼聲，所有的聲音不管驚愕或歡呼瞬間彼此尷尬中止。

直到卜念華迸出哭聲：「嫦娥呢？吳剛呢？小白兔呢？……怎統統不見了？」

眾人也才像炸開的鞭炮霹靂啪啦議論起來，就屬卜念華她爸爸的聲音拔得最高，平日濃濃的鄉音一下子清楚得不得了：「騙人！騙人的玩意兒！老美最愛搞騙人的把戲！」

還不屑地往地上呸了一口濃痰，害得石瓊玉她媽媽雙眼發直看著他，又作聲不得的一臉怪表情。

班上類似的心情吧？也有受騙上當的感覺，只差沒有一口濃痰可以吐出不滿。九年國民義務教育實施後國中免試入學，她沒有經歷過明珠、月英的小學惡補，不過她們是女生的A段班，除了對另一個男生A段班，對B段班尤其是被稱為放牛班的C段班學生正眼瞧都不瞧，對自己不喜歡的老師也敢鼻孔哼哼，一開始，也讓新導師酷似面對五十顆隕石那般冷冷硬硬。

不過一個學期，全班像熔爐裡的小鐵塊，化為溫熱的鐵漿不分彼此，全班既團結又用功。李慶餘在每個學生身上所耗的心力，與每天打扮得時髦漂亮但對班務保持旁觀對學生保持距離，只愛探聽老師或同學言行的周雅仙，大家都感受得到，不一樣。

內心原本愧疚著二年級換導師的事呢！

她形容班導是熔爐，有同學反對：「她明明是太陽，給大家光明和溫暖。」

把話和著口水嚥回食道消化掉，這是李沐心留給她最深遠的影響，她不再輕易曝光任何人的祕密——二年級時有一天放學後，獨自跑到宿舍要追根究柢國文課本上的疑問，莽莽撞撞直接進大門還一把拉開紗門：「老師！」

只見導師整個頭埋在藤沙發的扶手上，隨著她的叫喚聲迅速抬起臉來，但已來不及處理縱橫的淚水。

她大吃一驚，不假思索就跑上前，又在她面前戛然煞住，手足無措下，擠出一句：「老師，妳為甚麼傷心？」

她的問話，讓原本忙著止淚的導師難以抑遏，索性雙手摀臉痛哭。

那種沁入骨髓的悲傷——不知怎的，一下子竄出小時候剛聽見哥哥「不見了」的記憶……。

不知如何是好又不能毫無作為，呆了半晌，她慢慢伸出手來，僵硬地拍了又拍導師因啜泣而劇烈起伏的肩背，第一次，對一個大人，而且是老師，做這樣的動作。

她抬起一臉江河滔滔，指向茶几上攤開的信紙，突然老化了的聲音從靈魂深處哀號出來似的：「他不要我們了！他不要我和兩個孩子了！」

錯愕地隨著她所指，信紙上的鋼筆字工整有力，但她不敢伸手翻閱，她已然啞啞控訴：「他瞞得我好苦啊！枉費我這些年來……他在日本另外組了家庭……他說，他再也不會回來萬丹這個雞不生蛋鳥不拉屎的鬼地方……」

誰也沒見過師丈。一切都是，聽說。

聽說，師丈和導師是隨著政府撤退來台的學生，在政府安排下繼續受師範大學教育，兩人同病相憐在學校就結婚了，方便住在一起互相照顧，孩子也陸續出生。聽說，夫妻倆原本在都市教書，後來師丈要去日本繼續深造，她就轉到萬丹教書，鄉下生活費便宜，她可以扶養一對兒女和供應師丈讀書。

嘔心痛哭過後，她竟然叮嚀她說：「今天的事，妳別在外面說起，我不想讓他背負不義的罪名。」

太陽也有陰暗的一面？別說她力行沉默是金，也不會有同學相信……

導師推開紗門探出頭來：「進來啊林素淨！」

她才在沙發坐下，她開口果然就是問起成績退步的原因，突然覺得藤皮編織的沙發很扎肉。

「……」

「妳有甚麼問題？直接跟老師說！」

「……」

緊緊抿住兩片嘴唇，她只抹了一把臉，卻抹下成串的淚珠。

「別哭，別哭，家裡不讓妳報考高中嗎？」

再不開口，難以交代，但一路要實話實說的決心變成閃避：「我還沒問……」
「那如果報考屏東師專呢？」
「可是……」囁嚅著說出害羞：「聽說，師專的浴室一整排沒有隔間可以妳看我我看妳……外面只有一塊塑膠布簾遮著還可以拉過來拉過去……」
導師噗哧一聲笑了出來，托了托鼻樑上厚厚的眼鏡，說：「真的是這樣，這我也無法接受。聽說那是日本統治時期留下來的習慣，日本人泡湯，就是一堆人光著身子泡在同一個浴池，師丈還提過，日本人的家庭，父母子女一樣裸裎相對一起泡湯。」
怪不得，小時候搖曳的釋迦樹影下，她總聽到那幾個女人批評日本人有禮無體。幸好，屏東師專赤裸相對的浴間讓她無意於那所學校，導師竟然不認為荒唐無稽。
她後頭冒出來的話才真讓她彈跳起來：「班上有十四個同學要報考高雄區，妳也去吧！」
「我……我……」
「坐下坐下，緊張甚麼，給自己一個目標妳才會認真讀書，報名費妳就不用擔心了。」
「我不是擔心報名費，是擔心萬一考上……」
她盯著她看：「這是妳哭的原因？」
「……」就讓導師的揣測僅止於水面，才不會橫生波瀾啊！
她沉吟了好一下，突然用力手一揮：「自古無場外的舉人，妳資質勝過另外那十四個同學，考上就去讀，反正，師丈那邊不需要我了……」
居然，自己有機會掙脫屏東，逃離萬丹逃離家！

直到走出宿舍，她還控制不住狂喜的顫慄，地獄深處直衝雲霄天際那般難以相信——不能說不能說絕對不能說！尤其善心對待她的導師，更不能讓她知道！宛如囚犯一心越獄屏東，因為一個祕密，一個洩漏會遭天譴的祕密……

隨著成長，她對阿母的憎恨，彷彿即將爆發的火山內部岩漿一日熾盛過一日，她猜，阿母同樣憎恨著她，因為她各種惹她厭惡的行為，鞭笞、暴打、辱罵可能不足以發洩滿腔怒氣，時常對她嘶吼道：「有一天，有一天，我一定會把妳撕呷落腹！」

在她眼中，她應是可惡至極的「逆女」！

她越來越懂得以輕蔑以冷漠以不理對抗她，偽裝成休眠火山的外在，事實是，她不知道她如何用盡所有意志力控制自己不真的拿刀對抗她，「弒母」，那才真的叫萬惡不赦！

小四那年她將她騎在地上暴打的理由就是她出手打她，那時她還不敢！——月經沒讓她長高長壯，瘦弱矮小的身軀難以和她肥碩龐大的身軀匹敵，頭腦還是隨著成長激素的分泌越來越複雜，就像失速列車隨時會撞出災難，不敢承認，她在心裡殺她千萬遍！到了國三，她不只譫妄殺了她，還剁了分屍！……

每當肢解的畫面在她腦海驚悚血腥上演，一邊顫慄於不知如何面對自己的邪惡，一邊痛快在她正用言語剮殺她而她也正用想像的刀械反擊，甚至，她眼前還真實漂浮著報紙斗大的標題：國中資優生弒母並分屍——也許，也許，在痛楚不堪而狂亂不已的深夜，她真的拿過菜刀兀立於睡死在自己轟隆鼾聲中的阿母床前……

「隆田！隆田站到了！要下車的旅客請準備下車！」

廣播聲響起，又以台語重複了一次，從驚心動魄中拔身而出，林素淨微微哆嗦著慶幸。

從車窗望向那靜靜存在著的車站，小站，上下車的旅人不多，昏昏日光下苔蘚斑駁的灰色，陳舊的日式黑瓦更顯年紀，有種鄉間老人的淡定、悠閒，可以無視眼前溜過去的四季。

火車才再次啟動沒多久，風，不知從哪席捲一坨又一坨的烏雲溷濁了原先的日光，雨，也開始隨著風斜斜飛上窗玻璃，然後窗玻璃變成臉龐流下一道道的淚水。

窗外遠處綿密的雨絲隨著火車在空曠的田野飄飛，她有些意外，天氣怎就真的變壞了？

甬道盡頭的車門被推開，隨眼望過去，一個頭戴斗笠臉覆包巾的婦人，肩上扁擔挑著兩簍青菜鑽進這節車廂，也不知是剛剛才上車，或早早在車廂一節節推進，她就著乘客一個個問：「要買菜否？」「我園裡才挽的，真青真婧。」也真的有歐巴桑掏錢買菜。顯然，這種經濟活動，車上風景之一。

悄悄覷看，賣菜婦人的生意並不好，面對拒絕，她就默默往前尋找下一個顧客。

車廂內乘客零星，她很快就來到了她面前。抬頭逡巡了婦人和她的青菜一眼，竹簍內翠碧盎然，淡淡的泥土味和著葉菜味冉冉鑽鼻。

「小姐，要買菜否，我園裡才挽的，真青真婧。」

同樣的台詞。她應該像前頭的乘客，搖搖頭就好。

「毋過，我要去屏東……」不知道自己為何會冒出這樣的回答。

「這菜才挽的，去到屏東還真青真好呷。」

更不知道自己為何就掏錢買了一把叫不出名字的青菜。看不見賣菜婦人包巾下的神情，但從她接連的「撸力喔！真撸力！」聽出了她的欣慰。不過是一把青菜。

父親騎著鐵馬的身影卻倏忽一幀幀自眼前掠過。

故意把任教志願只往北部選填，畢業後就從台灣尾衝到了台灣頭，自以為聰明擺脫了連機的掌控，卻愚蠢地錯過了和父親的最後一面，他已經被放置在客廳的門板上等待嚥下最後一口氣，她再如何催促計程車司機一路往南飛馳怎來得及父女訣別？……

過後明珠一直哭，說阿爸原本一直在等她，數度以為他已然過往又數度彈坐而起，她問他：「你咧等素淨是否？」

明珠說，阿爸已無法應答，只兩眼直直勾著拆下門板的門口一兩秒，又頹然癱倒。如此反覆折騰，直拖到近午，阿母趨前對他喊道：「伯仲啊！你早頓吞落去了，好啟行了，你嬒使把囝孫仔的三頓飯攏吞去啊！」

阿爸就不再苦苦掙扎了……她就差那十分鐘了……

撲抱過去瞬間立即被數人架住，任她歇斯底里，周遭聲聲盡勸阻：「毋通啦！」「妳目屎嬒行滴著恁老父……」「妳目屎滴落，伊要怎樣行會開骹？」

父女一場，散之草草——也許，對阿爸是一帖解脫，她則疼痛至今沒有解藥……難道可以如圓因和尚一句「照見五蘊皆空」，就彌平了生死相隔的憾恨？

悄悄拭去眼眶濕熱，兀自甩了甩頭，與圓因和尚也算結識在車廂內吧？起因，比晨間家安才在數落她的「從小到大都在迷路」還嚴重。

來鄉下高中任教沒多久的事。接到家中電話，阿母生病，她不知道有多嚴重，理智上應該趕回家感情上不想面對，捱捱蹭蹭，居然薄暮冥冥才抵達屏東火車站，一路衝向火車站斜對面的客運總站，剛好車子進站立即跳上車。

也不過泊窗緊閉雙眸暫歇內心回鄉的疲憊和無奈，再睜開眼，即使天色混濁起來，她還是錯愕於窗外應有的一畦畦甘蔗田怎化為一塊塊檳榔園？

她脫口驚呼這是哪，有人淡定回應是麟洛。

「麟洛是哪？」

「麟洛再來內埔就到了。」

「內埔！內埔又是哪？我沒有要去內埔啊！」

「那妳要去哪？」

「我要去萬丹……」

這下連司機都驚動了，回過頭來，以台語接話道：「查某囡仔，妳毋咧字喔？我這班車是要去萬巒！」

萬巒？一個只聽過沒去過的地方！匆匆瞥見路線牌「萬」字就衝上車了。

她慌忙喊下車，司機剎車，跟她對話的人同時出聲制止：「運將！你膾行予伊落車，荒郊野外，伊一個查某囡仔人危險！」

司機已按開車門：「伊自己要落車的！你要我翻頭[42]載伊倒轉去屏東喔？我呷人的頭路毋是計程車司機，你出家人慈悲心就陪伊落車啊！」

她看見對方站起身來，還真的是身著袈裟的出家人。

素昧平生的圓因和尚就陪她走在只有熒熒星光照亮田野的夜色，抵達最近的麟洛招呼站，竟又陪她候車，還一起返回屏東客運總站，直到將她送上往萬丹的車班。

她轉頭目送賣菜婦人挑著兩簍依舊滿溢的青菜推開甬道最後面的車門，搖搖晃晃往另一節車廂前進，「往昔」也牽引著她走入長長的歲月甬道……

42 翻頭：回頭

及笄

八月放榜，導師李慶餘帶領她們這個班創下了萬丹國中的校史紀錄，十五個報考高雄區，十四個上了高雄女中。

考上高雄女中，街坊鄰居的驚訝聲、道喜聲煙花四射，炸得阿爸一向蠟黃嚴肅的臉龐也笑開了顏，這個家，日本時代就留下來暗暗灰灰有些殘破的紅磚屋，頓時也生出幾絲光彩。

然後，導師找來了。

她一個外省女老師，連單車都不會騎，從萬丹國中一路問一路走，踏入她家門檻和她阿爸面對面，反而她不敢面對他倆，躲在房門後偷窺自己的命運。

同樣是外省人，一樣言語不通，導師的國語留有家鄉口音，阿爸大多方言偶爾夾雜國語，兩個人半交談半比劃，阿母一再斥喝滿屋子亂跑的阿如，一臉費力地半聽半猜的神情。

「素淨非常聰明，送出去讀一流的女中拚一流的大學，以後就有出人頭地的機會。」

「我四個囝仔不管查埔抑查某攏真巧，可惜，牛稠內哪有法度種好花……」

導師可能會意她阿爸臉上的遺憾，回應道：「林先生，不是家長願意栽培就行，也要孩子有本事。你放心，是我鼓勵素淨報考高雄女中的，她的註冊費還有生活費，以後就由我支付。」

「絕對艙用得！世間無恁做老師的替阮做父母的晟囝的道理。」

她忐忑聆聽，原本就怦怦猛烈蹦跳的心臟差些撞出胸膛來，出萬丹，顯然無望，只能守在紅磚屋和內心的惡魔繼續拚鬥，可能哪一天就失控了……。

全身發僵雙腳卻哆嗦不停，只好倚著門板背向房外蹲坐地上，不欲再聽的反抗姿態。

「林先生，我是隨政府流亡來台的學生，知道讀書的重要性，素淨需要靠讀書翻身，否則貧窮會一代傳過一代……」

「老師，多謝妳啦！素淨已經畢業了，妳還咧為伊的將來設想，毋過晟囝是我的責任，素淨既然有才情，我會想辦法予伊讀起去。」

她整個頭埋在膝蓋間就嗚咽出聲了，就像拉滿弓的弦，突然弦斷，弓落。

從那一日起，她就等著離開屏東出萬丹，就像溪流再怎麼九拐十八彎只是一心一意奔向出海口。

那回，阿爸的嘎龜藥仔忘了帶出門，阿母當然差遣她送去酒家。水色酒家一直都是禁地，可是就像阿母說的，嘎龜喘嗽發作時，那口氣沒有順順壓下人就歸陰，從小看到大，她懂。

從小到大，她也第一次來到水色酒家。

遠遠地，看到小時候哥哥載著她路過酒家時，印象中日光下慵懶無力的各色小燈泡，在暮色中卻閃爍著五彩絢麗。一下子，哥哥從童年漂浮到眼前來，心底那口幽閉的深井就汲水上了眼眶。

將井水撩潑眼眶外，洗滌過了的眼睛，似乎望見遠遠的酒家門口，哥哥伸出手來要牽引她已然長大的手，走入小時候她從不曾了解他的那個祕密角落。

毫不猶豫地直走到酒家門口。

抬頭不見哥哥，更不見阿爸，只有三、兩個類似小時候酒家「阿姨」的女人，或坐在門前藤椅和整個趴在她身上只見一顆禿頭的男人調笑；或扶著一身酒臭的胖男人正聲聲勸他返家；還有一個倚在柱子旁，有個把臉埋在她胸口的男人手順勢滑入她裙內，那女人大聲嘩笑著……。

她慌忙把眼睛射往旁邊，直到這一刻才曉得緊張，她要去哪找阿爸？

那個藤椅上的女人，拿著印象中和「阿姨」一樣的藍眼睛乜斜了她一眼，開口問道：「喂！查某囡仔，妳要創啥？」

「我……我要找人……」

「找人？找啥人？」

「……」竟然不知如何稱呼在這裡工作的阿爸。

那女人一把推開趴在她身上磨蹭的男人，上下狠狠打量了她一番，恍然叫出來：「泉州仔啦！妳是泉州仔的查某囝，對否？」

「……」點點頭。

「果然囝膾行偷生，鼻目嘴同同同！恁老父若毋是佇灶腳洗甌仔㊸盤仔，就是佇房間收桌聲，妳直直行入去免轉斡㊹，透龍㊺就對了，就會當找著伊。」

得到允許和指點，她緊緊抓著手中的藥包，一溜煙進了酒家內。

放眼一望，酒家內比酒家外複雜多了，一條直直的通道，兩旁盡是一間間小房間。有的房門開開，瞥見三、五個酒客和酒女正在飲酒作樂。有的房門緊閉，裡頭卻傳來男人的笑聲夾雜粗話，女人的喘息夾雜呻吟，甚至有類似翻轉或動作的乒乒乓乓聲響夾雜女人的痛苦叫聲。

兀立通道，茫然於她的阿爸會在哪，整個室內窒悶著一股奇怪而難聞的氣味，似乎是菸酒、脂粉、菜餚或甚麼長期滯積的味道，像煞塞在某個角落臭殕長霉的陳年舊衣鑽鼻而來……。

突然房門拉開聲，一間原本緊閉的小房間闖出一個男人，醉醺醺，後面緊跟著一個女人邊整頓凌亂的衣衫邊叫喚道：「陳桑！陳桑！你莫生氣啦！」
「恁父𣍐爽啦！妳今仔日，今仔日服務低落，我𣍐滿意，𣍐滿意⋯⋯」
那男人呼出陣陣酒氣，連她這頭都熏到了，兩隻看來孔武有力的手胡亂揮來揮去，有一兩下還打到了那女人的頭和臉，明明看她痛到眼睛眉毛蜷縮，嘴唇卻咧笑如花瓣——怎麼，一張臉孔可以同時收納完全相反的表情？
「我會改進我會改進！明仔暗，明仔暗，一定包君滿意⋯⋯」那女人像風中亂顫的花枝格格地笑。
誰知那男人雙手一揮照頭就打：「幹！免痟想！恁父才𣍐擱點妳來坐番[46]⋯⋯」
「有囡仔在這，」那女人瞥見了她，出聲制止道：「莫粗嘴野口了。」
那男人跟著女人的話轉頭看她；她同時看見了更後面拿著掃帚、畚箕走出來的父親。
得救般高興叫出聲：「阿爸！⋯⋯」
「喂喂喂！查某囡仔嬰，妳怎半路認老父？」
她阿爸出聲：「伊咧叫我啦！」
原本對著她笑得像不乾不淨的抹布的男人，回頭看向她阿爸：「泉州仔！這個查某囡仔是你

43 甌仔：杯子
44 免轉斡：不必轉彎
45 透龍：直行
46 坐番：坐檯

的查某囝喔？」

「嘿啊！」然後沒打算再跟那個男人多話地直接問她：「妳來這創啥？」

她還來不及回答，那醉酒男人搶話道：「泉州仔！查某囝這呢大漢了，就叫伊來這上班賺錢，你兩隻手做到像石舂臼，不如伊雙腳開開較輕鬆……啊！你敢拍我？死阿山仔你敢拍我！」

阿爸的掃帚已掃過對方身上，連畚箕都砸準了，那男人除了飆罵一連串髒話，同時箭步衝過去對著他亂拳如雨——不曉得尖叫聲來自那女人還是她，在淚水迸射中她顫抖狂喊：「你莫拍阮阿爸！你莫拍阮阿爸！」

霎時開門聲、腳步聲、人語聲一片雜沓，整個酒家陷入紛亂之際，她突然聽得一聲有些熟悉的悶雷轟響：「攏予我煞煞去啦！」

周遭瞬間無聲。

慌忙拭去遮眼的淚水，定睛一看，走道最盡頭，白汗衫、寬白褲、厚木屐的「大尾鱸鰻」已經微垂著頭偏著臉手按武士刀隨時出鞘的架勢，兩旁圍觀的男女似乎人人連呼吸都收斂了。

她傻傻聽著「大尾鱸鰻」沉沉對那醉酒男人說：「豬哥標，你酒醉了，好轉去睏了。」

咦！那男人剛剛不是醉醺醺、惡狠狠？不但沒再從口中吐出半字垃圾，還轉身一路筆直走出去，腳步不顛不亂哪用攙扶！

她猜，自己一定以仰望神偶的模樣呆看「大尾鱸鰻」，他也瞥了她一眼，整個人鬆懈，挺身，垂下手中武士刀，轉而吩咐她阿爸：「泉州仔！把恁囝查某囝悉出去。」

阿爸就帶著她穿過恢復議論紛紛的男女所投射的目光，直接走出酒家，連門口也不稍駐腳地抓著她的手一路遠離水色。
他一路斥喝：「妳敢來這種所在！嗄？妳敢來這種所在！」
他在生她的氣。她眼眶再次潮熱。
把手中幾乎被她抓破了的藥包遞給他：「你的藥仔，阿爸。」
他看了一眼，默默接過。
又走了一小段路，阿爸停下腳來，一臉嚴厲叮嚀道：「以後不管發生啥物天大地大的代誌，不准妳行入酒家一腳步，轉去了！妳轉去了！」
他放開她的手。
她不敢看他也不敢出聲，直直往前行。
突然，阿爸在背後喊道：「素淨！妳真足聽㊼，咱雖然是外地人，也無偷也無搶，正正當當做人，妳以後也得拍拚，毋受人蹧蹋佮侮辱。」
腳下只頓了一下，她繼續往前走，湧入腦海的波浪是，阿爸在這種所在拚一家人的生活，怎可能不受蹧蹋不受侮辱，大多時候都得忍氣吞聲對吧？不可能常常跟人打架，更不可能「大尾鱸鰻」每回抄武士刀出來威嚇是吧！
如果阿爸正在後面護送她的背影，絕不能回頭讓他瞧見波浪正溢出她的眼眸，在臉面奔流。
原來，哥哥的家，這個阿爸不容許她出現的所在，是一頭張著大嘴的怪獸吞噬了哥哥原本的單純

47 真足聽：聽仔細

吞噬了阿爸應有的自尊，難道她真的要踩在他日益佝僂的背脊翱翔向高雄的天空？……

報到前一晚深夜，她乍然驚醒，燈色映入房內，阿爸下工回來了，不過沒聽見碗筷聲，也沒聽見他叫喚她和阿如起來吃酒家倒回來的菜尾，只聽見阿母聲聲抱怨。

「伊𣍐聽我的，你當初就應該把伊擋落來，去高雄讀冊？佇外口呷佇外口住，你要去佗偷印銀票來填屎礐仔窟？」

「伊自國校仔妳就一直毋予伊讀冊，顛倒攏是老師和外人咧寶惜這個囝仔有才情……」

「伊若真正有才情，怎毋敢去考屏東師專？我聽人講，考著讀免錢的，以後頭路便便做老師，聽講全班干單伊一個人無報名，龜龜鱉鱉，彎彎曲曲，我毋知伊的頭殼攏咧想啥！」

「素淨巧巧囡仔自己咁𣍐曉想？伊無去考師專自然有伊的道理。」

「到這個地步了，你還咧替伊講話！這個囡仔歹心毒性，自細漢背骨𣍐聽話又愛講白賊，今仔日伊若有替父母想，就𣍐師專毋考考高雄女中！」

「囡仔考著高雄女中妳按呢氣怫怫，正港毋哵字還要激喉管㊽！我聽講，石老師伊查某囝屏女考𣍐著考去潮州高中；卜仔伊查某囝啥物也考無得送去讀私立學校；連李老師伊查某囝干單考著台北第三志願毋是北一女，素淨真勢真厲害了！」

她不禁倒抽一口氣，深夜的空氣如冰清冽，沒料到阿爸會四處打探，他真的很看重她考上高雄女中。

「有啥物好暢的？就像你自己講的，牛稠內𣍐堪得發好花，若無，得愛趕牛拆牛稠，你真實一條老命要配予素淨讀冊？」

「生素淨彼時，石老師就佮我講過，囝仔是咱的將來，無論偌艱苦也得予囝仔讀冊受教育，伊們才有法度踮台灣徛起[49]，偏偏頭前三個……咱這世人就是按呢了，賭一個素淨，我罔拚看嘜ㄟ……」

「我聽大家講，讀高中一定得愛拚著大學才有路用，你這種三補身體，哪有法度隨在素淨盤山過嶺？」

「啊！時到時擔當，無米煮番薯湯，做到斷氣為止。」

阿爸語氣似滯重又似篤定，磐石的聲音，卻直接擊中她私慾的心，為何一直執拗於自己的偏見和憎恨，完全無視父親老病家境困苦的現實，後悔的淚水就是順著磐石潺潺而來的溪流……。

晨曦一樣無視她的淚水，照常映照入窗，阿爸由不得她賴在床上裝睡，先是聲聲叫喚，繼而來到床前催促她收拾行李去高雄。她沒等到他說出「無要無緊，是要讀抑是毋讀」這句話，否則她就可以順勢說出自己的決定。

慢吞吞收拾衣物進袋子，阿如小貓咪般在她身旁摩搓，羨慕問道：「阿姑！妳要去住高雄喔？」

覺得好笑，才五歲的她怎知道甚麼叫「住高雄」？看著她一臉的天真，這個等於無父無母的阿如！想起剛考上高雄女中，導師來家裡遊說阿爸時所說的「貧窮會一代傳過一代」，她突然又

48 毋咧字還要激喉管：不懂裝懂極力爭辯
49 徛起：立足之地

想哭了。

阿爸拎著一件棉被，她揹著一個帆布袋，先客運再火車，一路輾轉，他帶著她，出萬丹，入高雄。

第一次搭火車，應該會感覺新奇，但一顆心只管揪得緊緊的，一路上「阿爸！我無愛讀高中了」就蹭蹬於唇舌之間不知如何吐出口，任憑車窗外風景眼前無意義旋轉而過。

阿爸坐在靠窗的位置，父女倆，一路無言。國小高年級之後，在家，她就長時間沉默如石了；而他，除了叮囑事情更無所謂與兒女交談這回事——八七水災，他站在桌上躲避洪流一邊安撫背上的她；黃槿樹下，她趴在他膝蓋上聽唐三藏如何歷劫八十一難；各鄉鎮張貼電影海報，他一路為她演義稗官野史……一格格，也彷彿褪色的陳年電影膠捲。

車過六塊厝，逐漸在遠離屏東，再不說，真的遲了。

鼓起勇氣轉頭看阿爸，只見他的眼睛直直落在車窗外，但眼神彷彿穿透時光不知飄盪在遙遠的何方，整個側面看來彷彿山脊稜線凹凸著歲月的滄桑。突然想起，聽說，阿爸初來台灣就是從台北搭火車到屏東，陰錯陽差落腳萬丹。

想像，阿爸冒險從彼岸渡過台灣海峽到此岸，當時一定也懷抱著憧憬與美夢吧！可曾預料過會成了落魄潦倒的異鄉人？

堵在唇齒後頭的話隨著湧眶熱浪出柙：「阿爸，我無愛讀高雄女中了！」

他迅速回過頭來，凶狠掃了她一眼，低斥：「妳咧講啥物痟話？」

噤口。

瞬間，火車轟隆隆駛上了鐵橋，一條彷彿奔流到海不復還的大溪自眼前綿延到天際，她為之震懾；卻見阿爸露出歡顏。

「這條鐵橋，聽講是一個日本人飯田豐二足久以前起的——猶原是光復彼時的聲勢，攏無變，毋過，這擺，咱是出萬丹，離開屏東……」

她愣愣不知如何接話，感覺阿爸不是在對她講話，比較類似喃喃自語。

鐵橋一過，一路九曲堂站後庄站鳳山站向高雄，難道，她承載了阿爸的另一場冒險？

下市公車抵達學校，校內、校外已有家長和學生熙熙攘攘，一張張歡顏。校門口她和阿爸還先通過警衛的盤問，凸顯了能夠踏入女中校門被盛重看待。

父女倆，一個拎著棉被，一個揹著帆布袋，東張西望逛校園。

「恁這個校門起到真大範。」

「恁的校舍又整齊又高尚。」

「恁校園歸排的大樹足蔭涼。」

「真正是查某囡仔學校，花園啥物色緻的花蕊攏有。」

她訝異地看著、聽著阿爸難得眉目盡舒展開口稱讚這稱讚那，他昨晚燈下的愁苦，難道，只是夜遊神帶給她的噩夢？

心，隨著父親的笑容，也像綰繫了一條絲繩越拉越高、越拉越高的風箏，飛揚在繁花碧樹藍天的高雄女中校園……

台南站到了。

大站，即使車窗外雨勢瀟瀟，上下車的旅客還是多。

她一直偏愛台南的典雅以及悠閒，內心再怎麼倉促，只要來到古都，宛如呼吸著冉冉薰香的氣味，整個人自然而然舒緩下來。

尤其火車站走過日治昭和，巴洛克式建築也許不復當年豔冠全台的風華，卻多了一番見證歷史的淡定美感，似乎可以無視歲月要難忘甚麼或遺忘甚麼一個時代兀立過一個時代。

多年來，自己數回登臨二樓，日本皇室也來過的鐵路餐廳，當拾階而上，「席芭女王的進場」也跟著在心鍵優雅演奏。找一個靠窗的位置，點一客乏味的食物，居高臨下慢慢瀏覽街景及行人，整個人依稀彷彿嵌入了江戶時代的浮世繪——可惜，三年前鐵路餐廳也走入了歷史。

有對剛上車的婆媳？母女？來到她身旁，年輕女子手裡還褓抱著嬰兒。

「小姐，妳這把菠荸仔……」

年老女人居然一聲就叫出菜名，她帶著佩服的歉意抓起那把青菜，對方順順地接著指示年輕女子在騰出的空位坐下。

她索性起身讓位，這對婆媳？母女？先推辭後感謝地雙雙坐下。

年老女人滿臉慈愛地逗逗年輕女子懷中的嬰兒，並催促餵奶，年輕女子理所當然地解開衣鈕掏出乳房餵哺。

是個健康的媽媽呢！俯瞰這一幕，她心裡暖暖的，B肝帶原讓她不得餵哺小壞母奶。

年老女人一臉滿足地看著媳婦？女兒？餵哺孫子，她們那一代，必定以一對乳房拉拔襁褓中的兒女吧！

是否，平心靜氣想著，當自己還被褓抱在懷時，阿母也曾柔情餵哺過她？而她也像眼下的嬰兒，含著乳頭，以人世間最純粹無垢的眼神仰望母親？

發動記憶引擎，卻遍尋不著她和阿母之間有過柔情的互動。

倒是想起了B的論調。他說一個雙眼皮的和單眼皮的結婚，單眼皮的基因是顯性；一個高智商和低智商的結婚，低智商的基因是顯性。壞基因總能佔上風。所以，他認定她的父親和母親是聰明的，四個孩子才能夠都聰明。

從車窗玻璃隱隱約約看見自己唇邊那抹嗤笑。B的論調，是否有足夠的科學證據？為何，她從來只看見阿母的愚昧和瘋狂？

從小，阿母總是罵她「白賊七仔」。獨自在綿豐戲院看電影時，一個身軀臃腫的中年男子捱到她身旁空位，試圖撫摸她大腿內側，她駭哭，跑回茶攤，阿母斥責她：大人哪會做這款代誌？路上遇到一個清瘦矮小的外省老伯伯，對著她滿口髒話同時比出猥褻手勢，阿母不信，譏誚她：干單妳會編這種鬼也獪相信的故事！

後來，她非常習慣於碰見任何事閉嘴、噤聲然後吞落，不論驚恐或厭惡。

偷瞥一眼那滿足地吸吮著母親乳房的嬰兒，國二暑假，送信的郵差趁家裡無人，將她拖到和隔壁做裁縫的阿姆家相隔的空地伸出狼爪，她驚嚇過度連喉嚨也被掐住似的發不出任何聲音，剛好阿姆出來撞見，郵差倉皇逃走。

過後阿母知道了，因為有證人，望著車窗外昏昏濛濛的雨勢，清清楚楚記得她乾笑一聲的模樣：阮素淨哪有可能看佮意一個送批的——後來，非常痛恨《郵差總按兩次鈴》那齣電影，唯一不肯觀賞的名片，雖然聽說，裡頭根本沒有郵差的角色。

她從來不相信她的話，正如，她也從來不相信她的話。

阿母宣稱她看得見大多數人看不見的「物件」。還在綿豐戲院前擺攤時，深夜收攤進入戲院的後院水井下清洗鍋盤碗匙，她老倉皇逃出，說有逗留在戲院內的孤魂野鬼捉弄她，將細沙灑往她的眼睛、臉面和洗好了的餐具。

她老清晨或黃昏一口咬定家門口站著兩個灰衣人，沒有五官。

她也老突然指著她背後並斥責她帶陌生人回來，她慌忙回頭張望，甚麼也沒，只有掉了一地的雞皮疙瘩。

如果讓她就醫於精神科，小時候對「鬼魂」的過度聯想及膽怯，原因是否可以溯及阿母？但是日後往往獨行於陰暗的道路獨宿在無燈的房間，甚至大學畢旅時她無錢參加，就在空了的女生宿舍獨居了一星期——無從解析的自我矛盾，是否會被醫師診斷為譫妄現象而且反覆發作？

阿母是否真能看見鬼魅，從以前到現在她還是完全無知，但她看得見她偷家裡那條刺繡精美的手帕送給同伴，明明家裡不曾存在手帕這樣的奢侈品；她看得見她偷吃家裡那罐她珍藏的米仔麩，還吃得一乾二淨連空罐子都消化不見了，小販騎著腳踏車進來兜售米仔麩那時，明明她嫌貴只跟著那些阿姆圍觀試吃，還分了她一口。

零零總總，全部構成她毒打她的理由，而冤屈、痛楚、怨恨似乎不曾隨著時間遠颺。認識B之後才知道，現實世界真的還另有一個平行世界，不必聽得見看得到，就可以造成別人一生的冤屈、痛楚、怨恨，那種無蹤無跡卻真實如影隨形的鬼魅，是不是比她阿母的羅織、編造、荼毒更讓人顫慄？

車窗外低溼可掬的烏雲壓得天空不勝負荷似的，一路往南的火車也無能為力讓雨勢減緩或停歇下來，這和她離開學校宿舍時所判斷的天氣型態，有誤。

颱風真的會闖進來？反正，行進中的火車車廂是個密閉隔絕的所在，無從得知氣象報告。

火車很快抵達保安站。

保安站距離台南站很近，望向雨中的木造白漆車站，不過兩站的命運大不同，一個就是都會區的交通中心樞紐；一個帶著淒清的幽靜佇立在不起眼的鄉間，下火車經月台往站外的旅人宛如走入了黑白電影時空。

俯望嬰兒含著媽媽的乳頭的側臉柔蜜溫馴，不管襁抱在母懷那當初是被珍愛或被嫌惡，都不會有記憶，如果能夠永遠駐留在沒有記憶的階段才可能擁有伊甸園初始的幸福吧！當時以莫名而莽撞的勇氣出走，早知道高中不是五彩繽紛而是東一刀西一刀的青春，自己是否還會不顧一切越區報考？未知，果然是上帝給予人類的最佳禮物……

二八

在高雄的寄宿生活，一同租住在苓雅區一棟透天厝加蓋的五樓的外地生當中，來自美濃的利榮芳和旗山的曾美秀同是客家人，交談必定以客家話，咕咕噥噥說著只有她倆明白的事，霎時她和屈以書就被隔離在一旁了。來自岡山眷村的屈以書常說自己是血統最純正的外省第二代，各種方言一句不通，她看她的表情分明是不屑。

原本只要脫離學校的範圍，她就可以肆無忌憚地說著阿爸的語言，來到高雄之後，即使放學回到宿舍阿爸的語言也得噤若寒蟬，她希望能和屈以書同一陣線，才不至於被團結如黏著劑的客家勢力孤立。

對自己的班級摸出頭緒後，發現眷村來的同學特別多，而且自成圈圈。第一次對眷村留下一痕印象，同樣來自國小的鄭麗華。

國小同班畢業的女同學，不升學的多過升學的，有的回家種田有的出外做工有的就嫁人了，沒甚麼好奇怪的，頂多就像鄭麗華連畢業典禮都沒來參加，讓同學們騷動了一下下，印證了畢業前夕大家傳來傳去的：她媽媽把她賣給了一個大她四十多歲的「老芋仔」。

國中時代表學校去屏東市參加國語文競賽，在某個轉彎的街口偶然遇到了她。國小畢業後，她不曾再見過她。

鄭麗華大腹便便，說家就在附近，熱情而尊貴地邀她去坐坐。

「我們是眷村喲！政府不許外人住進來的。」

她只顧盯著她的肚子，頭腦自動提起，兩人曾一起關在廁間由她教導她如何處理月經。似乎，所有「女人的事」她都搶第一名。

順著她的眼睛，鄭麗華也低頭看了看肚子又摸了摸，笑了，那稚氣的笑容和那隆起的腹肚互為突兀，她突然覺得春花和秋實的反差出現在她身上。

鄭麗華提起老公家在四川，一個人隨著軍隊撤退來台，年紀又大了，交付她的任務就是傳宗接代，所以肚子裡頭已是第二胎。

她終於留意到她滿口國語，「ㄓㄔㄕㄖ」還刻意捲舌，她脫離學校很久了呀！不會再有人抓她講方言。

「妳按呢，好，抑是毋好？」

她無所顧忌地以台語疑問，不想，她繼續回以捲舌音：「好！當然好！我老公有固定的薪水，有政府配給的宿舍，前院種菜，後院養雞，來我家瞧瞧嘛！不像我以前的家，破破爛爛還是違章建築，我媽做那種生意，我都不敢讓同學去——妳大概知道我以前的家在做甚麼的吧？」

這個在學校一口台灣國語的鄭麗華！還常常因為自然而然冒出方言，被責打、被罰錢、被掛上大家戲稱為狗牌的「我不說方言」繞行校園巡邏，直到也檢舉別的同學講方言，牌子才能卸下來給那個被檢舉的同學掛。

只得回以捲舌音：「不過我怎聽說是妳媽媽把妳賣掉？」

猛地，她的臉孔像垮下的鷹架，台語轟然自嘴巴迸射：「我賣予一個人幹伊才是賣予眾人幹咧！幹！幹！幹！幹！……」

當時為了閃躲她的憤怒，抬眼胡亂張望遠處，「青島街」的路牌就撞入了眼簾。那也是她最後一次見到鄭麗華。後來聽說，為了生個兒子她不斷懷孕，真的懷了個兒子，卻因為難產血崩母子又一起走掉。

來到高雄，她才知道高雄和屏東一樣，火車站前是「中山路」，最熱鬧的區域屬「中正路」，也一樣有條「青島街」。

班上眷村來的同學大多住左營或楠梓，欣喜於她們有種趾高氣昂的尊貴氣味，不太理會圈外的同學，那種不容踏入的排外感遠遠超過利榮芳和曾美秀的彼此相融以客語；更與她從小認知自己是「外省人」而卑微完全不同。

有個眷村同學鄒制憲就坐在她後面的位置，因為座位，兩個人有了對話。

她對她這個跨縣市就讀的屏東生感到好奇，她則是很有認同感地對她說：「我也是外省人。」

「哦！妳也住眷村？屏東的眷村在哪兒？」

「我住萬丹，屏東的一個鄉。」

「妳住鄉下？怎會！妳哪一省人啊？」

「我福建省……」

「喝！福建怎算外省人？而且妳也沒住眷村！」

那一聲「喝」的鄙夷聲調活像她是甚麼冒牌貨！

一下子被推落怒海那般，小時候經過街後大人、小孩的嘲弄聲「阿山仔的查某囝！阿山仔的查某囝」「外省豬仔！外省豬仔」從記憶深洋嘯浪而來……。

萬丹人認定她家是阿山仔；外省同學則斷言非我族類。鄒制憲還不知道對她們那個圈圈告了甚麼狀，從此那個圈圈大多賞她以白眼。……

來到高雄，除了揹著「高雄女中」的書包有種睥睨快感之外，除了逃離阿母於日常之外，一切不如當初想像中的美好與解脫，尤其每個月一到月底，星期六中午放學後還是得回家索取房租和生活費，那才是如刀子細細剮剜的真實滋味。

乘坐屏東客運出市區往萬丹，會先經過糖廠，那高高矗立白煙冒向藍天的大煙囪，是否見證過她阿爸落腳屏東的歷史？可是她的身分為何變成不是外省人也不是本地人？

突然想起屏東師專，那不在她回萬丹的班車路線上，也不在她的人生路線上，當初若不要一意孤行，直接認命考進去，是否現在就不會從一個困境跌入另一個困境？

車經萬丹國中，每個月總在要不要去找李慶餘老師的矛盾中拔河，阿爸不希望她去，怕她塞錢給她；老師一定要她去，說不能違背當初她對她的承諾。擺盪在阿爸和老師之間，她就這個月有去下個月沒去；有拿老師的錢就少拿阿爸的錢。總覺得，自己在做某種苟延殘喘的勾當，同時拖累著阿爸和老師。

車經曾當過鄉代會主席和縣議員的許謀大宅，和他的孫女小學同班時，在大宅出入過幾回，後來在書中讀到「畫樑雕棟」的成語，眼前就具體呈現了許家那美麗的三合院落。

車經綿豐戲院，不知是流連還是失落的複雜情緒襲湧而來，好像自己口中正餔嚼著「鹹酸甜」，夕陽殘影中的戲院帶著蕭索衰敗的老舊氣息，彷彿在時代遞嬗中風華不再的駝背巨人。

自從電視興起，以前大家幾乎每天匆匆扒完晚餐就往石老師家集合，一屋子擠得水洩不通，晚到的得站在門外，當石瓊華她媽媽尊貴而大方地打開電視機的兩扇豪華木門，大家就可以收看尤雅、李雅芳主演的連續劇《姊妹花》，廣告時間女人可以吱吱喳喳討論劇情，男人可以去外頭抽根新樂園或撒泡尿，愜意又免費，誰還要花錢看戲？戲院沒落了之後，聽說，放映的電影即使是正常影片中間也一定得「插片」；連歌仔戲班駐演，都得讓旦角在舞台脫光上演入浴出浴的戲；布袋戲班根本銷聲匿跡，當年戲院走道置放大型冰磚散熱的盛況，已成天方夜譚。

戲院過了，就可以看見從大街岔入小時候要到茶攤的街後。這條小路，駐下她童年的恐懼陰影之一，是否也鑄下了她後來難以融入環境的幽微遠因？反正，那就是一條在自己心中永遠禁錮的小路。

倒是記得那個住在廢棄豬欄的女人。在成長與學習的過程，她認識了一個名詞「慰安婦」。當政府或報紙或學校呼籲民眾別「崇洋媚日」時，她腦海偶爾會不經意掠過那個女人的身影。多年前颱風帶來豪雨，大水漫淹排水溝分不清路面在哪，那個女人就被漂走溺死了。意外？自殺？他殺？向來眾人諱莫如深似乎提起來都會污穢嘴巴的瘋女人，一時成了鄰里口中最熱門的新聞。

那些大人，男的，議論著那些「賺食查某」都會去外地討賺，日本時代還賺到南洋戰地去，那個瘋女人年輕時長得很不錯，聽說在南洋「慰安所」接客時，外頭都是大排長龍，她根本來不及穿褲子，才有辦法幫家裡買地蓋房子，戰後回來，兄、嫂不許她入門同住，她可能越想越「凝心」所以瘋了，瘋了之後怎樣都不肯穿褲子，其實家裡還是有供應她餐食；女的，紅著臉聽得津津有味，偶爾低聲笑罵「不四鬼」「見笑死無人」。她當時還在想，為何大人可以如此輕鬆笑談別人的不幸？……

車抵終點站媽祖廟。她慢慢下車來，媽祖廟前的老榕樹居然也不見了，抬眼望向國小正在改建的校門，一切都在改變，唯一不變的是校門內大樹前巍巍矗立的蔣總統銅像。

回想國小高年級時為了追《雲州大儒俠史豔文》，大中午飛奔在學校和電器行之間的狂熱，怎就在高中聯考前夕的六月天停播了？追問原因，每個人都是一臉怏怏然對她兩手一攤，只有李慶餘老師還說得出因為「影響農工作息」所以被政府禁播。

她忍不住又望了銅像一眼，政府不就是蔣總統？他是她最崇拜的偉人，難道他不喜歡人人都喜歡的史豔文？

回到兩扇朱紅色大門前，日色已冷，經過暮靄中的三棧紅樓，樓外那棵兀立在晚風中的苦楝樹孤單依舊，樓房卻比小時候的印象還破舊，彷彿只為了提醒曾有過的輝煌，更顯繁華已過。

L型房舍那邊就更不堪了，聽說日本時代是營房的土墝厝，有的傾斜，甚至整個萎然崩落剩下半邊牆。像石瓊玉、卜念華還有好幾家人早在外面買房子搬走了。

整個莊園內外來的住戶，除了她家，只剩隔壁做裁縫的，街面越開越多的成衣店，讓量身訂做的裁縫師傅風光不再；還有苦撐在L型房舍造煤球的，越來越精進的瓦斯爐，似乎逼迫著他們繼續傴促在破舊的院落。

回到家，面對阿母，她和她依然無法好好談話，但她發現自己對她的恨意不再濃稠到化不開。萬丹到高雄的距離，兩個人有了星球和星球的遼闊空間？

她特地等著，直到阿爸酒家下工回來，她自動起床，鼓起勇氣索取答案向父親。

「阿爸，咱是毋是外省人？」

「妳怎會按呢問？咱是福建泉州南安的人。」

阿爸皺眉看她的模樣，好像她怎突然變笨。

「咱若是外省人，為啥物咱毋是講國語？」

「啥人佮妳講外省人一定講國語？那叫北京話，大陸闊漭漭，啥物話語、腔口攏嘛有，像佇市場口賣杏仁茶的福州師，伊佮我相同是福建人，伊講福州話我講泉州話。」

「毋過，咱戶口名簿登記的是台灣省，我佮同學講我是外省人，伊們認為我咧講白賊。」

「這話是要自佗位講起？彼時陣，台灣拄仔光復，辦戶政的通唎無幾字，連福建兩字都獪曉寫，我就隨在伊了。」

「你唎字啊！嘛會曉寫字，你怎毋寫予對方看？」

「……想講，伊是官我是民，我何物苦獪博假博得失[50]伊，當初也無料著後來真正有影響……」

她自顧想著，阿爸豈止識字應是略通文史，還無師自通學會了許多工藝，他這樣的人，怎會一生潦倒？導師許美蘭上禮拜才在課堂上邊說邊笑，台東有國小校長其實不識字。

「台灣光復彼時，社會就是一字『亂』，我本來想講，話語會通，才會行船走海來台灣發展，想獪到……」

也就沒留意到阿爸把話吞回肚裡去，只是忽忽然搶話道：「不管按怎亂，你和阿母咁有刣人放火？為啥物，咱一家人，若親像真顧本地人怨……」

小時候被擲以石子，她還是說不出口。

「那是因為——當時發生一寡代誌……」

「到底發生啥物代誌？和咱家咁有關係……」

「砰」一聲，阿爸霍然起身連凳子都嚇翻了過去的大動作，在拂曉前的死寂聽來特別震懾。

「妳囡仔人問問有孔無榫[51]的要創啥！」

她驚嚇地閉緊嘴巴。

中午過後，出門要搭車回高雄，應該在補眠的阿爸追了出來，交代了一番話，她從不曾見過的鄭重其事。

「素淨，以後千萬繪使踮外口加嘴加舌問東問西，若無，自己按怎死的都毋知，連半瞑仔咱所講的話相同繪行提起，橫直——仙拚仙，害死猴齊天，咱是老百姓，又是外省人，上無權利講話。」

外省人又怎樣？

頭腦居然一下子撿拾了阿母的怨恨和嘮叨。

平平是外省人，為甚麼她家不像石瓊玉、卜念華家受惠於政府種種恩澤？曾經，卜念華在鄉公所當官的父親同情他們一家人生活陷入絕境，特地請石瓊玉的父親擬稿，然後他幫忙送出去陳情，但是阿爸提不出任何文件證明他是外省人，上級無法核准納入政府照顧的對象，只撥了一條

50 得失：得罪
51 有孔無榫：有的沒的

三千八百元的救助款項下來。一紙陳情書，換來偌大一筆金錢，讓阿爸得以繳交醫藥費出院，還夠一家人生活好一陣子，這開啟了阿母無窮的聯想，原來當外省人這麼好康！她開始咒罵阿爸為何不晚個一、兩年才跟著政府或軍隊撤退來台灣？

真的，外省人又怎樣，阿爸沒看到班上那些外省同學哩！絕不是他口中的卑微狼狽，她們甚至連石瓊玉、卜念華家自己存錢買房子都不用，眷村眷舍自成一個天地，竹籬笆外也明顯有優越感，老拿某些同學的台灣國語學舌嘲弄。

她很想問阿爸，難道外省人還分成好多個階層，就像她在課外書讀到的印度種姓制度？

但阿爸已恢復慣常的疲憊、冷漠和沉默，兀自轉身回房間，她靜靜看著他已駝的肩背，靜靜走出家門。

回到高雄，她沒有因為和阿爸的一番對話獲得任何答案，外省同學依然不友善；本省同學是否源於小時候種種難堪的記憶她自動疏離？

等到驚覺，她已成了班上的「個體戶」，孤獨來去。

直到每次段考她國文、歷史兩科總獨占鰲頭，開始有同學會拿國文或歷史題目來問她；而龍鳳群也徘徊在她的座位一帶，表面上是跟鄒制憲閒聊，但總是拿她桀驁的眼睛斜睨她。

她早就留意到班上這個美得不得了的女孩。她的美，和李沐心不同典型。

不知是被排斥或排斥人的苦悶，在逐漸熟悉了學校一帶的環境，她偶爾會進入愛河附近的玫瑰聖母教堂尋找記憶中明亮的靜謐。當瞻仰聖母瑪利亞那聖潔純淨的臉容，腦海中不自覺就浮現了李沐心，雖然兩人不曾再見面。

第一次和屈以書、利榮芳、曾美秀去逛繁華熱鬧的鹽埕區，四個鄉下女孩要去見識傳聞中的大新百貨有可以搭乘上樓的電扶梯，位在三角窗的光復戲院先讓她駐足不前，不僅童年最歡樂的記憶影片膠捲般在心版急速轉動播映，電影看板上的胡茵夢，讓龍鳳群那身黑白校服也掩不住的空靈之美，莫名其妙就飛上看板和胡茵夢的五官重疊了。

那天，鄒制憲不在座位上，龍鳳群依然過來，還在鄒制憲的座位坐下，主動對她開口道：「喂！妳為甚麼要欺騙大家，說自己是外省人？」

「我真的是福建人啊！」

「喝！福建人怎算外省人？」

第二次遭受「喝」！雖然不像第一次那麼震撼，疑惑卻從此鬼魅纏身：不是本省人，不是外省人，那自己到底是甚麼人？

但她不再示弱，帶著幾分挑釁反問：「不然妳哪一省人才算外省人？」

只見龍鳳群兩道眉毛一挑：「我陝西西安人，西安就是長安妳知道吧？多少朝代的國都在長安妳知道吧？那才是中原正統文化之都妳知道吧？」

那番霸氣！

回敬了句：「我歷史考滿分！」

就衝出教室了，她不想當場落淚讓對方更加看輕。……

原本以為，她跟外省同學的關係會越趨緊繃，沒想到，隔天龍鳳群沒事人一個又主動來找她。

「喂！林素淨，陪我去找個人好不好？」

她有些訝異，不過她好聲好氣的嬌美模樣，誰忍心拒絕？

兩個人走向十六班，她還交代她說：「妳等一下就喊歐陽月裡外找。」

怎的，不是她來找人？可是她給了她一個懇求的神情，那印象中傲慢異常的龍鳳群！

也就順從地從窗戶探頭十六班，喊了聲：「歐陽月裡外找！」

一個背影瘦高正在跟同學說話的同學迅速回過頭來——第一眼就留意到她有兩道劍眉，她也瞥了她一眼；第二眼留意到她走出教室的步伐和姿態有著女孩子少有的爽颯，像極了武俠片中的俠女。

那叫歐陽月裡的劈頭就問：「妳找我？我認識妳嗎？」

她回頭找悄悄躲在一旁的龍鳳群，而顯然歐陽月裡自己先看到了，薄薄的兩片嘴唇突然抿成一條線，真真確確武俠片中俠女遭遇突襲的戒備神情！

反而龍鳳群雙頰酡紅微皺著頭凝眸歐陽月裡，綻露笑顏的唇瓣恰似初吐芬芳的玫瑰蓓蕾，她一旁著著實實看呆了。

歐陽月裡卻像不解風情的莽漢，雙手一揮：「去！」

兀自轉身回教室。

她完完全全傻了，這下龍鳳群豈不又要橫眉怒目一番？

誰知，她先是癡望歐陽月裡倏然隱沒的身影，繼而嫣然一笑，心滿意足的神情，對她蕩漾著湖心微波泛過的溫柔：「謝謝妳，林素淨。」

她煞似看了一齣會意不過來的戲。

不過龍鳳群開始對她極好。

從小耽溺於美麗；當美麗願意泅游向她，她就任憑淹沒了。

龍鳳群常常拉著她「路過」十六班，歐陽月裡縱算有現身的那少數幾次，也不曾和龍鳳群正眼交談，後來索性對她的「歐陽月裡外找」不加理睬。

龍鳳群似乎也不在意，就在走廊溯洄從之溯游從之，寄望能夠和歐陽月裡不期而遇，甚至只要瞥上她教室內如水湄涯岸的身影一眼，就足供她直到放學前對著她嘈嘈切切錯雜彈；不足，放學後又拉著她陪她去等公車；不足，一把將她拉上往楠梓的公車；不足，她又和她一起搭回苓雅公車站。兩人彷彿真實上演《梁山伯與祝英台》的十八相送，不過龍鳳群難捨難分的可不是她，句句縈繞著一個歐陽月裡，私立明星中學同班三年的歐陽月裡。

她不解：「既然，妳們國中那麼要好，後來發生了甚麼事？」

「……」她輕咬唇瓣，一臉懊惱：「啥事也沒……」

「不然，她為甚麼對妳這樣？」

「……我也不知道……」

她也不知道該怎麼接續了，心想，如果有人對她這麼不好甚至帶著敵意，就算不敢反擊也會避得遠遠的，為何龍鳳群反而一心惦掛？這不符合她桀驁不馴的模樣——或者，歐陽月裡比她更桀驁更不馴？

就是在楠梓公車候車亭認識劉國忠的，在六月微有涼風的彤色傍晚。

他開口叫喚龍鳳群，快速穿過候車的人群走過來，一身俊帥挺拔的草綠色軍服。

她只敢匆匆瞥他一眼，恰好看見他對著龍鳳群翹起唇角笑得迷人：「妳要回家啊？」

突然聯想到全校師生在大禮堂共同觀賞的電影《英烈千秋》，那飾演張自忠將軍的柯俊雄，但是龍鳳群回以一聲：「廢話！」

她嚇了一跳，莫明看向龍鳳群的不耐煩。

「我也要回家，要不要一起走……」

「不了！我還要送我同學回去。」

他把眼光調到她身上：「她也是我們眷村的？」

「不是不是！」

「就說嘛！看起來也不像，倒長得挺可愛的……」

「那還用得著你說？」

她都替他難為情了，他依然神色自若，還轉而對她瀟灑道：「嗨！我是劉國忠，現在就讀憲兵學校。」

「憲兵學校？」她陌生地重複著校名，衝口而出：「有這所學校嗎？」

她猜，自己鐵定一臉沒常識的蠢樣，一直好像不對盤的那兩人竟然同時大笑出聲，她臉頰迅速燒燙開來。

不過劉國忠立即收斂笑容，神情肅穆回答道：「本校位於台北縣五股鄉，先總統蔣公是本校的第一任校長。」

當提到「先總統蔣公」，他還雙腳併攏立正。

隨著他的舉動，她一下子跌回悲痛的四月天。

清明節前一晚已經深夜，她們四個同住的外地生被破空而來的閃電嚇醒，窗外盡是一條條白慘慘的閃電，轟隆隆滿天驚雷也趕來助陣，不久之後，颳大風、傾大雨，大家慌忙起床關上門窗阻擋突如其來的風雨。

直到白晝，依然雨聲潺潺，春假過後就要月考，誰也沒打算放假回家，書讀累了，就聚在往陽台的樓梯口或吱吱喳喳或玩正在流行的踢毽子。

房東那讀五專的兒子三階併兩階奔上樓來，煞白著一張臉高喊：「還玩！妳們還玩！蔣總統他……蔣總統他……」

不約而同停下閒聊和玩耍，房東的兒子平常嘻皮笑臉，老上來搭訕，她們四個女孩輪流在他口中被喜歡，誰也不太理他——怎突然變了一個人？

利榮芳首先反應：「你在說甚麼啊？」

他喘了好幾口大氣，才嗚咽迸出口：「蔣總統他老人家離開我們了……」

霎時一片死寂。

直到屈以書尖叫般大喊：「騙人！騙人！騙人！你又在騙人……」

「我不要命了！敢拿這種事騙人！不相信是吧不相信是吧？」

房東的兒子轉身奔下樓去，再上來手中多了一台收音機，收音機內的女播音員正啜泣著播報蔣總統崩殂的噩耗。

屈以書痛哭出聲；利榮芳淚如雨下；曾美秀嗚咽著躲回房間去。

她楞楞看著眾人的反應，楞楞在階梯坐下，撫摸臉面的潮濕，這才驚覺自己早淚流滿面，無力地偎著牆壁默默哭泣——原來，原來正如後來報紙說的，昨晚那場風雲變色是天地同悲啊！……

還沒上小學時，雙十節、光復節、總統誕辰，學生遊行高喊「反攻大陸」「光復神州」「蔣總統萬歲」「中華民國萬歲」，是她心目中神聖的畫面。

小二開始，一路讀著有關蔣總統偉大事蹟的課文，〈蔣總統小的時候〉河邊看小魚逆游而上領悟做人的勇氣，她只會躲在芒果樹背後偷竊小洋樓煙囪的食物香味，太可恥了！後來在小洋樓陪伴李沐心的時光，自己極力以書香抵擋點心的誘惑，應該就是那篇課文的啟發吧？〈泥土與寄生蟲〉當學生的敢從座位上直奔講桌前力斥日本教官表現愛國情操，她不敢想像自己可以如此效法，不過後來對阿母變得愛頂嘴、愛反抗，也跟這篇課文有關係吧？

到了小五，她已經可以倒背如流蔣總統的家鄉、身世以及種種偉大事蹟，可是關於阿爸、阿母的過往，她都是在他們吵架、打架互翻舊帳時拼湊出來的，感覺上，蔣總統比家人還家人比親人還親人。

所以輪到她也可以在雙十節、光復節、總統誕辰上街遊行呼口號時，她總是全身血液沸騰，用盡力氣一遍又一遍吶喊：「蔣總統萬歲！萬歲！萬萬歲！」他是永遠的民族救星、世界偉人，不論她長多大在哪間學校，每年都會在布置得美輪美奐的禮堂內擺設著鮮豔壽桃的供桌前，恭祝他老人家壽比南山——怎麼可能，蔣總統也會被死亡征服甚至帶走？

隔天，全校師生陷入哀戚。

司令台上旗桿手降半旗以示國喪，校長痛哭失聲宣布偉大的領袖永遠離開大家了，整個操場此起彼落盡啜泣聲——唯一的突兀，導師許美蘭，升旗典禮遲到不足為奇，居然一身粉紅套裝出現！她是全世界唯一不知道這等天崩地坼大事的人？瞬間，她不但痛恨起她來，而且以在她的班級為恥，雖然她很快又走掉，在全校師生排隊依序領取學校連夜趕製出來的黑紗配戴時，她再倒回來已然一身黑。

但從那天起她就嫌惡著她。幸好隔不幾天她就請長假了，代導還說這學期暫時都不會回來。

本來二年級她就打算讀社會組，重新編班後許美蘭還是班導的機率不高，大家相忘於校園就好，可是班上的耳語「導師好像不見了」隨風悄悄。聽見謠傳，她竟莫名心悸，國一暑假後李沐心、導師周雅仙、公民老師「不見了」，是某種被刻意擠壓在頭腦邊疆流放的幽靈，驀然就躥出記憶猙獰爪撲……

龍鳳群猛地拉了她一下：「嘿！車子來了！」

衝鼻的酸楚，讓她匆匆回頭對劉國忠說出內心的恐懼：「你知道嗎？我這兩個多月來一直很傷心很害怕，覺得台灣就要世界末日了！」

「妹子！妹子！妳不用害怕，有我們國軍呢！我們在茲念茲的都是精誠團結，完成領袖消滅萬惡共匪解救大陸同胞的遺志……」

「妳還不趕快給我上車！」

隨著斥喝，龍鳳群硬把她推上公車，自己也跟著跳上來，不讓劉國忠還有說話的空隙，只能聽見他在後頭喊：「妹子！我們再聯絡！再聯絡……」

上了車，她看見車窗外的劉國忠還在揮手目送，龍鳳群則嘀咕道：「妹子妹子，叫得可親熱！」

她有些不忍有些嗔怪：「妳跟他有仇嗎？幹嘛對人家這樣！」

「有仇？劉國忠是我鄰居耶！小時候常玩在一起，國小還同校過。」

「哦！原來是李白的〈長干行〉，你們是青梅竹馬哩！」

她眼神一橫，分明帶著幾分悻悻然的惆悵：「妳可別胡扯！小時候他是很會帶我玩……我爸禁止我再跟他瞎混，要我專心讀書考大學。」

「妳爸為甚麼會這樣？」

「誰叫他……」

「他做了甚麼事惹到妳？還是惹到妳爸？」

「……他在追我啊！」

「追？原來他喜歡妳——這是很可惡的事嗎？」

龍鳳群有些窘迫，支吾半晌，帶著管他的神情喊出：「妳知道劉國忠他爸位階有多低？士官長！士官長耶！我爸又說，讀憲兵學校以後升遷不容易沒甚麼前途，讓他追我，我也要瞧不起我自己了！」

原來，原來——同在竹籬笆內，真的也有階級之分……

林素淨錯聞窗外風雨聲耳邊潺潺，恍惚回神，原來是年輕女子懷中的嬰兒正揮舞著手腳嚶嚶哭泣。

年老女人歉疚地回應了她低頭端詳的眼睛：「阮這個孫真乖，就是歹睏癖，想要睏睏繪去就會黑白花。」

她趕緊別開眼去，免得造成人家的困擾。

「人生是故事的創造和遺忘」也跟著浮現心頭。不論是她的小壞或年輕女子懷中的嬰兒，毫無自主能力完全倚賴，這個階段由「別人」創造他或她的人生故事無庸置疑，而日後要多努力才能遺忘某部分「自己」不要的人生故事？

最好能夠像小時候，靜靜蹲在放映室靜靜看著放映師將燒到蜷縮的影像剪斷、棄置，完好的部分一接人生照常繼續放映。可是燬壞的部分如果超過完好的部分呢？真的剪得七零八碎了，還要如何拼湊原來的人生故事？

心底泛起苦澀的笑意，也許，她的人生就是剪得太破碎必須自行補白，所以才常常魂遊於真實與虛幻之間而越來越混淆？就像B，在圓因和尚揹來他的可能下落之前，後面這幾年她越來越茫然，疑惑，其實她不曾邂逅B，不曾共譜她曾誤以為會是自己最完整的人生故事，反而類似虛空零碎卻無法掙醒的噩夢。

高中開始有個夢境不斷重複出現，她一直懷疑那不是夢，覺得自己是清醒且清楚地看見一幢紅瓦白牆的歐式小別墅，連屋頂高高豎立著美麗的煙囪都歷歷映在眺望的眼瞳；另一個自己卻困在屋內，煙囪正在冒煙，但不是冉冉飄向藍天而是徐徐灌入屋內。屋內的自己在煙霧迷濛中逐漸窒息；屋外的自己卻束手無策。這到底在預演甚麼樣的危機難道是未來的死亡方程式？

上了大學之後另一個加入的噩夢，考試當天，她不但遲到甚且不記得考試的教室在哪一樓，心急如焚地一樓一樓尋找，可是樓層和樓層之間的樓梯不是斷掉就是崩落，她必需冒險跳越或攀爬才能逐樓而上，但是無論多麼努力還是找不到要去的教室，然後考試完畢的下課鐘聲響起，她無助地放聲嚎啕……。這個夢境，一樣不曾隨著離開校園而離開她。

還有一個更詭譎的夢境，公車的座位不在公車內而是在公車外，一個一個的乘客就綁在座位上搖晃而公車一路急馳著……。

「橋仔頭，橋仔頭站到了」廣播響起。

這對母女？婆媳？抱著嬰兒起身準備下車，年老女人含著和煦的笑容對她點點頭以示謝意。她趕緊回之以禮，這才發現手中始終緊捏那把青菜，索性就把青菜塞給了她：「阿桑！這把菜，予妳。」

「妳毋是要買轉去煮？」

「我要到屏東，無方便啦！」

一把青菜贏得對方連聲「多謝喔！擼力喔」，不知她以羨慕目送她三代人下車去。

看著風雨中自己從來無由下車的橋頭站，一直很喜歡那被歲月燻黑的木造長廊，疏疏落落的下車旅人，彷彿所有的心情故事都被優雅而寧謐地接納了，隨著長廊漸去漸淡的背影，而出口就在彼端。……

破瓜

悄悄收拾課本揹起書包提前離開，她不想在圖書館閉館時才和其他同學逃難似的蜂湧而出。踏下圖書館台階，走在燈色昏暗樹影婆娑的校園，屬於高三人的書包沉甸甸，心頭重量又超過肩胛重量，她忍不住無聲嘆氣。

南台灣沒有秋天，晚風在樹梢間窸窸窣窣才摩娑出一絲秋意，冬天卻早已冰冷進駐內心。不想回宿舍面對龍鳳群，但是她又能去哪？

才走出校門，「林素淨」一聲呼喚，她愕然抬頭，看見了應該在憲兵學校的劉國忠佇立在路燈下的電線桿。

「你怎會在這？」

「我是為妳請假回來的。」

「……」

「一個多月了，妳都不回我的信，這禮拜我連寄三封限時專送，為甚麼妳還是不回？」

「……」

「妳不要不說話……」

「你不要拉我！」

「林素淨，妳知道我搭了多久的火車才到高雄嗎？等一下我又得搭夜車回學校趕早點名，我的時間很寶貴，妳可不可以別再嘔氣了？」

「……你不必這樣啊！」其實乍見他等候在電線桿下，她一顆心早已冰雪溶溶，緩流而出的語言自己也聽得見春江淙淙。

「我願意！林素淨，我喜歡妳！」
「你喜歡的是龍鳳群。」
「那是以前……」
「那是因為她不喜歡你。」
「她敢跟妳說，她從來就不喜歡我？」
路燈下，劉國忠的神情有些朦朧，但如果他到現在還如此在意龍鳳群的曾經喜歡或不曾喜歡，印刻在他內心的名字怎會是她？
口氣再度急凍：「可是現在的她，不喜歡你，也不接受你的喜歡。」
「……」
「我不是你的第一選擇。」
「……」
她好想也對他喊「你不要不說話」，齟齬出口的只有：「我要回宿舍了。」
「我送妳回去……」
「不必！劉國忠，你不要再寫信給我，也不要再來找我。」
彷彿決絕地與他錯身而過。
劉國忠沒有阻擋，她兀自蹭蹬向前，丟不出口的寒涼是：「你辛苦一趟就任由我這樣離去？」
酷似等了一世紀，他才在她背後喊道：「林素淨，妳對愛情太高標準！怎能要求妳是我的唯一？我一直愛著龍鳳群，可我也真心喜歡妳……」

她踽踽往前行，春江再度化為凍原，從來對愛情的想望就是純粹、唯一的感覺啊！電影《梁山伯與祝英台》在她未少女時代就教導了愛情的元素是「海誓山盟，生死相隨」——只能挺直背脊骨不回頭，卻又失落於他真的沒追上前來……

劉國忠憤然離去了嗎或者正注視著她的背影？但他寧可空跑一趟也毫不掩飾龍鳳群才是他的最愛，憑甚麼驅動她回顧？

彳亍走過學校旁一整排黑瓦矮房，專門做學生的生意，龍鳳群最喜歡拉她來這裡喝紅茶加豆漿，一直不懂，為甚麼不能紅茶是紅茶、豆漿是豆漿？正如不懂，歐陽月裡再瀟灑還是女生，龍鳳群為何抵死迷戀？以她的美麗，何患沒有更多劉國忠這樣俊帥的男生苦苦癡愛？

矮房盡頭，轉向往愛河的路。

夜裡的愛河燈影渾沌，經過一整日的曝曬，蒸騰而來的氣味更加惡臭，她幾乎掩鼻卻無意加快腳步，劉國忠的意外出現，讓她越發不想面對龍鳳群。

她不懂龍鳳群，更不懂為何從不將自己的不懂質疑向她：一個女孩子可以如此癡狂於另一個女孩子？反而樂意當她的情緒隨從，歐陽月裡，綰繫了她倆的友誼，雖然後來她讀自然組她讀社會組不再同班，反而更加親密。

常常為了談論歐陽月裡，有時候星期六中午放學她要回萬丹，她還跟著她搭市公車到火車站，買了月台票一起進月台。

當火車遠遠進站來，龍鳳群笑容燦爛忘形大喊：「我以後也要到很遠很遠可以搭火車的城市！」

她也笑開了，難得有事讓龍鳳群羨慕她。一方面掩蔽心底黑水苦澀漫湮，從不提父親加上李慶餘老師自己才能夠在這個城市讀書，連她是福建人龍鳳群都不屑承認她是外省人了，如果她曉得她的家世背景，兩個人的關係可能會比劉國忠還難堪吧！

那回，兩人又十八相送到楠梓，她突然興致一來：「走！我帶妳去我家。」

她第一次踏入軍人眷村。

龍鳳群說學校對面那一整排磚牆木扉後頭所關的黑瓦平房也是眷舍，不過偌大的軍人眷村、眷舍總算不再止於聽聞，兩排大小不一的房舍，隔著窄窄的巷弄對望，外頭或是磚牆或是水泥牆並非以往所想像的竹籬笆，走在其中有種與外面的世界隔絕的感覺，但是戶戶緊密比鄰，這家在收聽廣播那家在看電視的聲音清楚到能夠分辨內容，還有鄰居就隔著不高的圍牆正在聊天呢！陶淵明的〈桃花源記〉裡阡陌交通、雞犬相聞的字句自然浮現腦海。

龍鳳群家在比較前面的巷弄，院落寬敞，讓她不勝羨慕，龍鳳群回以因為她爸爸是上校，可以分到地段好坪數多的房舍，這又印證了她先前的揣測，眷村內也有階級之分。

龍鳳群的妹妹也讀私立國中住校，她媽媽一個人在家。見到她是在後院滿眼蔥籠的菜圃內，比她一臉面無表情的表情吸引人多了，太尋常的婦人，她立即揣想，龍鳳群驚人的美貌和高挑的身材來自父親吧？

「哇！種這麼多菜，哪吃得完？」

龍鳳群眉頭一皺：「我爸一直叫她別再種了，挑去市場賣更是丟他的臉……除了他放假回來那幾天她會收斂一下，他一回部隊她照常偷偷賣菜，怕碰見熟人傳到我爸耳朵，還一路挑到左營市場去，就蹲在市場外頭賣那幾把不值錢的青菜，真拿她沒輒……」

她媽媽看到她們就走出了菜圃，開口不知跟女兒講了甚麼，是她聽不懂的語言偶爾夾雜奇怪腔調的國語，以為像龍鳳群說的，眷村住戶是來自大陸各省的大雜燴，甚麼口音的家鄉話都有，但是她越聽越像利榮芳、曾美秀以客家話聊天。

脫口而出：「妳媽媽是客家人？」

先反應的竟然是她媽媽，眼睛一亮，臉上的冷漠瞬間不見，對著她哇啦哇啦說了一串話，恰似他鄉突然遇見親故。

龍鳳群眉頭都綁結了，帶著不耐直喝叱：「不是啦！媽，她不是啦！」

出來時，龍鳳群才告訴她，她媽媽以為她也是客家人才那麼高興。

重新走在眷村長長的巷弄，龍鳳群帶著鬱悶的氣味在解釋甚麼：「妳別大驚小怪，我媽是苗栗人，原本只會講客家話，她……她只讀了兩年書，就待在家裡幫忙種菜賣菜了，直到人家做媒嫁給我爸……」

臨上公車，突然又交代她說：「別跟人家提起我媽……我爸來台灣幾年後，眼看短時間回不去了，才娶了我媽成家，那時他還沒升官沒得挑——我不太愛帶同學來家裡……」

愣然聽著，很想問她，一開始她爸和媽語言不能溝通時是怎麼生活在一起的？終究沒問出口，還不是就生了龍鳳群和她妹妹，這跟別的矛盾比起來算小事了吧？

其實她更想問，論血統，她還不如她純粹、唯一，為何她可以從一開始大剌剌指責她說謊到現在依然不肯承認她是外省人？

但她照舊，把所有的不懂放在心頭石塊般磨蹭著，讓問號堆疊成山峰。

她那個官拜上校的父親，據龍鳳群說，即使放假回來，把家裡也當作營區，一個命令一個動作，切實貫徹，否則又厚又重的軍靴就踹上身了。

她曾展示她大腿上的紫黑色鞋印給她看，恨恨道：「高三！高三我一定要搬出來住，通車太浪費時間，我要跟他說那我會考不上大學。」

該悔不當初嗎？為何要服從她的意志離開原先的宿舍，兩人就合租在離學校稍遠的愛河附近巷子內。

會看上那頂樓違建的木造房間，踩在木板樓梯還會嘎吱嘎吱作響，是因為龍鳳群說那挺著身孕的房東太太模樣幸福：「我老爸動不動就踹我媽的肚子，罵她死客家婆……」

日日夜夜同出同進，同住一間房，同睡一張床，零距離的關係──到底，到底怎麼開始或怎麼發生的？她不要不要翻閱絕對不要翻閱這一段！……還如將死蝶翼記憶偶爾撲拍；又似破蛹新蝶細節鮮麗……

龍鳳群翻個身就摟住了她，她驀然驚醒在她灼熱的體溫，破曉的紅暈微微透窗……以為她陷在夢境，輕輕地要拿開她的手，才發覺她反而用力箍住她……驚訝，卻無意再次撥開她的手，自有人世記憶以來，從不曾被如此迫切的溫柔緊緊摟擁……逐漸，她一手抱著她，另一手慢慢滑入她背部的衣服內探索圖記那般點點撫觸……

直到她解開她內衣背鉤，她才聽見自己牙齒顫震聲：「妳在做甚麼？」

她突然翻身，以上對下的姿勢和她面對面：「林素淨，我喜歡妳！」

「妳喜歡的是歐陽月裡……」

「不准提歐陽月裡！不准不准不准！以後我不准妳再提歐陽月裡！」

她暴怒如遭到攻擊而昂首吐信的蛇，也開始攻擊她一顆顆的衣扣；她整個頭腦好像摔跌在叢林沼澤無法意識自己該做甚麼反應……上衣被敞開了，她甚至一把扯下她的內衣讓她無遮無攔向她……她顫抖，劇烈顫抖，卻驚覺壓在上方的軀體也哆嗦得厲害……哆嗦的指尖卻堅定地一路追隨凹凸學畫曲線，發出童稚般驚嘆聲：「妳的身體，好美！」……

過後，她站在浴室洗臉盆上頭那方鏡子前，凝視鏡中的一無遮蔽，不過是兩個女孩身體的接觸啊！緩緩湧眶淚水卻沒道理地沖擊出激湍河道。

龍鳳群也進來了，自背後緊緊箍住她，她比她高大許多，鏡中她看見她臉面激深的紅豔與裸露的臂膀銀白膚色形成對比，讓她看來更加奇異的美麗。

她硬將她扳過來面對彼此的裸裎，托起她的下頷不斷輕啄她的臉面，聲音裡千絲萬條的溫柔綑綁了平日的剛強：「為甚麼哭呢？妳別哭。」

「我好怕……好怕……」

「怕甚麼！誰規定女生就不能相愛？」

「可是……」這和她向來的認知是錯亂的啊！

「我們要堅持下去，我也會好好照顧妳，以後我們一起去台北讀書，工作，永遠在一起。」

語調雖然纏綿，她的神情和模樣卻是果決，爽颯，瞬間她錯以為歐陽月裡的魂魄附身於她

——從不曾被許以永遠的未來而且以愛為名，最後一絲怯弱的抗拒也化為煙塵無聲，她發現自己心甘情願順從她的意志……

迎面過來一台老摩托車切斷她的思緒，在噗噗噗噪音中有個好像老痰盂的骯髒聲音問道：

「偌濟錢[52]？妳欲偌濟？」

連眉毛都沒抬一下她繼續往前走，對方摩托車緊隨一旁又連番問了幾次。

老番癲嗎？沒看她一身制服外加沉重書包，還是被愛河昏昧的路燈迷濛了色慾的雙眼？心裡反胃地咒罵，表面上卻眼前只有空蕩蕩的空氣繼續著腳步。

「幹！」對方往地上啐了一口，老摩托車又噗噗噗離去，逡巡下一個可能的目標。

第一次遇見這樣的事，就在她第一次毆打她的時候。

天亮了，臉面的血痕身上的淤紫心中的悲憤阻止她一如往常上學去，她也只丟下一句「我會幫妳請病假」就揹起書包出門了。

面對靜悄悄的房間唯有自己的孤零零，昨晚劇烈的衝突，游移在寂寞中似乎化為不真實，但是身和心糾結的疼痛卻不容她自欺為一場夢魘。

該怪劉國忠移情作用或自己自作多情？和他在楠梓候車亭一面之緣，他透過一位學姊來要住址，不久之後接到他的第一封來信，看著信封上挺拔一如他本人的字跡，加上同宿舍的女孩起鬨，一顆心猛然著火而且迅速燎原全身，但她極愛那被燃燒的感覺，展信一讀，果然是敘述初次

52 偌濟錢：多少錢

見面對她的好感想要跟她當朋友，那晚似乎連夢中都有火中淬煉出來的蜜糖滋味。

隨著通信時間日久，一封封，不是懷想他和龍鳳群的過往；就是探問龍鳳群的現況，字字句句透漏了他渴望透過她曉得她的一切。

她越來越不願意面對卻越來越強烈的感覺：他是另一個龍鳳群；而龍鳳群是另一個歐陽月裡。

兩個人同住之後，龍鳳群不許她和別的同學包括原先同宿舍的女孩有比較友善的關係，對於她的霸道，她有些不以為然卻甘心容忍，覺得那是她愛她的方式。但也讀自然組的曾美秀告訴她，時常看見龍鳳群徘徊在歐陽月裡的班級外面。無奈多於難過，太自知之明她整個人也比不過歐陽月裡的一顰一笑，就算她矢口否認，太清楚她是為了歐陽月裡才不顧數理成績欠佳的事實跟進讀自然組。

再無奈，完全順服她的不合情、不合理——居然，為了劉國忠對她暴力相向！她完全不懂她內心那冥頑不靈的純粹和唯一感，她是她的次要已夠椎心；怎可能讓自己再成為劉國忠的次要？

初次被男孩子告白的火啄竊喜早成冷灰，雖然維持著「筆友」關係，偶爾回高雄他也會約見面，就在苓雅市場剉冰攤吃一碗紅豆冰，還得遮遮掩掩，誰敢冒「談戀愛」的禁忌被學校記大過，何況她拒絕再度成為替代品。

過了陰暗迷離的愛河，確定劉國忠絕對不會追來了，她死心拐進巷子內。

其實，劉國忠直到那三封限時信，還有今晚當面明白說出他喜歡她，否則之前見面他就是雙主題：說完龍鳳群說蔣總統。

他好愛反覆申論蔣經國總統如何繼蔣公之後英明領導中華民國，從他行政院長任內就開始推動的十大建設，讓中華民國躋身先進國家。

感受到新的蔣總統在他心目中神的地位，有一回見面又在苓雅市場吃紅豆冰，他照舊滔滔不絕於雙主題，無一句有關她和他之間。

失落感冒失指揮她說出：「若必要選擇，龍鳳群和蔣總統，你會選誰？」

他整個人傻住，半晌，明顯不快反問道：「我為甚麼需要做這樣的選擇？」

氣氛僵住。

自己砸出去的冰塊自己回收，咧嘴笑笑：「我以為你會選擇蔣總統呢！」

接著講了一個國小時的笑話，老師的作文題目是「我的志願」，有個同學寫說他以後要當蔣總統，老師大罵「你以後真的當上總統還要自稱蔣總統？」，那同學理直氣壯回說「我不叫蔣總統要叫甚麼？」

他笑到直拍桌子：「真的真的，除了蔣總統還是蔣總統，我真想不出還有誰夠格當中華民國的總統！」

她跟著笑，低頭舀冰吃，湯匙裡的紅豆像一顆顆帶血的眼淚，她不會是他的主題更不會是他的選擇——那時候她就告訴自己了，他只會是她偶爾通信偶爾見面吃冰的「筆友」……

太無防備地告訴了劉國忠新住址，龍鳳群逮到現行犯那般信箱中攔截到他的來信，擅自撕開來看，繼而大發雷霆，認定那是背叛的行為，痛罵不足以洩怒，索性把她推出房間反鎖在門外。

隔著房門她低聲下氣解釋道，因為她討厭劉國忠，她才沒讓她知道他們在通信，她拔高聲音回了句：「我再怎麼討厭他也由不得妳跟他私下來往！」

明天有好幾科要平常考呢！求她至少放她進去拿書出來讀，龍鳳群乾脆拿鑰匙鎖門，頭也不回下樓去了。

不知道她要去哪，也無法預測多久才會回來，只能呆坐門外空著急。約莫一個鐘頭後吧？她手上拎著食材臉上掛著笑容返回，顯然她去逛過芩雅黃昏市場，她不生氣了吧？

她拿鑰匙開房門，起身要跟進去，她竟然回身用手肘狠狠頂開她，悻悻然道：「我准妳進來了嗎？」

接著房門直接打在她鼻尖砰一聲再度關上，任憑她敲門叫喊，充耳不聞。

要是沒猜錯，她是要煮兩人都愛喝的蘿蔔黑輪湯，果然，她開門鎖門忙進忙出，自顧在浴室清洗蘿蔔處理食材，就是不讓她有機會進到房間。假設她還在生氣，怎麼有興致做這些事？這個喜怒難以捉摸的龍鳳群啊！她再次頹然萎坐門外。

好長一段時間她沒再現身，猜她正一邊燉煮湯品一邊複習功課，她卻被關在門外兀自焦躁著明日的考試，憤怒，不滿，也隨著情緒越來越滾燙。

直到房內飄出蘿蔔、貢丸、黑輪混雜的蒸騰香氣，她端著熱湯笑吟吟走出來，她抬頭瞪她，只覺得那張美麗的臉龐可惡至極。

她以俯瞰的姿態道：「我原諒妳，只要妳從此不再跟劉國忠通信——喏！天婦羅湯，明明是天婦羅，妳偏偏叫啥黑輪，就是一個『土』字，妳。」

她希望她怎樣反應？感激她的原諒，歡天喜地接過湯品，然後盛讚她所煮的美味？

她一動也不動繼續瞪著她，緊緊攫抓她的怒氣也在眼內蒸騰吧？

果然，她嘴角往下一扯，蹲下身來，把手中湯碗往她面前一推，命令道：「我叫妳吃妳就吃！」

她還是一動也不動，緊緊抿住嘴唇。

她臉面肌肉抽搐起來，竟然硬以湯匙撬開她的嘴，從縫隙塞入一塊黑輪：「妳不知滿足嗎？我對誰這麼好過！」

她索性迅速而用力餔嚼嘴裡的黑輪，才「呸」濺射而出，吐了一地殘渣，然後抬頭還她最可惡的笑容。

「匡啷」一聲她將湯碗摔在地上，霹靂啪啦就甩了她兩巴掌，大驚，下意識一手抵擋一手反擊奮力站起來。她出手更加凶狠也立刻取得身高的優勢，一把揪住她的頭髮舉腳就踹——不曾見過她的上校父親，但是她一定認識他！鐵定認識他！……

那一身是傷不敢上學的白天，她終究忍無可忍出走，十來坪的房間瀰漫著沒有邊界的荒寂，原本認定的愛情聖殿已如亞特蘭提斯城失落。

白天的愛河更見醜陋，雖然昨晚鬱積的惡臭被早晨的清新稍稍洗滌，冒著酷似紫葡萄泡泡的黑色河面，無遮無攔盪漾著各式垃圾和好像動物浮屍的漂流物。愛河的真面目，日光下，不過是一條比臭水溝寬長的臭水溝。

河岸有綠蔭，但是不想讓反胃撩撥自己，她就在綠蔭外的馬路遊蕩，揪著心想，一直以為大人的婚姻才有拳擊擂台，原來愛情不會拘限於口頭爭執照樣可以暴力相向，接下來她如何面對龍鳳群？

突然一台鐵馬直衝面前而來，一嚇，正要閃身，鐵馬上的中年大叔一臉雀躍詢問道：「妳新來的齁！欲偌濟？」

她猜自己一定滿臉聽到外來語的癡呆狀，因為對方很快就自動翻譯道：「妳上青，較貴一寡仔無要緊，若是在室的有在室的價數……」

嫖客！

總算反應過來，她驚駭地自顧往前疾走，對方竟拋下鐵馬，快步追來，即使目不斜視也聽得出那混濁的聲音濃稠著亢奮：「妳真正在室女喔！偌濟偌濟？妳開，毋過要先予我檢查看唛……」

猛然驚覺對方竟伸手碰觸她隔著裙子的大腿，喉頭驚恐一聲，駭哭。

「喂！老猴！」隨著叫喚聲，倏地，慌然瞥見樹影背後先探出一張五彩臉龐，而且就像她依偎的不是樹幹而是一張旋轉椅，自動轉出一個女人單腳獨立另一隻腳後彎掛在樹幹上，裸露的襯衫和迷你裙昭告一身肌肉鬆垮。

「轉來找老主顧啦，目睭脫窗毋才按呢，駭驚囡仔嬰創啥㊸，一看嘛知那毋是咧賺的。」

「毋是咧賺的？這個時間怎會踮這賴賴趖，分明就是落翅仔……」

她抓住這個空隙轉身就逃。

一口氣直抵租屋處，哆哆嗦嗦開門，處在吸不到空氣的狀態下依然逕奔樓梯亟欲躲回房內，就跟龍鳳群一上一下撞上了。

「妳跑去哪了？」

沒想到她還會跑回來看她，緊繃一下斷裂，癱軟地抱住她雙腿嗚咽出聲。

她也蹲下來，將她摟入懷中：「淨！對不起對不起對不起……」

過後，誰也沒再提起兩人打架的事，她只是警告她，全高雄人都知道愛河邊是嫖客和流鶯的交易場所，別在不對的時間點盤桓在那一帶。

不提，並非從此無風無浪，吵架的頻率越來越高，她一直懷疑她背著她和劉國忠搞曖昧。

巷弄人家自門縫透出燈色暖暖，一樣映照不到她內心的陰冷，踟躕著不願進入租屋處。

高三了，兩人彷彿放在壓力鍋內，大學那道窄門十萬人同時要擠進去，自然組可能是百分之二十三、四的錄取率，數學老師更預測社會組的錄取率恐怕會創歷史新低的百分之二十以下。情緒也就像壓力鍋內不停往外冒的高溫蒸氣，只要劉國忠的信又出現在信箱，任憑解釋自己沒再回過信，她就是非翻過來炒過去不可。

越來越無法忍受她的無理取鬧；但她認定一切的爭吵和可能的後果都要歸咎於她。動輒嚴厲指責她：「妳不讓我好好讀書是不是？我不能考不上大學妳知不知道妳知不知道？」

甚麼都不知道的是龍鳳群！

跨過高屏溪，她目的唯一：擠入大學窄門。

53 創啥：做甚麼

自己面對的，還不只大考壓力。

對於連機，阿母提過，小時候他一放學就自動照顧還在學爬的她，偶爾溜出門玩彈珠、紙牌、打陀螺也帶著她，曾有玩伴的陀螺直接飛上她的頭還繼續旋轉……兩人之間產生山遙水闊的質變，她從來分析不出化學成分，或許是年齡距離；或許他早婚又離婚中間還波瀾不斷；或許他在出走與返家的兩極不停反覆；也或許甚麼分子也沒，單純源於從小無膽，害怕接觸一切讓她害怕的人。

就算寄宿在高雄，她希望他哪一天又出走就別再回家的願望不曾改變。只要他在家，那個家就是火藥庫的代名詞，而她就是那條引信，他隨時引爆轟炸阿爸和阿母，最大的引爆點就是她還在，讀書。

高一下學期暑假，他索性主張別再讓她註冊讀二年級。

「查某ㄟ佮人讀啥物冊？屏東讀無夠還拚過高屏溪，根本把新台幣當作庫銀燒！」

阿母還可以閃邊去，還可以呶呶辯解：「我有叫伊小學讀了就好，是恁老父硬死要伊讀。」

阿爸就得直挺挺面對連機連綿不斷的炮火，但他一如往常沉默得像一座石獅，那會激起連機更猛烈的炮火，甚至擲出淚彈，哀號控訴道：「我是你的後生啊阿爸！你顛倒攏栽培查某ㄟ，忍心看我這世人狼狽……」

阿爸終於被逼出話來：「落土時辰八字命，一切攏是命運創治[54]人，你出世彼當時，拄著台灣啥物時勢你咁知？」

「我毋知我毋知！我干單知影你毋咧為著我，親像為著查某囝按呢拚生拚死也要栽培伊們讀冊！」

雖然躲在門側，她也聽得出阿爸的聲音惱了：「要怪就怪你拚頭前來出世，搪未著55素淨這個時代才有的國中，除了一科算術，你有啥本事佮人考初中？素淨的老師也有講，也得囝仔本身有才情阮做父母的才有才調栽培……」

「匡啷」一聲連機從地面抓起一把小籐凳直接砸向她來，她下意識往門後一縮躲過去，卻躲不過自己的驚聲哭叫。

連機乒乒乓乓開始砸家裡的器具，暴哭得比她更嚴重，夾雜的控訴她也聽不太清楚，過後回想，應是在悲嘆他永遠有做不完的工作，按照不同的季節不同的作物，他得去撿拾田裡的稻粟、番薯、紅豆的遺穗，還得一邊看顧她，更小的時候他還直接揹著她下田；深更被阿母從床上挖起，一路走去果菜市場撿拾菜葉好讓她曬菜乾，包括天寒地凍的冬夜；在學校繳不出註冊費，害他被老師嚴刑酷打到不得不逃學，才會浪蕩到市場看藤椅店的師傅做手工，走上了日後當學徒的命運，現在竟然歸罪是他不中用考不上初中……

他反覆咆哮的那幾句「你心肝歪歸爿56！你心肝歪歸爿！」「素淨底當時像我這呢歹命？素淨底當時像我這呢歹命？」她倒是聽進心裡去了，自己是他不幸人生的元凶？這讓她後來面對他時

54 創治：捉弄
55 搪未著：遇不到
56 歸爿：一整邊

更加惶恐，帶著心虛和虧欠。

不過那回他搗毀家裡後不知第幾次的離家出走，久到讓她誤以為從此可以不必面對連機而偷偷慶幸著。

哪知，高二寒假，阿爸在深夜的酒家倒下。

醫院發出病危通知，「大尾鱸鰻」將連機帶到，失聯許久的明珠、月英也出現，阿如緊牽阿母的衣角睜著一對驚恐的無辜眼眸。一家人在病房內團圓。

連機跪在病床前，淚眼哽咽誓言：「阿爸你若會當好起來，我會好好做藤椅飼你飼阿母佮阿如，也會予素淨讀到畢業。」

瀕臨死亡邊緣的阿爸，掙扎了幾天，居然又從鬼門關前回轉。

她一樣無法分析，是他超強的生命意志力再一次逼退死亡，或者，其實他一直深愛著這個在他口中咬牙切齒的「孽子」？

重新返家的連機，這次，真的很努力在做藤椅。

那將藤條浸泡、烘烤然後折彎再打釘做成藤椅骨架的過程，她猜，是很吃力的工作，冬天他都打赤膊了，天氣一轉熱不曾見過他身上的汗水乾過。可是等他蹲坐在圓圓小小的矮凳上，把藤椅骨架擱在膝蓋上，藤芯一條接一條穿引編織，她又覺得那看似精巧熟練實則呆板重複的工作很無趣。

他就像一隻工蟻那般從早做到晚，悄悄幫他計算過，從清晨五點開始到晚上九點收工，扣除中間吃飯上廁所的時間，他一天工作超過十四個鐘頭。

他三天可以完成兩條藤椅，可是除了鄰居和附近的住家偶有需求，其實沒有客源。

阿爸病癒後，開始載著做好的藤椅到各地的村莊販售，可能是以前補鼎補雨傘還留有老顧客，老顧客又牽來新顧客，後來出他門做生意時，一台鐵馬的後座要上下左右綁上五條藤椅，車把再掛兩條囝仔椅，騎上坐墊，覺得他整個人都被椅陣掩埋了，他卻得意地拍拍跟著他長久歲月的鐵馬：「看我這台伍順牌的武車！真實粗勇好用。」

回來時還真的常常無物一身輕，甚至帶回客人的預購。

為了趕貨，連機的工作時間又往後延長到深夜十一點左右，她後來老覺得他越變越矮小，好像長期坐在矮凳上編織讓他的四肢都蜷縮了。

在家時，默默目送阿爸清早騎著鐵馬出門連背影都埋沒在藤椅堆中，恍惚間，她會誤以為自己還是黃槿樹下等著他補鼎返家的小女孩；真實是，每個月不得不回來面對連機拿生活費才是最真切的刑罰。

自從家裡的經濟來自連機的藤製品，他開始取得發號施令的權利，後來還禁止她再去李慶餘老師那取得金錢的補助：「魚還魚，蝦還蝦，我要妳清清楚楚知影，是我予妳讀高中毋是恁老師。」

回家之前就開始畏縮，磨蹭再磨蹭；回家之後，帶著被羞辱的憤懣返回高雄，好幾天驅之不去；開口要錢那當下他的表情，不知她要感受為他是高傲的供應者或不屑的施捨者？還丟出各種奇奇怪怪的問題考她。

他的問題若是：「喂！雄女ㄟ，阿共仔若拍過來，台灣有法度擋幾天？」

回答不能是：「我們就可以反攻大陸了，美國再也沒有理由阻擋我們……」

否則他就用鼻孔哼哼向她：「反攻大陸？就是恁這種戇讀冊人才會予政府騙到馬西馬西㊼！」

她也只敢在心裡恨恨回嘴：「就是你這種沒知沒識的人才會自以為是！」

他的問題若是：「台灣憑啥物要反攻大陸，大陸彼爿一人呸一嘴涎，台灣就淹死了！」

回答不能是：「又不是看誰人口比較多，以色列六日戰爭就打敗了阿拉伯聯軍……」

否則他橫眉慢眼一斜：「妳掠做妳讀冊人就真㗊？去金門做兵的人是我！咱和阿共仔按怎相戰妳咁知？一三五意思意思，你拍幾粒仔砲彈過來我拍幾粒仔砲彈過去，二四六大家作伙歇睏——哈哈哈笑死人……」

在他囂狂笑聲中，她恨不能這樣轟炸他：「你就是沒讀書才不知道，歷史課本早就記載，八二三砲戰金門擋住了匪軍保衛了台灣！」

他以方言問她以國語回，阿母不太聽懂，好奇問她，兩個人都在談甚麼，還說平常只有她和他在家時，連叫他吃飯都只「嗯」一聲，根本懶惰開口。阿母的口氣，連機肯跟她講話是她莫大的，榮耀。

倒是阿爸偶然聽見談話內容，鐵青著臉制止道：「恁兩個，莫空仔縫攏挖出來講，會挖做自己的墓窟按怎拖去種都毋知！」

「阮是佇厝內也毋是去外頭議論……」

「你掠做厝內就真安全？恂恂㊽毋知警備總部的厲害！恬恬過日較無魍。」

接下來有好一陣子，她不再被他的話題苦苦追殺，索性一頭將她丟往絕地自生自滅：「考會著讀免錢的大學才繼續讀，若無，畢業就好去找頭路了。」

他連師範院校的名稱都不會說，怎能要他懂得那是窄門中的窄門，尤其對社會組的學生又是女生，那廝殺的程度有時還超過台大，幾乎是班上前幾名的同學獨霸戰果，而她中等成績罷了，已非國中小那時的神勇——如果高中畢業就得出去工作，跨過高屏溪的意義，不過是隨水流逝的一朵浮浪。

這些難以言說的艱難處境，龍鳳群懂甚麼？她抬頭仰望頂樓房間內透出的燈光，龍鳳群不愛待在圖書館認為氣氛窒息，如果讓她知道劉國忠今天為她奔回高雄，又會如何大吵大鬧？她才真的讓她窒息。

考不上師範院校的恐懼無時無刻不驚嚇著她，應該全力拚戰的關鍵時刻偏偏纏扯在龍鳳群、劉國忠之間，犯了高中生不應該談戀愛的禁忌，是否，她會遭受失敗的懲罰？……

「小姐，請問妳旁邊的位置有人嗎？」一個清甜的女聲。

不情不願從「往昔」走出來，林素淨抬頭看了一眼，一張秀美的臉龐帶著禮貌的笑容。她再放眼周遭，空位算多，但都由男性獨坐。這個社會，即使在車廂中與陌生男性同坐，還是讓女性

---

57 馬西馬西：昏頭轉向

58 恂恂：傻傻

多所考慮。

她還回去一個友善的笑容，指指身旁的空位。

不等對方坐定，她的注意力又掛回車窗外。

火車行駛在鐵橋發出喀隆～喀隆～聲，望向橋下綿綿長長據說從台南一路蜿蜒向高雄的二仁溪，車窗外滂沱的大雨讓溪水不似平常那般墨綠，泛著不太均勻的灰綠波紋，倒像家安他爸爸調和著要去果園噴灑的農藥。

聽說二仁溪真的有農藥，連養豬、養鴨以及牧場牛羊的排泄物也通通排入溪中，最嚴重的汙染源則是沿岸廢五金工業的廢水和廢棄物，全世界重金屬汙染第一名的溪流。家安一提起來就掩不住憤慨。

就像果樹根植在果園，在家安平靜到近乎貧乏的童年，這條溪流是唯美的記憶，他娓娓敘述哥哥們帶著他在清澈的溪水撈魚蝦，那片紅樹林有彈塗魚也有招潮蟹，而岸邊盡是悠閒垂釣的釣客。

想像著家安口中滿天彩霞碩大夕日，映照波光粼粼泛著碎金的水面，如何與雨中眼下這如帶的膿綠世界最毒的溪流合體？徹底崩壞，唯一的解釋。

人，又是如何崩壞的？還是，生命之河初生伊始的無垢就注定一路奔向汙染？此刻，真的有些後悔昨晚莽撞前去音樂會而撩撥了「往昔」，某些記憶殘骸能埋藏在地底多深處就埋藏在多深處，最好任地心熔岩毀屍滅跡至灰燼無存。

廣播又響起，大湖已過，這站是路竹，火車經過有著古典四方迴廊的水泥站房，當然看不出來這個地方為何原名叫「半路竹」，據說是因為介於大湖和岡山的半路，以前竹林蓊鬱還會妨礙交通。「半路」？倒很貼切自己的心理狀態，長時間以來，彷彿靈魂一直浪浪蕩蕩不知伊於胡底……。

突然想起劉國忠說過，空軍官校就在岡山，能夠開軍機翱翔於天際才是他真正的夢想。「每個眷村的女孩都愛飛行員！」劉國忠那亢奮的聲音還駐留在記憶。回想當初，她的回應也是刀鋒的尖利：「那你為甚麼不去考空軍官校？離龍鳳群也不至於像現在這樣天南地北！」

也許，劉國忠對龍鳳群的遺憾，就是她對劉國忠的遺憾？

那個白淨斯文的小男孩也被「往昔」無來由地拱到眼前來。小四，外省導師同鄉好友的兒子，不知為何從屏東市區轉學過來，他和周遭黑黑壯壯的鄉下男生，明顯不同品牌。

自從有他寄宿在導師家，再也沒有誰能夠搶在她前頭到導師宿舍拿鑰匙開教室，只要站在籬笆外喊一聲老師，他已等候在裡頭那般立即推開門扉拿著鑰匙跑出來，當兩人交換一瞥那剎那，他格格笑個不停而她整張臉可怕地燃燒起來，從他手中搶過鑰匙轉身就逃，背後還傳來他開心的笑聲，到底在笑甚麼啊他？卻從不曾開口問他，只是每天趕早去享受那既害羞又竊喜的奇妙感覺。

直到班上那個女同學對她揚言「我問過他了，他喜歡郭秀英」，她再也沒有去宿舍拿過鑰匙。每天故意走得很慢很慢來拖延到校時間，就算到學校了，只要教室還沒開門，她也寧可坐在矗立著「民族救星」銅像的老榕樹下等待。

學期末他又要轉回市區，結業式那天，他在她背後喊道「我沒有喜歡郭秀英我沒有喜歡郭秀英我沒有喜歡郭秀英」，她沒有回頭看，也就一直不知道他在喊給誰聽——那個年紀，為何就如此決絕？她無從審問「往昔」。

手指劃過一條條流淌的雨水，隔著窗玻璃其實碰觸不到，不會被濡濕的指尖依然有水涼感，連小男生的名姓都徹底絞碎在時空碎紙機無法拼湊，還真像樓台會「特來叨擾酒一杯」的翻版。

劉國忠當時惆悵、遺憾的神情則是完好的鏡頭儲存：「空官不好考，家裡頭不容許我有重考的機會……」

和劉國忠不曾真正成為情侶。

也許，不純粹不唯一不《梁山伯與祝英台》，她最終的選擇應該也會一如小四那年的決絕吧？這是她徬徨妥協的人生裡僅有的不崩壞。

或者，當初西餐廳她沒料到會是最後一面的最後一面，他表明，關於龍鳳群他很清楚過去就過去了，等他出任務回來，她若願意給他一個機會，他誓言將全心全意只愛她一人——真有那一天，她是否會感動於他將誓言化為實踐而自行拆除純粹和唯一的藩籬？……

那一天不曾來到，沒有機會驗證答案。

第一次知道甚麼叫「西餐廳」他請的，兩個人還為了那既陌生又時髦苦如藥水的咖啡笑到彎腰捧腹，何等美好的片段啊！還對她慷慨陳詞正要為國家做一番轟轟烈烈的大事，那不是典型的英雄電影鏡頭！人，怎就此「不見了」？為何「不見了」不斷在自己的周遭上演？……

花樣

大考結束當天，龍鳳群的媽媽和妹妹就來租屋處打包行李要她搬回家，奉她上校父親的命令。

她要她留下來：「我回去敷衍他幾天就回來，妳等我，別讓我回來找不到妳，我會生氣。」

「幾天」到底是多久？時間，考前從來不夠使用一下子擲於虛無空白而漫漫長長，卸下沉重的壓力，居然不是向來渴望的睡個三天三夜也不起床，反而任不寐的耳朵靜聽樓下房東客廳的時鐘一個鐘頭又一個鐘頭報時。

這才驚覺，沒有重心的生活實在可怕，不知期限的等待多麼難熬，簡直成了行屍走肉。

昏昏茫茫過了一星期，依然不見龍鳳群回來。雖然房租到七月底，但是連機可沒給整個月的生活費，要等下去，只能先去找份工作養活自己，時間也比較不會那麼難捱。

在鹽埕區的鞋店街找到店員的工作。帶著生意人冷漠氣質的老闆娘說，她是新人要學的事多，暫時需要住在店面後頭的員工宿舍。只得回住處帶了幾件衣物，拜託房東太太，若龍鳳群回來了，要她到鞋店找她。

一進到鞋店開始工作，老闆娘就說這個月才剩下二十天，她得做到月底才可以放假。

每天早晨九點營業，晚間九點打烊，除了午餐時間輪流吃飯外，老闆娘規定三個店員全天候站檯，多上個一兩次廁所她就不高興了。事實上開店之前要做準備工作關店之後要做整理工作，能夠躺到床上至少十一點了，兩條腿硬梆梆好像腫脹了一倍不只，另外兩個姊姊居然還有精力溜出去，讓騎著拉風摩托車的男孩子載去壽山賞夜景，邀過她幾次，她寧可睡死在床上。

後來，她們開始指責她雄女的很驕傲，在生活上、工作上處處排擠刁難。

捱了兩星期，沒盼得龍鳳群姍姍而來，只等到颱風警報。

本來一早風勢就不小，老闆娘還嘀咕了句「若像作風颱咧」，不過日常步調依舊規律踩踏，氣象局卻突然在九點半發布賽洛瑪颱風陸上警報。

老闆娘一邊準備去國小接回女兒，一邊抱怨道：「風颱咁是一時半刻變做風颱的？要停課毋趕緊報，囝仔攏去學校了。」

都是這樣啊！從國小到國中，她和大多數的同學一樣，一大早冒著風雨到學校了才知道颱風放假。不過她沒吭聲接話。

倒是兩個姊姊帶頭的那個開口詢問：「按呢，咁要阮款款咧關店門了？」

正要踏出門的老闆娘突然回眸橫掃：「氣象報告若算命仙仔，毋知會準也𣍐準，恁就狂要懶屍了！」

那一眼比被颱風掃到還凌厲，帶頭的姊姊噤聲龜縮，三個人趕緊裝忙，她趁機偷瞄了就在店外雨傘開花的老闆娘。

老闆娘雖然把店內的颱風帶走了，但是店外的賽洛瑪一陣緊似一陣撒潑而來，吹得她剛剛才放在門口的廣告小立牌逃之夭夭，更長驅直入，嚇得架子上的鞋子紛紛跪地求饒，瞬間錯以為置身颱風中心，卻見外頭開始有招牌、雜物抱頭竄逃。

「夭壽喔！這是啥物風颱？根本是捲螺仔風……」一陣強風灌入，「砰」一聲鞋架整個嚇趴倒地，帶頭的姊姊牢騷變大叫：「收了收了！趕緊關店門了！」

「毋過，頭家娘還未轉來，咱哪會當作主？」

「唉喲！風颱警報了，鬼要入來買鞋？物件按呢東倒西歪，萬一風颱連玻璃橱都撞破，頭家娘毋是相同要找咱算數？」

的確，展示高級精品的玻璃鞋櫃在一陣陣強風侵襲下發出喀喀喀、喀喀喀顫震哀鳴聲，好像隨時就要應聲破裂。

兩個姊姊突然不約而同望向她：「喂！雄女ㄟ，妳講話啊！」

怎的？雄女的學歷此刻突然讓她有開口說話的分量？明知她們想把後果推卸給她的企圖，她也驚心於玻璃鞋櫃可能會倒或破，又聽見左右店面紛紛拉下鐵捲門聲，真的，避風頭要緊。

「我認為應該關店門，免得風繼續灌進來破壞。」

「妳講的齁！妳講的齁！」

她倆眉開眼笑，活像她是上鉤的魚。

帶頭的姊姊接著指揮她和另一個姊姊去扶起狼狽不堪的鞋架，撿拾七零八落的各式鞋子，自行跑去要拉下鐵捲門。

正忙亂著，一陣強風颯颯颯捲過，只聽得鐵捲門「匡啷」一聲伴隨尖聲驚呼「阿娘喂啊」，她猛抬頭一看，鐵捲門竟整個被風掀起掛在半空，帶頭的姊姊兩隻手死扳住鐵捲門柱整個身體還是被風往外拖。

勾魂攝魄呼救聲中，另一個姊姊早搶上前，她也趕忙衝過去，兩人合力與風一陣拉扯總算把兩隻腳飛騰的姊姊拉回店內。

三個人驚魂到居然不約而同衝往二樓躲避賽洛瑪……。

老闆娘和她的女兒很慢才回來，原來路上無法用走的，她將女兒護衛在身體下兩個人一路爬著返家。對於店面的狼狽、三個店員的瑟縮，她第一次在她臉上看見理解寬容的神情，老闆趕回來也無用武之地，面對被賽洛瑪破壞的鐵捲門，大家只能把鞋櫃鞋架和所有物品盡量往店內深處挪移，減少損失。

入夜，賽洛瑪在夜魔神助威下更加囂狂，要徹底摧毀大地似的，偏偏陷在暗黑中甚麼都只剩模模糊糊的影子，只能驚心動魄地傾聽強陣風襲擊聲、重物砸落聲、物品飛撞聲、人家屋內孩童嚎泣聲。

突然，屋外「匡匡匡」震得她和兩個姊姊幾乎同時跳起來的重物折斷聲？傾倒聲？她還會意不過來，突然聽見老闆娘驚恐大叫老闆：「俊盛！俊盛！電火柱仔倒落來了！電火柱仔倒落來了！……」

老闆娘驚叫聲未已，又是一陣「匡匡匡」頹然崩倒聲，接著骨牌效應那般連續不斷匡匡匡、匡匡匡、匡匡匡……

魂魄震懾之際，不知怎的，阿母一直認定她在撒謊的八七水災零碎片段，殘骸般漂流過來和窗外的賽洛瑪合一，鮮明著被阿爸揹在背上就可以依偎縮躲——居然惦掛起那一心逃離的家是否平安……

捱到下半夜隨著風聲漸弱雨勢如灌，她更不安了，家裡後門外的釋迦園、香蕉園只要下大雨就積水如池塘，釋迦樹化為水中植栽；香蕉樹則是浮屍……

賽洛瑪鐵蹄蹂躪過後，滿目瘡痍豈能真實形容，整排電線桿或斷或倒只是驚嚇指數，沒電沒水交通中斷才是凌虐生活，每天忙進忙出跟著眾人一起復原店面，內心卻有個聲音不停催促她回萬丹，看看阿爸看看家裡是否安然度過。

好不容易捱到鐵路、公路搶通，七月也最後一天了，老闆娘終於恩准她放假一天。

逃難般逃離鞋店，先奔回租屋處，卻再一次讓她不知所措，她和龍鳳群租住的二樓，除了零零落落的碎木殘片，完全不知去向，房東太太在宛如被轟炸過的現場正指揮著工人做整理工作。

一看到她，再次挺著幸福圓腹的房東太太不知要哭要笑的表情，連呼：「好佳在！好佳在！妳總算倒轉來了！」

「我的書呢？還有衣服還有……」

「放心放心！風颱來的時陣我佮阮翁看毋是勢，就先把妳的物件攏總搬落去樓骹⑲了。」

憋住的一大口氣鬆落，緊接著問：「那龍鳳群呢？她回來了嗎？」

一直擔心著她回來找不到她生氣了，故意不去鞋店找她。

房東太太神情轉淡，搖頭以對，只說有幫她收了信箱裡的一封信。

匆匆跟著她下樓拿信，沒有寄信住址，不過她認得那是龍鳳群的字。

慌忙拆閱，一張信紙，通篇痛罵，最主要「妳是惡魔轉世」「認識妳是我最大的錯誤和罪惡」……

字句利過刀刃殺戮，讓她在房東太太面前就失控哭了出來。

她拍拍她的肩背：「轉去恁屏東了！妳按呢，毋是頭路……」

或許她哭到甚麼話也答不出來，她聲音中盡是悲憫：「可憐——恁兩個，平平查某囡仔……

終其尾，會當按哪？」

原來，房東太太一直都知道，她和龍鳳群吵架打架時，她只是裝聾作啞？回鞋店辭職，老闆娘說她沒做滿一個月不給薪資，在兩個姊姊唧唧咕咕惡意的訕笑聲中，她帶著自己的衣物默默離開。

許與未來的信諾已成一場笑話，只能拜託房東太太先給寄放沉重的棉被和書籍，其餘衣服雜物一揹，自己能夠去哪？突然想起阿爸罵人愚蠢無能叫「侗戇」，怎覺得，賽洛瑪才開始襲擊向她？

揹著帆布袋輾轉回到萬丹，目睹高雄市街災後景象，她以為悽慘已極，沒料到一路上村莊的住家或屋頂沒了或整個坍塌，難以想像卻明擺眼前的殘破。

站在積水未退的朱紅色大門前，往右看，三棧紅樓除了門窗不太倖存還算完好；往左看，以往的L型房舍幾乎化為廢墟，眼前一空，無遮無攔任憑她直接望向李開胡家走馬樓的殘跡，小時候她必須跟石瓊玉、卜念華穿過森森藤蔓包裹的雜樹林才能抵達走馬樓探險——廢墟中不見唯一僅存的住戶造煤球的阿姆一家人，她整個慌駭起來幾乎狂叫出聲：那我家呢？……

顧不得身上重重的帆布袋，她鞋襪一脫拎在手上，踩著爛泥涉水向大宅中庭，兩排柏樹橫七豎八躺一地，不過整座大宅，包括右邊的幼稚園左邊做裁縫的阿姆她家，房舍除了略有損壞外表還算完好，她穿過拱型廊門，先撞見做裁縫的阿姆一家人裡裡外外在大清掃。

阿姆一眼看見她，大叫一聲：「夭壽喲！素淨，妳總算轉來了，妳咁知恁家有偌慘？」

不待她問起，阿姆就像驚嚇過度的母雞咕咕啼叫起來：賽洛瑪帶來的豪雨淹入屋內漫過橫樑，她一家人逃上屋頂，直到兩天後水稍退才被消防隊救下來，但逃命時她阿爸來不及帶嗄龜藥阿如淋雨發燒都被送到醫院救治，她阿母留在醫院照顧他們，連機則是李老師認為房子有倒塌的危險要她一家人速速搬離，應該是在外頭找房子也不在家……

門外的景況就驚嚇了她，看來驚天大雨不僅淹沒了屋宇，又化為滾滾洪流把家中一切沖出門來，傢俱、藤芯、藤條、藤椅半成品甚至連笨重的電視機都躺在屋外遠處近處，像煞橫屍遍野。

門內除了滿屋子的泥濘，牆壁，床鋪無一倖免外，她也終於知道李老師為何認為房子有倒塌的危險，橫樑，屋宇的橫樑竟然正中凹折！雖尚未斷裂，但本該撐起房子結構及重量的橫樑因而往內拉，讓房子兩側看來會往中間陷落。

可是家家戶戶都在災後復原，誰會有多餘的心情多餘的房子租給他們家？做裁縫的阿姆一家人，房子清理乾淨還可以住；造煤球的阿姆一家人，後來聽說搬回美濃娘家去；無親無故的他們這一家外地人，難道可以搬去街巷棲身？

李老師似乎也了解到短期內的無可如何，除了僱工幫忙把裡裡外外大致清理過，還能用的傢俱物品移回來讓她清洗，不能用的就當作垃圾清走，那台二手電視機報廢讓她最最心疼。

最重要的是，李老師僱水泥師傅造了一根紅磚實心柱子撐起凹折的橫樑，她還特地親自過來跟連機說明，橫樑當年是以上等杉木打造，現在先撐住凹折點短時間應該不會斷裂，時間一久還是危險，最好趕緊找到房子搬出去。

看著連機眼眶紅紅回應道：「我本來有存一寡仔錢，也有咧找厝，看是要租還是要買，毋過這擺風颱所有的傢俬物件去了了，免哭喉就滇[60]。」

李老師一臉的同情、理解，直點頭。

她滿心說不出的感激，因為她的寬容和協助，落難時刻一家人才能免於被迫遷而又無處可遷的更大窘境。

阿母在醫院照顧阿爸和阿如，她白天忙著家裡的細部清理工作，又戰戰兢兢於連機陰鬱著臉孔試圖清理被汙水爛泥浸泡過的藤芯、藤條，不成，又狠摔那些原料大聲咒罵命運，隨時要找誰算帳的凶暴模樣。

要直到夜晚躺在床上，雖然全身痠痛，緊繃一整天的情緒總算得以鬆弛，龍鳳群的形影卻跟著襲擊而來，噤聲飲泣到昏睡過去；驚醒不由自己繼續哭。

不懂！她完全不懂！從最初的攀談到最終的絕裂，從頭到尾不都由她主宰由她掌控？自己只是個卑怯的順服者啊！為何會成為惡魔轉世之人所有的罪惡都是她造成的？她不是豪情說過誰規定女生不可以相愛，難道兩人之間已化為可恥的齷齪？說好一起去台北讀書、工作，甜蜜許以永遠的未來……原來「山盟海誓，生死相隨」騙人的騙人的騙人的……

阿爸一出院就陪她去高雄搬回寄放的棉被書籍，那天剛好也是放榜日。

在高雄火車站買了一份報紙，坐在回程的車廂內看榜單，台灣師範大學和高雄師範學院確定沒有她的名字；從台灣大學逡巡到文化學院同樣找不到一個龍鳳群。

60 免哭喉就滇：意即傷心哽咽

阿爸只問了句：「有著否？」

她連一句話也無，只剩搖頭。

坐在返回屏東的火車上，依稀彷彿，回到最初離開屏東的那一日，三年時光好似風吹砂，不留一絲痕跡。不敢直接看阿爸，偷眼乜瞥他淡淡映在窗玻璃的臉龐她看見了枯瘦和蕭索，整個人好像洗了太多次一直在縮水的舊衣裳，帶她出屏東時，當火車奔上高屏鐵橋他何等歡顏……她必須抬頭用力張大眼睛楞瞪車廂頂，才能避免掉下愧疚的淚來。

才回到家門口，李老師竟然剛好在小洋樓外，看到她，出聲喚道：「素淨！阿心考著東海大學音樂系，妳考著佗一間？啥物系？」

她能回答「按照成績我可以上輔仁大學教育系」嗎？只能搖頭，不想多看李老師臉上帶著驚訝的憐憫神情，她直接衝進門去。

很快，連機又把她帶回家的書籍統統甩出門，雷霆怒吼響徹內外：「妳雄女讀假的嗄？妳還有面底皮轉來嗄？卸世卸眾，通萬丹攏知影補鼎ㄟ有一個查某囝咧讀高雄女中！」

那是她三年來的課本和參考書啊！

衝出門撿拾，連機也追出來繼續咆哮：「妳毋去找頭路轉來要創啥嗄？冊毋放火燒燒咧掔轉來要創啥嗄？咁講我還得繼續飼妳嗄？呷潲好啦妳！」

很想頂他「你知道大學窄門有多窄嗎？高雄女中又怎樣，班上將近一半考不上！我原本可以考上大學的！我原本可以考上大學的！」……二十天的鞋店工作經驗，像為客人試穿鞋子那樣她得蹲下身來俯頭屈腰，她默默一本本撿回。

變臉的是阿爸：「你掠做找頭路隨講就隨有喔，自己咁毋咧[61]佇社會行踏過？我做老牛出去賣藤椅仔省落來的店租，分素淨呷一碗飯咁無夠？」

她才得以抱著撿回的書籍重新踏入家門。

保住這些書只是下意識的動作，心是糾結的麻線團尋不到線頭，偏偏腦如碎了一地的豆腐渣沒了主意。

暗夜，她似乎聽得見來自靈魂深處的哀嚎，這個家，主觀意願客觀形勢都不容她久留，但是……怎甘心從此過著類似鞋店店員的人生？想起李慶餘老師說的「素淨需要靠讀書翻身，否則貧窮會一代傳過一代」，當年奮力一搏跨區就讀高雄女中是否成了，鏡花水月？

忍聲啜泣中，酒家哥哥的身影，黎明前的暗黝中倒映水面那般晶亮，一如童年撫慰著她的孤獨和恐懼，生命中唯一沒有雜質的快樂啊！……

儘管壓抑嗚咽聲還是怕吵醒睡在身旁的阿如，兩人相差十歲，她不再完全懵懂。

悄悄走出家門，一抬頭，天上猶有殘星稀微，遠處層層黯赭的堆雲宛如厚實岩壁，雲後隱隱透出一派鑲邊紅光，在這夜風與晨風交接時刻是否也陰陽交接？此刻，強烈想念著哥哥……

恍然回神時，發現自己已然行走在街後。賽洛瑪蹂躪過後斷瓦殘垣尚未完全收拾，天色猶灰，早起的村民在簷下、埕前及路中活動著，宛如廢墟生人的剪影不太真實，連小時候的恐懼也依稀眼前又朦朧遙遠。

61 毋咧：不曾

池邐穿過長長窄窄的街後，途經繁華已過的綿豐戲院，拐進了往水色酒家的路。想起阿爸說的，光復初來台灣那時，有「屏東古早叫阿猴，萬丹是街仔頭」的俗語，整個屏東最早發達的地區，後來因為地方仕紳反對鐵路經過以免風水脈象遭到破壞，才造成萬丹逐漸沒落——人生也是如此嗎？任何選擇都影響著未來……

夜色冉褪，曙光漸清，水色酒家恰似一隻晝伏夜出的夜行動物，在晨曦中懶洋洋蜷縮著。依稀彷彿，看見了前面哥哥正載著她車過酒家外，他的聲音也清晰迴盪在繾綣晨風中：「啥人會當選擇自己出世的家庭？……一個人，是毋是一出世，就注定了一生的運命？……」

她繼續前行，尋找記憶中的溪流。

地貌明顯起了變化。童年一路鑽進森森茂密的那片竹林不見了，野草倒是比人高，遠處就聽見了轟轟轟奔流聲，走近，往下俯望，也不是淙淙清溪而是滾滾濁流，應是賽洛瑪過境的餘威。她一路撥開叢生野草來到溪崁，菅芒劃過手腳帶來刺痛感，鬼針草也沾黏了一身。站在溪崁上，依稀彷彿，哥哥坐在溪崁下的那塊石頭，看看天看看雲看看她，笑得眉目好像飛翔的鷹鳥——洪流直接漫到溪崁邊淹沒了一切，連昔日溪流中磊磊大石也不見頭角。

只能佇立溪崁上，任憑濁流跋扈喧囂，但是泅游向童年依然捕捉得到哥哥的笑顏，他的聲音又隨風拂過耳際：「素淨，我看妳也毋是好命囝，一劫過一劫。毋過，不管運命怎樣拖磨，以後會拄著偌濟凶險，妳一定艙使軟餒先放捨自己。」

也拂了她一身淚水還滿，難道——在自己還那麼小的時候，哥哥就看穿了她背後的凶險？……

「查某囡仔！查某囡仔！妳是發生啥物代誌，怎會來這？」

背後傳來叫喚聲，回頭一看，數步之遙有個頭戴斗笠臉覆包巾的婦人，看不到她臉上神情，只看到一雙眼睛帶著驚疑的關懷。

「無啊！無代誌……」

「無代誌妳怎咧哭？溪水這呢湍流，妳徛踮這[62]真危險，轉去了，趕緊倒轉去了！」

正莫名於婦人管過頭，只聽得她嘮叨道：「妳七早八早行來溪仔邊，真正會嚇驚人……阮隔壁田的阿雄哥佇路頂看著妳行由這來，掠做妳要自殺，雄雄狂狂[63]把我自田中央搝[64]來……」

自殺?!

這才留意到更遠處有個肩頭荷鋤的歐吉桑，黝黑的臉上帶著不安直往她這頭張望。來自陌生人純粹的關心，在殘留寒涼的清早，她心頭先升起暖陽的溫度，難道——哥哥透過陌生人在呼喚她回頭，正面迎視未來？……

一路蹭蹬返回，漸漸平靜下來的心和原本粉碎的腦重新組合了新的意念。走到這個地步，再苦苦追究到底她和龍鳳群誰才是惡魔，何用？難道自己也要像連機那樣鎮日詛咒命運，卻只能對著空氣狂噴煙圈和酒臭？如果，如果項羽並非執意自刎而是捲土重來，歷史會不會改寫？……是否，是否自己應該奮力掙得重新來過的機會？……

62 徛踮這：站在這裡
63 雄雄狂狂：慌慌張張
64 搝：拉

停下腳來，依稀彷彿，遠處雲層背後隱約透出哥哥的笑顏，還有陽光從空隙射出一道道金燦灑在前方道路……

回到家，悄悄開口跟阿爸要了那廢棄許久的茶攤，還有兩百元的本錢。

「妳要創啥？」

「我……我要賣囝仔物……」

「大門口對面刺紡紗ㄟ嘛咧賣囝仔物，妳要搶伊的生理？」

「高雄有一條街路攏總開鞋仔店，哪有啥人搶啥人的生理？」

「張老師伊某主要是刺紡紗，罔兼，妳做這，毋是頭路啦！」

「……外口找的頭路，我無法度看冊……」

阿爸居然沒多問「無法度看冊」是甚麼意思，就給了她兩百元。

搭車去屏東，再步行到萬年溪對面，那一整排黑色矮房都是批售囝仔物的商家，憑著童年記憶未遠的敏感度，她選購了對她有吸引力的糖果、餅乾、抽組仔和戳戳樂。

然後，就在大宅中庭外的假山噴水池旁的老芒果樹下，擺攤做起賣囝仔物的生意。

上課日，有幼稚園的小朋友，一開始他們很好奇，後來可能有難以抗拒的吸引力，下課時間就團團圍在攤子前，聒聒噪噪像一群小麻雀。放假日，緊閉的堂屋那兩扇雕花廳門就打開了，聽說李老師租給屏東高中和萬丹國中的數理老師，來補習的國、高中生進進出出，而且比幼稚園的學生有更多零用錢流連攤子前。後來，連國小學生也會跳過位在路邊刺紡紗ㄟ店繞進來光顧。有生意就忙；沒人就讀書。從高一的課程開始複習。

在芒果樹下擺攤，還可以就近留意進出大門的人車，郵差綠色的身影一閃現，她立即上前詢問攔截，避免信件落到連機手中。

和劉國忠重新取得聯繫。他分發在憲兵隊服務，信中主動提起龍鳳群也到台北了，就讀世新三專廣電科，很快就有了男朋友，「她男朋友是個文弱書生，看起來很娘，真不像將軍之子，不過我想，身為將軍之子是她會看上他的唯一理由吧」，她幾乎聞嗅得到信箋發出陣陣醋酸味，「有朝一日，我一定要幹件轟轟烈烈的大事出人頭地，不必仰仗老子不必倚靠家世」，這是他被龍鳳群激發出來的遠大志向吧！正如她被她激發了重新來過的勇氣。

完全茫惑於龍鳳群。這之前對歐陽月裡的癡狂是甚麼，這之後對她的愛慾又是甚麼？一轉身，就是將軍之子的情人了。再如何茫惑，那是龍鳳群自身的問題，她的人生和她的人生不再交疊，她無須徘徊於她的問題。恨她，才是她自己的問題，而且發現恨的力量很強大。

原本就計畫明年初攢足生活費就要離家出走逃避連機，好做大學聯考最後的衝刺，現在去台北成了目標。她要再次跟她在同一個城市呼吸，正面迎視那咧嘴嘲笑她的傷口，那麼，毋需臥薪嘗膽，必全力與命運一搏！

但要逃避連機對她的阻礙，她得先過得了連機這個關卡。

一開始，他不斷冷嘲熱諷：「妳讀雄女ㄟ來賣囝仔物？妳讀雄女ㄟ來賣囝仔物？比我小學畢業ㄟ較慘！」

不過他沒有開口攆她出去找工作，不知，他真尊重阿爸所說做老牛拖命換她一口飯吃；或者，他以賞她一口飯吃來取得羞辱她為樂的憑藉？

在他趾高氣昂的奚落聲中，她得學會張嘴不吐出憤怒還照常把飯扒進去，一併將羞辱餔嚼到胃裡囤積，絕不惹他，免得他抓到機會趕她出去。

然後，李老師來到攤子前。

她嚇壞了。

自從李沐心國一暑假「不見了」之後，她跟小洋樓就此失去聯繫，一切只是若有似無荒煙般的記憶。李老師宛如還是小時候茶花樹叢前那般美麗，其實她的眼睛不敢離開地面，只聽得她若水聲音霹靂而來。

「素淨，妳艙用得踮這擺攤做生理。」

「……」

「妳出去找一個頭路總比賣囝仔物好啊！」

「……」

朦朧感覺到，她的眼光落在她緊抓在手中的英文課本。

「妳踮這擺攤，我也真為難……張長老伊太太來講幾落擺了……」

原來是刺紡紗ㄟ向李老師抗議！雙手不由自主地更加用力掐住課本，她看見自己的手指關節泛白。

「……」

李老師似乎掉落了一聲輕如秋葉落地的嘆息，她依然不敢抬頭看她，也吐不出半句話來。

「按呢啦素淨，妳把攤仔位徙去三棧樓的亭仔腳，張長老伊太太就艙當講我挑工放妳佇這擺攤拚生理。」

喜出望外讓她差些哭出來，李老師竟然放過她擅自擺攤的行為，還提供紅樓騎樓下供她棲身，雖然離幼稚園較遠，但更靠近大門更方便路過的小學生。

雖然紅樓總迷離在各式鬼魅傳言中，成了驚嚇童年的夢魘——第二次機會呢！就掛在不遠的前方，讓她重新生出觳觫的勇氣，就像鬼門關前要奮力跨向陽界，否則自己可能永遠沉入暗黑成為永不見天日的一縷影子……。

真的就把攤位移到廢棄的紅樓騎樓下營業。

阿母到處宣揚「阮素淨呷著好膽藥仔，全然毋驚鬼毋驚神」，她真的完全不懂，比鬼比神更讓她恐懼的是，自己會像連機、明珠和月英承接了阿爸跨海移民而來的暗灰命運……。

紅樓都不歸上帝管了，李老師當然不予聞問，她不再難以向刺紡紗ㄟ交代了吧！敢來這個「鬼仔所在」擺攤，完全是她個人的大膽行徑了。

還是怕。

打從心底的膽怯包含了小時候對紅樓鬼魅的過度想像，沒人來光顧時的空檔，獨自背對腐朽的門毀損的窗難以言詮的詭譎殘破，似乎連明亮如刀的日光也刺不進紅樓的陰森，背脊骨常常涼颼颼，只能全神貫注於複習課業，腦筋才沒有胡亂編織幢幢鬼影的空隙。

慶幸的是，刺紡紗ㄟ店最多的是那些嚼舌根的阿桑包括她阿母，越來越少學生去光顧那些不變的甘仔糖和無趣的抽組仔，旺盛的人氣讓她迅速還給阿爸那兩百元的借款，累積著離家出走的本錢，以及阿母三不五時的索求。

阿母把話帶回來，刺紡紗ㄟ說她平常對誰都臭著一張臉，擺攤做生意後，只見她對著那些小孩和少年笑容如森永牛奶糖。

「恁素淨靠伊少年當青春搶我的生理，我若猶原十七、八歲，伊佮我比有一支腳毛？毋過阿葉妳最好細膩，恁素淨才幾歲？就嬈嗲嗲⑮了，以後比伊兩個姊仔較慘！」

為何，阿母可以任由別人嘲弄自己的兒女還當作有趣的新聞？她不懂，更恨她一支嘴跟著當放送頭，兩個人就爭執了起來。她已經大到她不能再任意毆打，甚至發現，當她噴著怒火迫近她時，她居然側身閃躲，接著默默走開——那是帶著畏懼的退卻，自己曾熟極而流，在那伸手可掬的童年……

阿母就更樂得待在刺紡紗ㄟ店和那些阿桑攪和，也不肯走到陽光底下也陰冷的紅樓聞問一聲。

不過她索求金錢沒有因此間斷，而她也以睥睨之姿偶爾拒絕偶爾施捨，方驚覺，她們母女之間從她有記憶以來的關係，因為金錢上的給與受異位，翻轉了。成長過程長時間對她的厭惡甚至痛恨，意外地，開始點點浸潤不可思議的憐憫，原來，她只是個在他鄉異地被貧窮折磨了快一輩子垂垂老矣的婦人。

但從阿母有求於她的卑微也讓她徹底明白，連機對這個家絕對性的掌控……

後來，只要刺紡紗ㄟ又踮著腳尖在店門口往紅樓這邊刺探敵情，她都回以惡瞪。充滿毒素的流言散播著令人打噴嚏的過敏原，促使她選購進來更多五花八門的抽組仔和戳戳樂，毫不退讓地和過敏原對抗到底。

有一天，刺紡紗ㄟ不只在店門口踮腳了，直接走到了紅樓外和她面對面。

幾許忐忑，卻沒有太意外的感覺，難道自己早有像電影的武士或槍手終究要正面對決的心理準備？

彷彿白晝和黑夜截然分野，面對李老師自然散發的潔淨光輝讓她想縮躲那被透明的照耀；面對刺紡紗ㄟ鬱積不快的唇舌卻無法吞噬她內心森冷的倔強。

不過還是把眼睛瞟到紅樓造型典雅的廊柱，正好有隻彩色斑斕的蝴蝶停在上頭，微微拍動雙翼，她居然很不相干地想著，若非鬼故事繚繞不去，紅樓，其實很美。

「素淨，妳真勥腳⑯，排我的對面相同賣囝仔物。」

「……」

「毋講話就會當閃避喔？我毋是李老師隨在妳假啞口！」

「……」

「妳真正是齣！……莫怪連恁老母都講，看著妳的孝男面干單想要把妳巴落去⑰——好啦！我是大人妳囝仔，又相同是教會的人，我無愛佮妳計較了！」

「……」

65 嬈嗲嗲：騷包三八
66 勥腳：能幹厲害
67 巴落去：打下去

「最近刺紡紗的工作允艙了，張老師身體也無足好，工作、家庭雙頭重，不如按呢啦，我店面租予妳賣囝仔物，賭的貨底俗俗仔[68]盤妳。」

終於把眼睛從廊柱和蝴蝶調回來，她直直注視眼前的大人。

「妳要租我偌濟錢？妳刺紡紗的機器毋是應該徙入去恁內底？」

一開口就是談判。

然後，她正式擁有了一間賣囝仔物的店。

後來外面的流言變成「補鼎ㄟ彼個查某囝真正勥腳，免加講話就拚倒兩個大人了」。

才恍然明白，出屏東三年，不見得只獲得挫敗的傷口，她看見了自己向來孤獨畏縮的身影，有了隱隱生成的堅強線條。

阿爸悄悄開口問了：「妳毋是要重考？考會著就去讀大學了，哪得費氣費觸[69]租一間店面？」

原來，阿爸一開始就心知肚明她在拚重考的機會。

還是不敢洩漏離家出走的計畫，只說：「張老師是教會長老，我無愛予李老師為難，賣囝仔物生理若好，艙歹賺，阿爸，你真實要一直看連機的目色？」

阿爸嘴裡沒應個橫直，不過後來他就在刺紡紗ㄟ移走機器的空間放了幾把藤椅販售，有空就過來看店，她去屏東補貨時就不用再關店門，也發現，幫忙賣囝仔物的阿爸和那些大大小小的孩子喊過來罵過去，枯瘦的臉上有了笑容。

倒是連機，本來以踐踏她的自尊來滿足他的自尊，隨著她默不吭聲繼續家裡蹲，還從囝仔物攤變成囝仔物店，他或許有了不安的揣測，也因為揣測而焦躁起來。再如何逃避，每天傍晚收店後還是得回去面對他，他的臉容越來越陰沉目光越來越尖利，宛如磨刀霍霍向豬羊的屠夫。

他現在可以眼中徹底無阿爸了，飯桌上先三字經五字經幹譙她一番，接著連趕帶撵：「出去！妳共我死出去！毋是真勢真㪐⑩，會生翼股飛過溪去讀高雄女中？轉來予我這個讀小學的飼啥潲？」

知罪似地低下頭去，不過沒有言語，沒有眼淚，她默默扒著碗裡的飯粒一口一口吃下去。她的不抵抗主義，似乎讓連機更加憤怒於她無視他的憤怒。

才捱到十月，滿天赤紅的火焰，連機的叫罵比晚霞更燃燒，在她的不言不語中，他手上的碗一併砸向盛好飯正要拿筷子的她，只覺額頭一陣刺痛，不過沒有做任何反應，照常坐下來把飯扒入口中，接著，額頭一縷濕熱沿著臉面緩流入眼滴落碗中，她依然扒著飯吃連同飯粒上的紅豔。

先放聲嚎啕的是阿如；跟著驚哭的是阿母。

「你氣惱素淨要底代？伊毋肯出去討賺，嘛會使像明珠、月英按呢收一筆聘金就㞘㞘予出去⑪，你把伊拍到瘸腳破相無人愛，真實得飼伊一世人了……」

阿爸滿臉含怒卻半聲不吭，只是牽起她的手，時光一下子退回八七水災，她是偎在他背上那

68 俗俗仔：便宜地
69 費氣費觸：浪費心力
70 真勢真㪐：很行很厲害
71 㞘㞘予出去：像水那般隨便潑出去

個安心的小女孩……。

順從地跟著他踏出門檻，走到屋後，他從灶口抓了一把火灰，連同他的手覆蓋在她傷口上，不知是火灰的餘溫還是阿爸的手溫，她感覺到流淌的液體凝結了，雖然傷口的神經依然抽搐著痛。

父女倆，靜靜站在屋後，靜靜看著晚霞褪退之後月光從雲隙閃耀天空流瀉大地，靜靜聽著屋內連機掃落碗盤聲踢倒桌子聲砸毀藤椅聲，夾雜聲聲控訴艱苦的童年挨打的學校離亂的婚姻：「這是啥物家庭？這是啥物父母？這是啥物人生？我毋願啦我毋願啦！……」

她繼續靜靜看著月光自樹葉縫隙篩入，釋迦樹周遭泛漾朦朧的灰白，襯得樹幹彷彿隱沒在自身的黯黝中那般光禿陰沉，屋內、屋外的一切似乎也不真實地漂浮在月光下。

直到沉默如融入周遭樹影的父親開口道：「妳走，會當走妳得趕緊走。」

瞬間，一如看見屋內凹折的橫樑隨著塌陷的紅磚柱整間屋宇摧枯拉朽崩落，驚心超過八七水災的牆壁開口笑甚至屋頂傾斜。

這個家，不屬於阿爸了；不屬於阿爸，也就不是她的家了。

剩的，只有現實問題：「毋過我到明年七月考試進前，生活費還無夠……」

等於承認自己在籌備逃家，此刻她明白了，一直想逃離的家，已不是家。

「妳趕緊走就對了，囝仔物我會繼續賣，妳若安搭好勢了後和阿爸聯絡，我會想辦法寄錢予妳度到明年考試。」

阿爸已聲聲催促，明早，明早得趕快寄出限時專送向劉國忠求救，容不得再耽擱了……

有人在林素淨身旁的座位重重坐落連同公事包，她這才回神留意到原本的年輕女孩已下車去，高雄到了。

瞥眼窗外，看來，就算莎拉颱風沒有掃進來，潑辣的雨勢也夠驚人了。天氣不好，上上下下的旅客還是多，凝視著熟稔的月台景觀，少女時代的永恆駐在地，而龍鳳群也就永恆標誌了她的少女記憶。

兀自搖了搖頭，一向怯懦，當時為何有莫大的勇氣畸戀自己一向不解的晦暗激情？是否，一直以來盤據生命的孤獨、寂寞和恐懼如根緊攫，那種被全然注意全然霸佔全然慾望的感覺，讓自己擺脫不再渺小不再卑微不再可有可無的存在？——乞憐於愛的玷污感，卻在往後的歲月淤積堆疊為心底龐大塊壘任移也移不走，尤其，當時被強迫探索女體，驚駭於原來「女性」最隱密處的真面目，她再也沒有喜歡過自己的身體……

這段祕戀，B是她唯一主動和盤說出的人，在他面前，她就是有不再羞恥不再自卑的解放感，而B很另類的看法，日後每當自己被心底的塊壘壓得喘不過氣時，就產生了緩解作用：其實那個龍鳳群說得沒錯，女生和女生為甚麼不可以相愛，雖然這個社會還無法接受，不過她也太懦弱了，不敢堅持自己的理念。若是問我個人的看法，我倒不認為妳們之間是愛情，比較像另一種類型的君臨和臣俯的關係……

「雨越下越大了，不是嗎？」

突如其來的搭訕，她轉過臉來，瞅了一眼讓她及時把變形的少女時代遺留在高雄月台的鄰座男子，三十歲左右吧？稱得上俊秀，她給了對方一個他一定不知道是感謝的笑顏。

「我上車前，氣象局已經宣布颱風會進來，妳一個女孩子，怎會冒著颱風在外頭？」

「你不也一樣？」但沒真的反問出口，她毋需了解一個陌生人颱風天也流浪在車廂的理由。

「有事，去屏東。」

「屏東啊？我鳳山就下車了——我姓孫，很榮幸和國父孫中山先生同姓，妳呢？」

接下來請問芳名，再接下來互留聯絡方式。長期在城市與城市之間漂浪，應付這種車廂上的搭訕，她駕輕就熟。

「先生，鳳山很快就到了。」鳳山站之於高雄站，就像長亭接短亭。

「小姐，我一上車就留意到妳了，妳有一種沉思的靈秀氣質。」

「我是在發呆亂想吧！」不過她依然把回應放在唇舌之內，只報以疏淡的笑容。

「我想認識妳，跟妳交個朋友……」

火車逐漸迫近鳳山站，對方匆匆拿出公事包內的紙筆，寫下姓名、電話和住址遞給她，她以禮貌接下，但他再遞過來紙筆希望她也留下聯絡資料，她不再伸出手來。

「先生，我結婚了，還有一個小孩。」

火車戛然到站。

「妳怎會找這麼可笑的理由？太不高明了吧！」

「先生，你趕快下車了。」

對方只得收回手中的紙筆，提起公事包匆匆下車去。

當火車再次啟動，他就站在和她面對面的車窗外，不知是悻悻然或悵悵然的神情，對他輕揮了揮手，又是車廂內偶然的邂逅無言的結局。

唯一對她有用的，就是搭錯車圓因和尚伸出援手那回，她感激又愧疚地自責糊塗，圓因和尚除了出家人的慈善還有難得的幽默，一句「眾生皆迷途」就為她開脫了。

談話過程，才曉得他是一位四處掛單求法的行腳僧，B也曾四處漂泊呢！卻非佛陀行腳的自在菩提，而是淒風苦雨的浮萍人生，心一酸，夾雜著天色已晚尚未回到萬丹的焦慮，眼淚就緩緩流了下來。圓因和尚只以理解的眼神包容著她，直到她讓橫梗胸臆的B泌出唇齒之外。

圓因和尚跟她解釋了一段經文：一切有為法，如夢幻泡影，如露亦如電，應作如是觀。

勸她說：「老師，世間本無常，緣起緣落，生生滅滅，妳莫擱執念了。」

在他面前，她也自然而然回以上了高中之後就很少使用的台語：「我若知影伊的下落，就像講，伊也掠去判刑掠去關了，至少至少，我知影伊佇枷獄內底——毋是啊！就按呢無去了，無去了，伊毋是空氣人啊！」

直到返回屏東客運站，圓因和尚突然問起B的長相和特徵，說他四處行腳掛單，如果因緣到了遇見B，他會寫信到學校告知。

當時，雖然盡力描述，還是只差沒潑他冷水，人海茫闊，他要去哪遇見一個B？何況多年已過，說不定，說不定街頭偶然擦肩連她也會錯失而過，他又如何辨識一個素昧平生的人？沒想到，圓因和尚竟然記得承諾而且捎來訊息……

火車鏗鏘一聲繼續往南奔行。

九曲堂，高雄最南端一站，每回車過九曲堂，接著鑽入連接高雄、屏東的鐵橋，就知道自己又回到屏東。特別熟稔的站名，不曾下車駐足，十分陌生。

當年，B也有一個承諾，有一天，他要帶她在九曲堂下車去看飯田豐二的紀念碑，兌現她這小小的願望。

承諾那時，B還調侃了她一下：「不簡單，妳終於願意探索在地歷史。」

「才不是呢！……」

第一次知道「飯田豐二」這個名姓，是第一次出萬丹由阿爸口中聽得，毋寧說，自己探索向自己的臍帶，因為自己茫然於自己的存在。

「好吧！好吧！不要變臉，你們這種外省第二代，難免……」

難免甚麼？不想追問。正如，她在他面前可以裸裎龍鳳群了；另一道更深不見底的傷口，直到他「不見了」之前，她還沒有勇氣袒露。

不會跟他解釋她是哪種外省第二代。「外省人」這個標誌和圈圈實在太複雜，圈外人只有籠統概念，就像明明知道莎拉颱風從八日起就盤桓台灣上空，但是壓在上頭層層重重卻有高有低有深有淺團團朵朵自成怪狀的烏雲後頭，到底包裹著甚麼樣的詭譎甚至災難？她沒有能力透視。而且當年他不斷衝撞她原本的認知體系，她更沒有能力探索、分析、歸納，演繹出她長久以來尋尋覓覓的答案。

B還有兌現承諾的一天？自己還有對他袒露另一道傷口的時候？這趟屏東行，只願圓因和尚別讓她落空。

九曲堂站再一次從她凝望的眼眸錯過，火車以破風的姿態一聲轟隆鑽入鐵橋，繼續將她帶回屏東……

妙齡

火車風吼著鑽出鐵橋，以直奔的氣概繼續將她帶離屏東。

一長列帶著年齡的鐵灰色弧型鋼骨花樑桁架的拱橋，以既古典又優雅的身形往前開展，一眼望過去，橋下的滾滾高屏溪似乎綿延到天際，這番聲勢、氣勢，是否和父親一九四六年過鐵橋入屏東所見的景色一樣壯麗？

思維至此，才放下大清早趕赴這班終點站台北的對號快車的膽戰心驚，她整個人就癱在座椅上扶手無聲痛哭了。

「逃」的心情，讓她產生此後再也無所依靠的孤伶感，宛如自己放逐自己於廣袤荒蕪不可預測的曠野，並沒有救世主可以帶領她的未來，僅有劉國忠這根浮木會幫忙承租安身的處所，並且在終點站泊她入台北城。

哭到整個人昏昏沉沉，迷迷糊糊就睡著了。乍然驚醒，廣播聲正傳來「民雄！民雄站到了」，恍惚於不知「民雄」是何處，不僅陌生，還非常不真實，自己成了一縷飄飄蕩蕩的遊魂嗎？不禁又哭了起來。

一路哭一路睡，一張臉乾了又濕，淌入唇角的淚是海水的味道。

列車長來查票，服務員來倒茶水，誰也不會留意她的臉是乾的淚痕或濕的淚水，她也發覺淚水止不了渴，端起茶杯一口口溫潤了乾涸。

當穿著橘紅制服的女服務員推著便當叫賣時，才想起昨晚在連機例行詬罵及預備逃跑的雙重壓力下幾乎沒吃，本想忍住飢餓，覺得那一個個的圓形便當盒看起來太奢侈，可是——整個車廂充滿飯肉菜香，她背後的乘客叮叮噹噹紛紛打開了便當蓋，那越來越濃郁的香氣及嘖嘖如同讚嘆的餔嚼聲完全擊潰了她的意志力……昏亂中，她已拿住一個會燙手的便當，還把圓盒整個摟入胸懷，像暖爐那般，從聯考失利回萬丹之後冰冷的心逐漸回溫。

慎重打開盒蓋，入眼一大塊滷肉排讓她迫不及待動起筷子，一口接一口的暖香也安慰了孤寂止住了眼淚。那個便當，就自動鑲嵌了永恆的記憶……。

從清晨到下午，漫漫長長八個多小時的旅程，好不容易才聽見車抵終點站的廣播。

肩揹高雄女中的書包手抓盛裝衣物的袋子，跟隨乘客離開車廂。站在月台上極目逡巡，卻不見答應來接她的劉國忠。

列車駛離月台，她放眼一望，是心慌意亂錯看嗎台北火車站怎會有那麼多月台，屏東站只有兩個，高雄站好像三個，劉國忠不知道她在哪個月台下車？

眼看同月台的乘客逐漸往前散去，擔心沒跟上連怎麼出台北站都不會，慌忙跟緊其他乘客的腳步一路到出口，票根一交，後頭乘客一擠，還來不及思考就踉蹌踏入了台北。

連劉國忠這根浮木都不曉得漂流在哪，她只剩溺水的恐慌感，站在出口旁不知何去何從，十月底的午後天空，好像連日光也有氣無力，站前一雙雙熙來攘往的鞋履似乎各有各堅定的方向。

不遠處傳來的歌聲：「請借問播田的田庄阿伯啊／人咧講繁華都市台北緞佗去／阮就是無依倚可憐的女兒……」

那不是〈孤女的願望〉？

落榜回家後，聽了無數台語歌曲。每天連機從透早開工到夜晚收工，他身旁的那台收音機就無歇無止地聒聒噪噪，她也耳熟起文夏、洪一峰、紀露霞、陳芬蘭、康丁……這些歌星的名字和歌聲。只要連機喜歡的她都排斥，不曾留意聽過，此刻卻句句鑽心而來，這陌生的城市唯一的熟悉，一雙腳就往歌聲方向尋去了。

原來，車站大門外角落有個小小的擦皮鞋攤，頭髮斑白稀疏的阿伯正在為坐他對面的西裝紳士擦皮鞋，放置一旁的小收音機流瀉著陳芬蘭既童稚又滄桑的歌聲：「我看妳猶原毋是幸福的女兒／雖然無人替咱安排將來代誌／在世間總是得愛自己拍算較合理／青春是毋通耽誤／人生的真義……」

楞楞佇立，楞楞傾聽，淚水再次潸潸滑落。對抗連機以來，不論何種凌虐自己一滴眼淚也無，為何，終於逃抵台北反而眼眶潰堤成河道？

擦鞋阿伯突然瞥眼向她，沒有停下手中的工作，帶著老於世故的理解神情開口詢問她說：「查某囡仔，妳拄著⑦啥物困難？」

「我……」

難道要說自己迷路了？她剛踏入台北啊！可是，歌詞中的孤女還有播田的田庄阿伯、路邊賣菸的阿姊、門頭辦公的阿伯一路詢問可以棲身工作的去處，她獨自徘徊在台北火車站的大門口不知如何是好……

一個快步而過的人微微擦撞到她身上的書包，匆匆丟下「對不起」，她無心理會只意識到自己有礙通行，一邊縮往攤子，正想詢問擦鞋阿伯附近是否有便宜的旅社可以過夜，先安頓今晚再做打算了，突然——

「啊！林素淨？林素淨！」

乍聞劉國忠呼喚聲，她猛地抬頭一望，方才擦身而過的男子煞腳回眸，她也慌忙擦掉遮眼的淚珠，是一頭汗水滿臉著急的劉國忠呢！

「劉國忠！……」

劉國忠急忙返身跑回，她整個人一鬆懈，埋怨的、高興的話來不及交匯出口眼淚又像溢流的溪水，癱向他胸懷埋頭就哭了，也不明白這一整天怎會有那麼多淚水，難道是要把這一生該流的眼淚盡數傾光？

他緊攬著她的頭，她聽見了他聲音裡的慶幸：「還好，還好妳揹著高雄女中的書包我一下子瞥見，不然直接衝進火車站去找妳，就糟了……」

也聽見了擦鞋阿伯自以為是的註解：「台北火車頭，每天的青春悲喜劇。」

抬起頭來正要反駁那阿伯，卻先接住劉國忠一連串激昂的不滿：「幹幹幹！都是那些黨外份子害的！藉著下個月的選舉集結起來作亂，每天宣傳車在路口煽惑人心製造社會動盪，偏偏一堆笨得要死的民眾跟著瞎起鬨造成嚴重塞車，我才會沒趕上妳的車班，今天妳如果在車站走失了，我不成了罪人？幹！那些擾亂份子！我操他媽的……」

她聽傻了，認識以來不曾聽過他爆粗口，還國、台語交雜。

劉國忠似乎也意識到了，收了粗口，還是難掩怒氣：「那些黨外擾亂份子！有甚麼資格談自由民主？台灣就是太自由太民主才由著他們亂來，尤其那個要選桃園縣長的許信良，還是拿中山

---

72 拄著：遇到

獎學金出國留學由黨國一手栽培起來的人，不知感恩圖報，喝幾滴洋墨水就叛國叛黨，該抓起來槍斃！」

選舉？

她從來也不管這檔事，只旁觀選舉前一晚村長就會來家裡收印章，照印章顆數給錢，阿母手拿鈔票感激得連聲「足多謝真撸力村長才知影要選啥人就拜託你了」；只厭煩半夜還有宣傳車一趟過來一趟過去大街小巷亂竄，以超高分貝擴音喇叭喊救命啊救命，阿爸夢中被擾氣憤得連聲「呷飽換枵！毋知影選舉攏選假的咻？吵死人！正港吵死人」。

甚麼是「黨外擾亂份子」？誰又是「許信良」？她全都第一次聽到。

倒是擦鞋阿伯抬起眼來乜斜劉國忠，一臉要笑不笑的詭譎：「喂！少年ㄟ，許信良哪有夠看，恁毋是要反攻大陸消滅共匪仔？若把共匪仔頭華國鋒掠來槍斃，才有勢！」

劉國忠聽不懂或不屑聽懂台語的神情，但阿伯「華國鋒」、「槍斃」是講國語，加上那令人無法與善意相連的皮笑肉不笑，他明顯不快。

「操！沒水準！」低罵一聲，拎起她手上袋子：「走，帶妳去宿舍報到。」

頭也不回快步離去，她趕緊跟上，又忍不住回頭看了那阿伯一眼，阿伯給了一個和藹的笑容，還對她微點了點頭，像在傳遞無言的安慰，她突然想起了就地補鼎的阿爸……。

跟著劉國忠，第一次在台北街頭等公車、坐公車，公車以號碼代表路線，公車站牌標示的路線極其陌生、繁雜。發現，每輛公車呼嘯而來呼嘯而去，街頭不論人不論車都是紛亂雜沓但亂中有序地快速律動，別說屏東的悠閒緩慢，在高雄她也沒見識過如此緊湊的生活步伐。

公車來了，劉國忠才指示她非擠上沙丁魚罐頭般的公車不可，就兀自抓住她的肩頭在背後硬把她又推又塞上車，他說擠公車台北人沒在客氣的，客氣只好看著公車從眼前一班班過。

叫她突圍衝下車時她也不過猶豫了一秒鐘，劉國忠就吼說只要司機一開動就到下一站了，拉著她一路劈開磚頭般衝破重重人牆下車來，後腳尚未著地公車就往前暴衝而去了，驚魂未定只能吸著車屁股拉下來的一坨烏煙，一下子懷念起屏東客運司機的慢條斯理。

一抬頭，只見劉國忠正對著她笑歪了嘴，主動一句說明：「這就是台北！」

終於，他將她帶到事先幫忙承租的女生宿舍。

驀然走進清幽的巷弄，她詫異著原來台北還有不必衝鋒陷陣的空間，就來到一個庭院花木扶疏的紅磚建築物前，建築物上頭白色十字架下鐫刻著天主堂修女院的木匾跟著映入眼簾。

「我託台北的同事幫忙探聽找來的，修女院經營的女生宿舍，環境單純很適合妳專心準備重考，四個人一間房租負擔也不會太重。」

隨著劉國忠的說明，兩人已踏入優雅的庭院，迎面來了三個外出的修女還給了一個慈善的笑容，她忍不住回頭目送那潔白的修女袍背影。

進入寬敞明亮的大廳，和家裡那陰暗凌亂的紅磚屋不同，和高雄租屋的木造違章建築也不同，光可鑑人的瓷磚地板讓她一開始就擔心起鞋底的塵泥。

和這大廳很類似，一個透著高人一等冷漠感坐在輪椅上大約二十多歲的圓臉女子，前來招呼，從對方蜷縮的右手，她猜測是小兒痲痺症遺留下來的。

劉國忠幫忙說明來意後，圓臉女子拿了一些表格要她填寫。

她坐下來填資料，她一旁盯著指點，才看到住址欄出現屏東縣，即問：「屏東？那妳不就山地人？」

詫異停下筆來，抬眼反問道：「妳怎會這樣認為？」

不知道是自己的眼神或語氣讓圓臉女子覺得被挑釁，只見她圓臉一沉，整個人尖銳了起來：「屏東不就山和山地人而已？」

她幾乎發作，突然感覺劉國忠的手輕輕搭在她的肩背，哈哈笑著搶話道：「屏東還有墾丁和佳樂水，都在海邊啊！」

曉得劉國忠在幫忙解圍，但她就是不喜歡被改名的「佳樂水」，原先的「高落水」高處落下的瀑布，不是更傳神？就像她不肯稱呼「愛河」為「仁愛河」，何必一條河流也要扯上四維八德，又髒又臭的愛河宛如棄嬰誰對她有仁有愛？

對方和她一樣也沒有以笑容回應劉國忠，還兩眼直直盯視他擱在她肩背的手，直到他放下。

就在冷硬如地板瓷磚的沉默中，她填完了所有的資料，圓臉女子用力一把拿走，只丟下一句：「我去請示要不要讓妳入住。」

就轉動輪椅往裡頭去了。

錯愕望向劉國忠，他一聲「哇靠」又迅速吞回去，聳聳肩，道：「真的有狀況我再來處理，台北人嘛……」

怎才踏入台北，感覺就是碰見「奇怪」兩個字？

等了將近半個鐘頭，圓臉女子總算又從裡頭轉動輪椅出來，丟過來的答案帶著悻悻然：「妳去四樓吧！四〇三室右手邊上鋪就是妳的床位。」

沒能阻擋她這個「屏東山地人」入住讓她很不爽？至少警報解除了，欣然和劉國忠交換了一個笑容。

劉國忠拎起她的袋子：「走，上樓了！」

圓臉女子又冷冷丟過話來：「識字吧？看看樓梯口告示牌！」

怎會有這麼尖酸刻薄的人啊！不過也看見了放在樓梯口的告示牌「男賓請止步」。

劉國忠露出些許無奈的笑容，在對方緊迫盯人中送她到樓梯口，把袋子交還給她：「妳自己上去吧！我放假再來找妳。」

她才點頭，居然又聽得圓臉女子以鼻音丟來哼哼聲：「笑死人了，是來讀書還是來談戀愛的……」

劉國忠猛然回頭霹靂還回去：「要妳管！」

從接觸到現在，她第一次見到圓臉女子顯現驚惶神色。原來怕凶惡的人！

或許穿來應付連機的鐵甲尚未從心上卸下，既然闖來台北了，接下來不知道還會碰撞多少不曾見識過的人事物，她自信可以面對。

晚間，先後見到三位室友。

一位來自板橋身形和她形成強烈對比的謝淑女，她就睡她下鋪，一屁股坐落時上鋪跟著震動；另一位竟是來自同校隔壁班的美濃客家女孩鍾鳳玲。兩個人都是重考生。

同屆校友分外親切，幾乎立刻熟絡起來，從共同認識的老師談到校園的大理花，謝淑女大概覺得無聊或插不上嘴，就離開去自修室讀書了。

寢室只剩她們兩人時，鍾鳳玲突然問起：「以前常在樹下跟妳一起吃便當，好像三班還是四班那個自然組的同學呢？考上哪？」

龍鳳群！

「妳怎麼知道？我在學校時不認識妳啊！」

「很多人都知道，那個同學，太漂亮了！」

心頭一揪，反駁道：「我們學校出美女，我和她還常常玩聽說哪班有漂亮的同學，就故意去喊外找，把人家找出來看一看的遊戲。」

「……說不上來，大概是妳們這對，太顯眼了。」

被冠上「妳們這對」！女校成雙成對同伴同行的知心好友，校園內常見景象，她和龍鳳群會被特別注意——難道，自以為的祕戀早曝光在不同的眼瞳？

最後見到的室友，來自南投就讀台師大夜間部的大姊姊蘇麗花。

「聽說，我爸在早晨田間看到蔓開的牽牛花，才為我取了這個名字，不過牽牛花在日本有個很美的名字，朝顏，所以我也叫蘇朝顏。」

逗得她和鍾鳳玲咯咯笑個不停。

蘇麗花個子很高挑，說話很率直，笑聲很爽朗，開口就問她：「『毒牙』有咬妳嗎？」

她一下子會意不過來，鍾鳳玲則笑到唇邊兩個小酒窩深陷，蘇麗花瀟灑地肩一聳、手一攤：

「就是那個櫃台小姐徐春芽，我們私下都叫她毒牙。」

爆笑，也就不再那麼耿耿於懷：「她說我們屏東只有山和山地人。」

「呵！又來了，她也問我是不是南投來的山地人。」

「她本來也說我是山地人，我說我是美濃客家人，她就罵我說，大家都是中國人分甚麼客家人。」

她一下子明白過來，那個「毒牙」，不管有意還是無知，原來她以「山地人」來歧視外地來的住宿生。但若深一層追究，自己和鍾鳳玲、蘇麗花一樣，第一時間真的都有被歧視的反感和反應，是不是代表骨子裡也都歧視山地人？就像龍鳳群歧視她為本省人一樣。

不敢說出口，靜靜聽著蘇麗花慷慨陳詞：「我第一天就和她吵架了，她現在比較不敢對我亂講話。莫名其妙嘛好像除了台北人其他都不是人，我聽說是修道院憐憫她身體殘障，提供她做櫃檯的文書行政工作，她就自以為整個宿舍歸她管轄——正確來說是統治心態，抓到一丁點權力就自我膨脹，仗勢欺人。」

或許她心有旁騖在「歧視」之種種，反而留意到嬌小的鍾鳳玲仰望蘇麗花是向日葵的姿態，笑窩紅透還帶著醺醺然的酒意，心頭一怦，有某種不安的憬悟——禁忌的話題晦暗的情愫，自己何必攪弄？……

夜深已極，樓下巷弄之間也歸還了深夜該有的寧靜，畢竟是台灣第一繁華城市，遠處依舊有殘餘的市聲；近處則有謝淑女扭擰神經的打鼾聲，小時候阿母的鼾聲就是把她當成豆子炒來炒去的煎匙……疲倦如死卻不得入眠，不禁佩服起已鼻息勻勻的鍾鳳玲和蘇麗花，讓阿母養成的害怕噪音尤其鼾聲的習性，她恐怕得耗費一段時日來適應新的打鼾聲了。

腦海波瀾著這一整天，從逃離萬丹到抵達台北。第一次搭長途火車；第一次吃鐵路便當；第一次聽到「黨外擾亂份子」、「許信良」會造成交通阻塞；第一次在一個殘障女子身上看到權力的滋味；第一次明白「山地人」代表歧視。

也第一次住進這種匯流台灣各地住宿生的女生宿舍，每個離鄉遊子背後都有各自的原因和夢想吧？同時得背負無法預知未來的恐懼。就像自己從小看著一些熟悉的臉孔，根植於盆栽那般，一生可能連村莊都不曾踏出去，然後看著他們在時光中安心老朽，也是因於對未知的恐懼而不敢離開眼下的熟悉嗎？

無膽，一向怯懦，逕奔台北而來，大半的勇氣來自她是不是「外省人」是不是「惡魔」不必由龍鳳群來定義的違逆感吧？兩個人又在同一座城市了，在這個有她睥睨的大都會，就足以激勵自己要證明她不是受她歧視的次等存在。

儘管恐懼也藤蔓般緊緊纏繞，在殘餘市聲入耳成荒涼的深夜，心間留有哥哥溫暖的叮嚀：「不管運命怎樣拖磨，以後會拄著偌濟凶險，妳一定艙使軟餌先放捨自己。」

「哥哥！我挑戰命運來了！」她也對著心口低聲呼喚。……

過起極簡的重考生活。在補習街補習的鍾鳳玲會把講義借給她，兩個人也會一起去自助餐街吃飯，除此之外不曾去過別的地方，鍾鳳玲有課時，她就一包泡麵或託人帶便當進來解決民生問題，整天連大門都沒踏出去，台北對她只是虛有名詞。

完全沒料到，如同隱居的生活，竟然還是讓她很快就和龍鳳群重逢。

那天，有甚麼特別的嗎？一樣是和鍾鳳玲同去自助餐街吃晚餐，只不過十一月的台北對她已有涼意……驀然熟悉的身影閃入眼角餘光，猛一抬眼逡巡，就和面對面走來的龍鳳群對上了。她頭髮長了裙子短了，充滿都會女郎風情，陪伴身旁的是一位白淨瘦高的斯文男子——在龍鳳群眼底閃現一抹驚訝中，大家錯身而過。

她沒有回眸，倒是鍾鳳玲整個人幾乎往後轉，一邊急忙拍打她：「欸！欸！林素淨，那不是……那不是……」

「是的。」

簡短一應，心思竟是很不相干地掉回依稀眼前實則遠去的校園，有一次教官迎面而來，把必須膝蓋以下三公分的黑色校裙摺到露出大腿以上三公分的龍鳳群嚇一大跳，突然矮身半蹲喊肚子痛，教官叫她趕緊攙扶她去保健室，當她們和教官錯身而過時，龍鳳群已復原裙襬規定的長度並露出得逞的笑容……。

鍾鳳玲回過頭來滿臉驚訝盯著她看：「妳們……妳們……鬧翻啦？」

「分手了——我想，妳懂。」

鍾鳳玲霎時從臉龐赤紅到耳根。

「就像妳在學校看出來我跟剛剛那位同學——蘇麗花知道嗎？」

「妳怎麼猜到的？」

「拜託！這怎能讓她知道？我很努力守住這個祕密，妳也別洩漏給蘇麗花——我跟國中導師說我想去看精神科，導師認為是因為我讀女校，課業壓力又重，也不敢真的談戀愛才會這樣，只要上了大學有了正常的男女社交，就會不藥而癒。」

無知於這塊，她只能虛虛回應：「也許，妳國中導師是對的吧！」

也不過相隔兩天，不知龍鳳群是否蓄意，兩人又在自助餐街碰見。

這回，龍鳳群立刻離開身旁的斯文男向她走來，接近時還出聲叫喚道：「林素淨！」

還來不及思索如何反應，自己就以一種面對空氣的姿態無視而過……。

回到宿舍，內心一邊驚濤拍岸卻同時生出無所謂了的輕蔑感，她的叫喚聲對她不再有控制的力量。

數日後，劉國忠放假來找她，還說要請吃牛排。

第一次踏入餐桌上有燭台有玫瑰還播放著音樂的西餐廳，新奇地聞嗅著空氣中的馥郁，一種不像食物也不像花朵的香味，劉國忠回以那就是咖啡香。

咖啡？聽過的名詞，在地理課本上，巴西咖啡豆產量世界第一。

「我又沒要考妳地理，妳讀書讀瘋了。」

不理劉國忠的調侃，第一次聞到咖啡的香氣，她忍不住深呼吸幾口：「嗯！好香，一定好好喝。」

他大笑：「等一下妳可以點一杯餐後咖啡試看看。」

那笑容分明帶著奇異的戲弄味道，挑釁反問他怎的？

面對面而坐的劉國忠湊近臉來，以分享祕密的姿態壓低嗓門道：「生病時喝過苦苦黑黑的藥水吧？就是那個味道。」

「啊！跟藥水一樣？那誰要喝啊！」

「趕流行嘛！現在台北時髦的人都喝咖啡。」

這下子她懂了。就像迷你裙的浪潮沖毀了校園圍牆，她還只敢放學了脫離教官視線了，才把裙頭摺上幾摺讓膝蓋露出裙襬，既摩登又大膽的同學早和教官玩起躲貓貓，在校園公然讓裙襬短過膝蓋，預防教官突襲檢查的花招簡直是諜對諜的電影鏡頭。不過就算畢業了，她依然不懂，為甚麼教官規定裙長非膝下三公分不可？

對待頭髮她就更不懂了。必須耳上一公分只能旁分不能中分，還得夾上黑黑小小的髮夾露出整個額頭，朝會服裝儀容檢查時，若有同學膽敢遊走在規定邊緣，教官還當場實際拿尺量裙子和頭髮的長度，不合格一律以校規懲處，她也不過忘記夾髮夾就被記了警告一支。

這樣的嚴刑峻法，仍然無法遏止女孩子愛美的渴望？還是違逆學校最權威的執法者有某種快感？反正，只要外頭流行甚麼校園內一定設法趕上，煞似要在黑白校服的青春偷偷彩繪一抹美麗的自由。

來到台北，樣樣新鮮，入口的牛排卻不如想像中好吃，有種餔嚼堅韌皮革的感覺。

「胡說！妳幾時吃過皮革？反正西餐廳就是吃氣氛嘛——欸欸欸！小心嗆到！」

她笑岔了氣，嘴裡的食物噴了整個下巴，劉國忠一臉縱容地拿起紙巾為她擦拭，眼睛和手心就停佇在她臉面了。

她有些窘迫地加以閃躲，他突然嘆一聲氣：「我若認識妳在龍鳳群之前，一樣會毫不遲疑愛上妳……」

嗤笑：「我怎能跟龍鳳群相提並論，你又不是不知道她有多美……」

「妳就是不如她自信，才不知道自己有多吸引人，龍鳳群第一眼的確像鑽石光芒，可是妳，我一直不知道怎麼定義妳的美，太複雜了，就像月亮每天都有不同的變化……」

爆笑，邊笑邊回嘴：「你是要說我初一十五不一樣，還是要說我橫看成嶺側成峰？」

他也笑了，握住了她的手：「林素淨，我喜歡妳。」

這也不是第一次了。卻不是又計較起龍鳳群才是他的最愛，腦中反而搭錯線般掠過：毒牙的圓臉是怎麼跟刻薄掛勾的？

「我不是來台北談戀愛，好不容易我才有重考的機會……」

「我知道我知道，一切都等明年七月大考後。不過有個人想找妳談談。」

「誰？」

「龍鳳群。」緊接著問道：「妳們兩個，為甚麼鬧翻？」

「她沒告訴你？」

「沒！她說她直接找妳談。」

想也是。以劉國忠的頭腦不拐彎，龍鳳群如何讓他明白她喜歡過他癡迷過歐陽月裡許諾過她未來現在和斯文男成雙的複雜性？

「不必要。」龍鳳群總不會以為她追愛來台北吧？

「妳這樣，我很難交代耶！她說她欠妳一個解釋……」

「她才欠你一個解釋呢！她有沒有跟你解釋，為甚麼選擇現在的男朋友而不是你？我看你比那個文弱書生強多了。」

「人家是將軍之子！」

「那怎沒繼承衣缽？」

「他原本讀三軍大學呢！龍鳳群說，他不想當大樹庇蔭下的幼苗，又對軍校毫無興趣，一度鬧家庭革命鬧到要自殺，他老子才讓步的，獨子嘛！老子再悍，悍不過傳承香火的小子。」

那個斯文男居然有這麼拗的一面！不過仔細想來，出身將軍之家的獨子，那番呵護不是外人能夠想像的，就像阿爸為了阿母老偏私連機起口角時，阿母不就反唇相稽過「講我逞団？你才是捏驚死、放驚飛」。

侍者送來餐後甜點和咖啡，就在鼻尖下的咖啡香氣更加魅惑，迫不及待端起來啜飲一大口，差些噴吐而出，從舌尖到喉頭除了死苦還是死苦。

「欸欸欸！別老土了，要加糖加奶，我來我來！」劉國忠兀自把咖啡端過去調味，銀色小匙攪弄著杯底濃色液體：「我沒妳想像的笨只會自欺欺人，缺了高人一等的家世背景，我註定輸掉龍鳳群。」

怎覺得他吐出口的言語比她喝入口的咖啡還苦澀？

「一小口一小口慢慢喝，咖啡是用來品嚐的，小笨蛋。」他把加味的咖啡推回她面前，這才發現他的眼神不知何時升起猛禽的悍鷙：「妳知道華江女中的學生朱春英愛國護旗的英勇行為吧？」

雖然自己視讀報紙、看電視為浪費時間的事，但是從十一月以來幾乎天天都有朱春英的新聞報導，她成為毒牙的新偶像、女英雄，只要有朱春英的新聞她可以不停傳播讚嘆，直到又有朱春英的新新聞取代舊新聞，所以她耳熟能詳朱春英搭乘三一〇路公車經過市議會，有一幅國旗從復興橋上飄落，她趕緊拉鈴下車，拾起那面滿是車輪壓輾痕跡的國旗，毒牙感動地不停重複報紙上描寫的那段文字「拍淨了上面的灰塵，小心翼翼的用雙手捧著」送到城中分局。

點了點頭：「怎可能不知道，現在最紅的新聞人物。」

參謀總長宋長志將軍親自頒贈「總統蔣公紀念畫冊」一套嘉許她的愛國情操；陸軍總司令部馬安瀾將軍也頒贈書籍和助學金；還有教育部長李元簇、台北市長林洋港也紛紛跟進頒贈助學金、紀念品，似乎日日都有新的政府單位、新的大人物出來表揚朱春英。

上星期五聽說中視為朱春英製作了節目「我們的國旗」播出，教育部通令各級學校的學生要準時收看，但她讀書都來不及了，只能靠毒牙的嘴巴收聽。

朱春英也變成毒牙攻擊她們的最新武器，動不動就嘲諷道：「人家朱春英才十五歲，就有這麼了不起的事蹟，妳們呢？妳們呢？」

對最看不順眼的蘇麗花，砲火更猛：「大學生又怎樣？朱春英一個國中生，又是上將又是教育部長又是市長接連表揚，妳永遠不可能有這樣的成就。」

蘇麗花原本不慌不忙回嘴道：「那可不一定！最近不斷有國中生、小學生路上撿到國旗送交警察局，所以我最近走路也很小心，看能不能撿到國旗。」

「撿」卻觸犯了毒牙，她神經過敏地看向自己的雙腿，眼淚奪眶，痛罵她歧視殘障者，蘇麗花倒是她沒見過的低聲下氣，一再解釋她沒別的意思，毒牙就是不接受，最後蘇麗花正式道歉來平息紛爭。

想起嚥下委屈的蘇麗花，面對大家半同情半調侃的安慰，無奈聳肩回應：朱春英之亂！

忍不住笑出聲來，反問劉國忠道：「怎突然提起這個新聞人物？」

他卻昂揚如即將展翼的鷹鴞：「朱春英小小年紀就展現了無比的愛國情操，作為全民楷模，長官一再訓勉我們有為者亦若是，我豈能愛國落人後？」

她一下子說不出話了，原來，朱春英不是熱鬧的新聞人物，而是愛國的典範立志的楷模，和在課本上讀到的民族英雄文天祥、鄭成功、吳鳳等同並列。

沒留意到她的窘迫，劉國忠繼續熱血道：「上回跟隨長官去雲林、嘉義的榮民之家處理退休弟兄們的資料，再過幾天，我就要幹一件轟轟烈烈捍衛國家民族的大事……」

「你要去打仗？我們真的要反攻大陸了！」

「虧妳讀雄女的！不知道國家的處境有多艱難嗎？我們現在最主要的敵人不是對岸，是內部！」

「敵人不是共匪？」這跟她長期的認知落差太大。「你不是要去打仗？」

「……也是打仗的一種……」

「……」一定定看著他，等著他解除疑惑。

他突然嚥了一大口口水，把所有的話也嚥回肚裡去似的：「我送妳回宿舍了——事關國家機密，我不能再透露……」

一聽到事關國家機密，從小學開始一再被教育的「保密防諜　人人有責」立即封緘了她的嘴，不敢再追問下去。

劉國忠到底忍不住意氣風發：「長官保證，等成功完成任務，國家必有重賞，升遷也不成問題。我要向龍鳳群證明，不必靠家世背景，我靠自己的能力照樣要一飛沖天，出人頭地！」

「捍衛國家民族」何等磊落；「事關國家機密」則需封唇，這之間似乎存在矛與盾的關係，但那是軍人的天職吧不關她一個重考生，何況他冒險犯難的動力是想對龍鳳群證明自我的價值，正如她力爭重考的動力是要違逆龍鳳群對她的種種定義。不管這動力源於愛或恨，她可以理解他。

離開西餐廳，劉國忠帶著她要去公車站，路上竟然就撞見了彷彿雄女朝會時奔赴操場的奇觀，全校六十三個班級超過三千個學生時間內升旗台前集合完畢——她既沒聽見集合鈴聲更沒聽見教官號令聲，極目放眼前方似乎有一個不大的廣場或空地已經黑壓壓一片人頭，人群還四面八方繼續蜂擁而來。

她脫口驚呼：「哇！怎這麼熱鬧？」

回答她的竟是擠在身旁一個亢奮的聲音：「妳毋知喔？下暗⑬，下暗許信良、黃信介還有康寧祥攏要來助講！」

微微瞥眼自動答腔的人，分明是個中年大叔，臉面竟洋溢著熱切的光芒而青春煥發，再仔細一看，周遭盡是一張張這樣閃閃發亮的臉龐，匯聚成一股躁動但充滿歡欣的氣息——這是一個怎樣的場合啊？

劉國忠卻雙眉一打結：「怎……怎就遇上政見發表會了？……」

又是旁人雀躍的回答：「你好運啊！」

她看他的神情只差髒話沒飆出口，忿忿然拉起她的手打算突圍的樣子。

好奇又望向已被人牆完全阻擋視線的最前方，有「大聲公」傳出激昂的演講？呼喚？「擱三天！擱三天！大家一定要行出來，把恁手內改變台灣的這一票投落去」、「國民黨只有兩票，買票佮作票，大家投票了後要留落來監票，千萬膾當擱予國民黨有機會像做掉郭雨新按呢……」耳朵突然就被劉國忠摀住了，一邊用手肘頂著她肩背想逆向穿越一波波洶湧而來的人潮。

「我想聽看看台上在說甚麼……」

在萬丹，只有三年一次的媽祖生繞境廟會才能讓人潮如此匯流，難道今晚也有如神明者駕臨？不知道誰是「黃信介」「康寧祥」，但自從來台北，多次聽見「許信良」，讓她想聽一聽、看一看有神明般吸引力的人。

劉國忠卻自顧繼續推著她像極一心上岸的魚，人擠人的現場也實在太嘈雜了，她提高音量：「我想聽看看台上在說甚麼！」

「嗄！妳說甚麼？」

「我想聽看看台上在說甚麼！」扯著嗓門對抗噪音。

劉國忠這下聽清楚她的叫喊了，帶著慌張的不以為然神情，幾乎把她挾在腋下，連聲制止：「別傻了！別聽了！會被洗腦的，太單純了妳！」

他奮勇挾著她終於脫離人海泅游上岸，然後繼續緊抓著她的手往前疾行，彷彿背後是瘟疫之

73 下晡：今晚

地逃得越快越遠越好。

不快一路發酵，冒出慍怒的泡泡，終於奮力掙開他的手，大叫：「你當我是傻瓜不知道是非對錯啊！」

劉國忠酷似脫離敵營那般，也終於可以痛快喊出他的不快：「呸！我操！那些黨外擾亂份子只會胡說八道，妖言惑眾！」

「你很霸道！自己不聽也不讓我聽，怎知道人家是胡說八道妖言惑眾？」

「妳怎知道我沒聽過？我們每次開會都在討論許信良，長官一再告誡我們他會危害國家社會的安定，無論如何也不能讓他當選桃園縣長！」睥睨了她一眼，一臉不屑的表情：「讀書，妳行，不代表妳就有判斷力，許信良也是黨國栽培出來的讀書人，能夠當選省議員不是黨國之恩他行嗎？現在，叛黨叛國！」

這下火了，他可以因為自己的判斷用來箝制她的判斷？

一路上，再也不管他從慷慨陳詞到耐心解釋到出口道歉，她以緘默封唇。

直到要踏入宿舍大門，他一把拉她到樹影底下：「別生氣了，素淨。」

她撇開臉去，他硬是將她扳回來和他面對面，一口氣嘆在她臉上：「林素淨！我真的真的喜歡妳，別嘔著氣讓我離開，我即將出任務，會有一段時間我們不能再見面。」

「你喜歡的是龍鳳群！你出任務也是為了向她證明自己！」

「沒錯沒錯！我一直在找機會要向龍鳳群證明我不是她想像的窩囊廢，但我還不至於笨到認為這樣可以挽回我和她的感情，有些事，過去就過去了，我選擇往前走向前看！」

「……」

「給我一個機會，明年大考結束後，我發誓我會全心全意對待妳，任務成功後所獲得的榮譽和實利，歸我們共享。」

月已醒在天空，銀白亮光樹縫間流洩而下，她看得見他臉上認真的神情，心頭也有美麗的流光蕩漾，一方面更加茫惑，愛情，真實可以一再重疊而無損於「全心全意」的定義？為何，她會不斷回顧童年所認知的純粹、唯一？……

「等我，妳等我，這段時間妳好好讀書，可以見面了，我立刻來找妳。」

那是劉國忠離去之前最後所說的話。

踏入宿舍剛好趕上門禁時間，毒牙把不悅橫放臉面：「再過幾天就選舉了，外頭正亂，妳在外面逗留到這麼晚不怕危險？大學那麼難考，妳又是重考生，不好好讀書還搞七捻三？」

這回她沒有生氣。在學校，老師本來就教導學生唯一的責任就是：讀書，除了讀書還是讀書。這一次，她不會再違逆師長的教誨，再也沒有任何人任何事能夠阻礙她執行唯一的責任。

三天後，號稱台灣選舉史上最大規模的選舉展開投票。

她不浪費時間在電視和報紙，蘇麗花、鍾鳳玲談論選舉她也不參與話題。

雖然不予聞問，為何那偶遇的群眾聚會和大聲公傳出的呼籲，始終隱隱然盤旋腦際作怪，學生作弊都不應該了若是政府作弊……

開票夜也和她無關，繼續待在自修室，拜託一起出去吃晚餐的蘇麗花和鍾鳳玲幫忙買便當回來，她只想把握時間多演練一些參考書題目。

直到飢腸轆轆還不見便當，剛好謝淑女進來，問她蘇麗花和鍾鳳玲還沒回來嗎？

「回來了，蘇麗花在樓下和徐春芽吵架。」

「又吵起來啦！甚麼事啊？」

「還不是選舉，報紙、電視一直報夠煩了，她們還拿來吵架，無聊！就像我爸說的，誰當選誰沒當選關我們甚麼事？」

但事關她的便當，趕緊離開自修室一路下樓。

還沒到大廳呢！就聽見了毒牙氣急敗壞的聲音：「原來妳懷念台灣被日本統治的時代！真是忘恩負義，國民黨就是政府、政府就是國民黨，要不是國民黨八年浴血抗戰光復台灣，我們現在哪來這麼好的生活，妳不是大學生嗎？連歷史都不懂！」

下樓一看，對峙的兩人顯然蘇麗花人高氣勢也高：「我是就事論事，我阿公在日本時代種田不好過，我父親繼承種田現在比以前更不好過，政府把稻穀價錢壓得很低，賣給農民的肥料卻很貴，稻子收割前，我媽得四處借錢讓我們幾個小孩註冊……」

「別跟我談種田啦我不懂！就是沒知沒識的鄉下人才會支持那些黨外叛亂份子！」

「叛亂份子！妳為甚麼給人家冠上這樣的罪名？也不過他們的言論或主張跟政府比較不一樣……」

「混淆視聽擾亂社會危害國家，就是叛亂！我們的政府太開放太民主，還容許這些叛亂份子出來參選，要是我，統統抓起來槍斃……」

手上拎著便當站在電視機前的鍾鳳玲，突然回頭插嘴道：「我們高雄一直都是黃友仁領先耶！」

「黃友仁？」蘇麗花的注意力轉回電視畫面：「他不是黨外的？」

「是啊！聽我爸說過，他是我們以前的縣長余登發的女婿，余登發好像也不是國民黨的。」

她看毒牙只差一口不屑沒有「呸」直接吐在地上，但還是恨恨罵了句：「沒水準！」

「那桃園縣呢？」蘇麗花追問道。

「不知道為甚麼，一直都沒有播報桃園縣的選舉。」

她沒興趣捲入口舌之爭，更沒興趣看電視開票，直接上前拿走鍾鳳玲手上的便當。

吃過便當又回到自修室，自修室的同學都跟她一樣埋頭苦讀，選舉，對她們這些重考生是另一個時空的事吧！

午夜十二點回到四樓，卻見鍾鳳玲從寢室探出頭來張望。

「怎麼了？」

「我在等蘇麗花，她下去打電話……」

「這麼晚了還打電話？」

「……」鍾鳳玲四下覷望，突然附在她耳邊：「桃園那邊的選舉出事了，好像因為投票作弊，警察和群眾打了起來，聽說警察開槍……」

「開槍?!」

「噓噓噓！小聲一點……」

「電視上說的？」

「不是不是！電視上整晚都沒有桃園的選舉消息，是蘇麗花師大的朋友說的，原本她要趕回中壢投票，她媽媽打電話叫她不要回去，說群眾聚集連交通都中斷了，警察開槍鎮壓聽說打死了一個大學生……」

「警察打死大學生?!」

「噓噓噓！我不跟妳說了！」

「妳不是一直在看電視，警察開槍打死大學生還得了，電視會報導啊！」

「真的都沒有桃園的新聞，連選舉開票結果都跳過去沒報，蘇麗花才會一直跑下樓去打電話給她的朋友探聽消息。」

「既然電視沒有報導，說不定是謠言，或騙人的。」

「可是……」

「不是說不散播謠言，不聽信謠言嗎？」

「……」

又睏又累，明早還得繼續苦讀呢！無心也無意理會馬路消息，

「明天再看報紙嘛！妳和蘇麗花一直捕風捉影也沒用，路上拾獲國旗的新聞都報了又報，警察要是真的打死了大學生，這麼嚴重的事怎可能不報，應該只是謠言。」

上床後沒多久的事吧？朦朧中，蘇麗花和鍾鳳玲的交談聲窸窣入耳。

「……她家就住在警察局附近，她媽媽擔心死了電話中一直哭，她也擔心到不知如何是好，出事的中壢國小還是她的母校呢！我也只能安慰她。」

「太可怕了，怎會連警察局都被放火燒了……」

警察局被燒？誰放的火？……比石塊還沉重的眼皮壓得她睜不開眼也張不了口，沉沉睡去前唯一還蠕動著的念頭：一切都是謠言……。

隔天一早去巷口買個饅頭，再踏入宿舍大廳，只見一堆人包括蘇麗花、鍾鳳玲都圍在桌前共看宿舍唯一一份訂報《聯合報》，想起昨晚鍾麗玲口中那嚇人的傳聞，也趕緊湊上前去。

「怎麼樣，鍾鳳玲，報紙有沒有報導妳說的那些事？」

「沒有耶，只說桃園縣由許信良當選縣長。」

桃園縣長由劉國忠口中「叛黨叛國」的許信良當選？哈！碰面時可要好好嘲笑他一番。她一下子高興起來，也不知道在高興甚麼：「我就說嘛！都是謠言。」

大概得意於自己的判斷力和不輕易相信謠言吧！

蘇麗花突然回頭掃了她一眼，那眼神……她逃躲劍鋒般下意識縮往樓上，誰當選關她甚麼事，回自修室那瞬間，她把這場選舉就丟出腦外拋下樓去了。

選後三天，她下樓到飲水機裝開水，毒牙正好手捧《聯合報》以演講的腔調朗讀道：「僅受過國小教育的張姓青年說，國旗代表國家，神聖無比，絕不能被焚。當火舌接近國旗，他滿腔熱血沸騰，才顧不得烈火去搶救它……」

有人瞥了毒牙一眼；有人楞楞聽著；她則：「哇！又在報導國旗的故事。」

毒牙立即把話當作石塊對準她扔擲：「林素淨！妳不看報紙不看電視懂甚麼？這個愛國青年張龍昌回戶籍所在地桃園投票，遇見中壢警察局失火，他在烈焰中衝進去搶救國旗，這比在路上撿國旗更英勇、更愛國、更了不起！」

後面幾句稱讚新聞主角的話，毒牙字正腔圓、慷慨激昂，她卻一下子腦筋接錯了線突然想起選舉開票當晚，蘇麗花和鍾鳳玲在她剛入睡時似乎也提到了中壢警察局被燒，報紙和電視全部沒報導，卻是真的？但是，誰敢放火燒警察局？警察為甚麼不自己護旗反而讓路人衝進火焰中冒險？

用力甩了一下頭，自顧不暇的人哪有空胡思亂想有的沒的？她默默端起水杯上樓回自修室。……

選後一星期，《聯合報》在頭版丟出震撼彈，證實了開票當晚自己一口咬定的「謠言」全數為真，甚至比蘇麗花、鍾鳳玲所「謠傳」的片段更驚悚，她恍然明白，蘇麗花那凌厲的一眼在責備她的無知。

大家圍著聯合報七嘴八舌議論紛紛，眾人的疑問句好像衝破腦門的群鹿亂奔：既然中壢國小投開票所的選監主任被懷疑故意污損投給許信良的選票，為何被抓起來的不是他而是證人？……檢察官帶著這個選監主任范姜新林逃躲，為何任由警察局和前來抗議的民眾對峙也不肯交代個是非曲直？……原來還不只死了一個中央大學的學生江文國，還有另一個當地青年張治平被槍殺，為何警察要開槍射殺民眾難道民眾也攜帶了槍械？……警察局「失火」比偵探片還難以揣摩謎底，開槍射殺民眾說是停電不小心誤殺；但是縱火者如何判斷警察已在黑暗中完全撤離不會燒死警察鬧出更多人命？……

驀然，但聽得毒牙對著桌前的議論紛紛哭腔吼道：「夠了！夠了！不要隨便揣測政府詆譭官員，小心被抓走妳們會坐牢的！」

心頭瞬間被童年撞擊過來，轉頭看向坐在輪椅上的毒牙，那是一張恐懼的臉龐，小時候阿母甚麼話觸動了父親敏感的神經，他「噓噓噓！妳會掠去關到死」的恐懼臉龐竟與眼前的毒牙合而為一……此刻，她相信她是真心的。

圍在聯合報前的眾人包括她自己，竟然也一下子像受到驚嚇的鳥獸各自遁開——恐懼，原來不只盤踞在她或她一家人心底，剛剛報紙上看到的「警備總部憲兵鎮暴車」，從小，阿爸口中無所不在卻飄忽如鬼魅的「警備總部」，整個立體起來……。

樓梯口，蘇麗花壓著嗓門對她和鍾麗玲說：「我還聽說，那晚鎮暴部隊其實已經封鎖了中壢，蔣經國總統親自搭乘飛機空中巡查，不知道甚麼原因，鎮暴部隊又突然撤走，才避免了一場屠殺。」

屠殺？她看見自己雙手泛起雞皮疙瘩，但不再懷疑蘇麗花所說的話，那幸好讓蔣總統改變心意的原因到底是甚麼？她想念起劉國忠，警備總部派出憲兵鎮暴車在現場，也許他知道一些內幕消息可以八卦一下？

上次在西餐廳，他說過要執行任務短時間不會再來找她，這回，她期待著有人奉徐春芽之令上樓來通知她有訪客。

但是，日子毫不遲疑地旋轉而過，劉國忠也斷然不再現身。甚至原本一星期一封的書信，也在西餐廳之後消滅了蹤跡，直到聖誕節前一晚的平安夜……

「小姐小姐！驗票了！」

魂魄乍然被拉回，不知何時列車長已來到她座位旁，林素淨慌忙拉開放置一旁空位上的包包拉鍊尋找車票，但翻來覆去就是找不到，列車長先繼續往前驗票。

狼狽和羞恥一下子湧上心頭，列車長該不會認為她逃票吧？聽聞火車上常有逃票者，自己就曾遇過列車長已驗票完畢移往下個車廂了，鄰座乘客才從廁所出來回到座位上，帶著一臉詭譎的得意，當時她以嫌惡揣測對方是否逃票。

列車長很快又轉回她座位前，以一雙炯炯眼眸俯視她，她一張臉著了火那般，囁嚅道：「我找不到車票，可不可以……可不可以讓我補票？」

「妳從哪上車的？」

「台南新營……」說著，她一邊從包包內掏出小錢包。

列車長不急著幫她補票，又迅速打量了她一眼，提醒道：「小姐，妳的衣服有口袋嗎？要不要找找看？」

好像當頭被敲了一記，她搜尋向身上風衣的口袋，果然掏出那張乖乖待著的車票，一下子哭笑不得，為甚麼放在簡單明顯處反而容易疏忽遺漏？

列車長得意地接過車票喀擦一聲，遞還給她，又補了一句：「會逃票不會逃票，我看多了……」

愕然看向列車長，他已帶著笑容兀自向前繼續驗票。

好值得玩味的話。真有人的額頭貼著「會逃票者」「不會逃票者」的標籤？若根據列車長長期的經驗累積，這樣的判斷似乎可以成立。

她腦筋也忙亂地以此類推，那「犯罪者」「清白者」也可等同此觀以經驗判斷篩選？突然就輕易地和方才被打斷的思維連結了。

高一下就認識劉國忠了，回想起來，當時自己的確太年輕，不曾清楚過她和他之間感情的糾葛，不過若選擇標籤，即使現在，她還是會毫不遲疑地為他貼上「愛國者」。

十二年前的桃園縣長選舉，雖然後來確定由許信良當選，但是中壢從白天到夜晚所發生的動亂甚至造成民眾死傷的過程或真相，媒體卻只提供了凹凸鏡般扭曲變形的臆測。

平安夜，隸屬教會的女生宿舍早早就佈置了聖誕樹，夜晚聖誕樹閃爍的彩色燈泡氤氳了過節的氣氛，龍鳳群的突然造訪，讓那個平安夜不再與之前、之後的平安夜記憶混雜。

乍見龍鳳群，她的錯愕和她的尷尬交會成僵硬的對立。

當時她就揣測到了，龍鳳群是鼓足勇氣才踏進這棟宿舍的會客廳。

何苦？她真的不在意她的解釋了。

「不是叫劉國忠轉達了，妳我不必再見面。」也就成了開口的第一句話。

清楚記得，龍鳳群那豔麗的臉龐和倉皇的神情所形成的反差：我是為劉國忠而來。

她更清楚記得自己無名火就燃燒了，渾身充滿魅惑力量，感情世界予取予求，劉國忠有何輕重，她更是她眼中的卑微者，怎足以讓高高在上的她冒著難堪而來？

龍鳳群後頭的話卻像天風天雨直接熄滅她的怒火：劉國忠不見了。

不見了？不見了！不見了?!

那不是從小她和周遭不斷上演的「戲碼」？自己因為恐懼，老愛假裝「不見了」；別人讓她難以明白的原因真實「不見了」，更增添她的恐懼。

接著是兩個人之間一連串的問答：劉國忠最近一次是甚麼時候找妳？選舉前三天他請我吃牛排，當天中午聽他說是跟妳一起吃飯……我們有一起吃飯，他還跟我坦承他喜歡妳，想要追求妳，選舉過一個多月了，他沒再來找妳？真的沒有，不過他有說要出任務短時間不能來找我……出任務？出甚麼任務？去哪出任務？他沒說，不過看他很高興的樣子，好像是很光榮的任務……他最近有沒有寫信給妳，還是妳有寫信給他？這一個多月他都沒有寫信給我，我寫了兩封不過他也沒回，我一直以為他還在忙他的任務……

她給的答案好像都不是龍鳳群要的，緊蹙雙眉像沉吟又像在說給她聽：劉國忠很孝順，放假必回高雄，平常也會寫信問候父母親，這一個多月來突然沒了音訊。他爸不放心，親自上台北來想探問兒子的狀況，警備總部只說不在崗位上，但人在哪居然沒能給個比較明確的答案。

劉國忠「不見了」將她倆重新串在一起，彼此約定，一有劉國忠的消息立即告知對方。……

火車呼嘯一聲鑽出鐵橋，在瀟瀟不歇的風雨中繼續前進，再經過好小好無名的「六塊厝」站，屏東就快到了。

高屏鐵橋，自高一出屏東，來來去去數不清多少回，依然會有天長水闊的震懾和感動，但和那個家好像剪不斷理還亂又似乎越來越各自天涯。當火車從原本阻絕九曲堂到六塊厝的高屏溪行過，鐵橋短短二十四座橋墩，前塵往事瞬間就海水倒灌似地淹沒了她，情緒溺水那般載浮載沉，依稀彷彿，自己的命運在這個上鐵橋、下鐵橋的時空和阿爸的命運交錯而過。那樣的感覺，在鐵橋的轟隆震耳聲中讓她兩次在車廂內痛哭的刻骨記憶，一次，逃家北上時；一次，考上高師南返時。

好想好想割捨的某些記憶，是否可以拋入高屏溪流逝台灣海峽，廣闊無涯的太平洋足以接納百川包括陰暗的溝渠吧！約伯記不也說「就是想起也如流過去的水」，不管那水是澄澈或汙濁，能隨著時間滔滔流逝就好——時間從不會倒流，心頭的傷口卻不曾痊癒，只要火車奔馳在鐵橋上，那結痂處就重新綻裂……

六塊厝站到了。

靜寂的小站，一間年代久遠的木造平房，一座島式月台，颱風雨中一個候車旅客。火車到站後，無人下車。

聽說，本來就是一個只住了五、六戶人家的小村落；聽說，有時一整天進出的旅客只有個位數。或許，劉國忠只不過是遺忘世人也為世人遺忘如此這般的小站？

火車很快又啟動，彷彿在這稍加停留只是義務。

凝視車廂外小站非在人世般的荒冷，不用回想就宛如風中急促而混亂的風鈴聲叮叮噹噹、叮叮噹噹：軍方從頭到尾否認劉國忠出任務的謠傳，相隔半年後，給予家屬的答覆「逾假未歸，疑似叛逃」……

候梅

學校就位在和平一路，讀高中那時沒來過，就像待到八月中旬大學放榜後才離開台北，她同樣沒去過台灣師範大學。從不認識這兩所師範院校，填志願表時和一年前的大考一樣唯二兩所學校，志願還縮減為一個國文系。

學校顯得相當侷促，沒有想像中大學校園的巍巍峨峨，感覺北部來的同學不牢騷幾句不能凸顯北部尤其台北人的優越感，最愛抱怨從學校前門可以一眼直接後門，再來就是嫌棄高雄是個雞不生蛋鳥不拉屎的未開化之地，學校大門正對面隔著馬路竟然一大片稻田，西邊那頭正進行著大型工程聽說在蓋「中正紀念堂」，入夜後占地遼闊的工地黑漆漆反而增添荒蕪感，倒是面臨學校大門的馬路有兩排路燈，晚間常有農民在路燈照明下工作。

北部同學看到農民居然怕曬太陽晚上才下田，逢人便興奮述說這屬於高雄最特異、最瘋狂的風景。

有個在地同學陳巧珠沒跟著哈哈大笑，淡淡回說：「別看不起那些農夫，他們都是『田僑仔』。」

「田……田甚麼？」

「甚麼意思啊？閩南話我不懂。」

那倨傲的口氣。

突然想起初進高雄女中時本省人、外省人之分，難道現在又要劃分一次北部人、南部人？國語人、台語人？她只想閃邊去。

盥洗室人來人往，她把洗好的衣物擱在臉盆內要帶到頂樓晾曬，耳朵又接收到陳巧珠的：

「『田僑仔』就是有很多地很有錢的農夫，校門口那些田正對大馬路，旁邊又在蓋中正紀念堂，我爸說那些地等於黃金，他們哪需要種田曬太陽，黃昏後下田，大概只是不想讓田地『拋荒』或當作運動。」

陳巧珠又說了「拋荒」這個台語詞彙。

瞟了一眼那兩個突然抿嘴不再回嗆的同學，她心裡漠然聳聳肩轉身離開。成績好，卻選擇師範院校，家境富裕的大概不算多數，若不是這個學校就讀時全公費畢業後分發到國中任教，怎能讓這些北部的同學心不甘情不願南下委身屈就？

歷史一科，考了超高的九十多分，自動放棄就讀台灣師範大學歷史系的機會。在台北逗留將近一年，始終不認識那個城市，劉國忠不知被吞沒在哪個角落之後，她只想逃離。

如願考上公費學校，如願回來南部，她卻好像失落了一個大學新生應有的快樂，依然陷在栖惶惶的焦慮中，甚至開始懷疑，自己認識過快樂嗎？

劉國忠活著？劉國忠死了？劉國忠活著？劉國忠死了？……一顆心翻來覆去，宛如小時候撿拾木麻黃葉子一節節拔開由長短針決定未知，唯一確定的是他成為她心底一角不解的死結。

「愛國者」怎會變成「叛逃者」？

西餐廳最後的相聚，成了暗夜無眠的夢魘。那麼熱血澎湃急於為國建功的劉國忠，怎會突然叛逃，還就此抹去蹤跡失去影子？他可以背棄對她的承諾，怎會連父母親都割捨？太不像劉國忠了。

深夜，靜靜聽著另外三個室友均勻的呼吸聲，彷彿連呼吸聲都有屬於大一的鮮甜；靜靜聽著自己噗噗急躁的心跳聲，劉國忠和記憶中的哥哥一樣好看的笑容就疊影了——哥哥為了入伍試圖以硫酸塗掉身體的刺青……就變成一甕骨灰不見了……劉國忠連一縷輕煙也無就不見了……怎麼在軍中，一個人不見了只不過是夏日南風颳過沙地不留痕跡？粒粒細沙風化了祕密是否也隱藏了祕密，飛入眼裡揉進心底化為煙塵迷霧？

龍鳳群最後一次出現在女生宿舍，她要求她別再來打擾：「我沒有新的訊息提供給妳，妳也不能給我想要的答案，而我快要大考了。」

龍鳳群凝視了她半晌，那眼珠，像兩汪無底洞，無法揣測之中埋藏著甚麼樣的闇黑祕密。

躊躇著，龍鳳群小心問出口：「妳一直很肯定劉國忠說過要出任務，那個任務……跟去年十一月十九日的選舉有沒有關係？」

「妳怎會把這兩件事聯想在一起？」

「那天，中壢的暴動事件，警備總部有派憲兵去支援，憲兵車還被暴民掀翻……」

「可是報紙只說有學生被誤殺，有民眾死傷，並沒有軍警憲兵傷亡的報導啊！如果劉國忠去了中壢，他就是奉國家之令執行任務，警備總部怎可能不知道？」

「……劉爸有個軍中退伍的朋友當天在現場，給他看過一張照片，那裡面掀翻憲兵車的群眾……有一個，有一個他覺得很像……劉國忠……」

「妳在說甚麼！劉國忠是憲兵他掀翻憲兵車？」

「噓~妳別嚷嚷，劉爸後來也不確定了，說鏡頭太遠又晃動，照片模糊不清……」

「那就再把照片借來重新確認啊！」

「那朋友說照片不知道丟到哪去，不見了——當我沒提過，妳千萬千萬別說出去，否則，惹禍上身……」

從小阿爸的「囝仔人有耳無嘴」教她懂得噤聲，國中惹出讓老師同學不見了的禍端更教她學會沉默，但好奇一直在心田野草叢生，而那莫名的違逆惡念更如在靈魂深處植根滋長，總是想偷偷、偷偷尋覓答案……

但她一向熟悉的顧盼睥睨的龍鳳群，最後一次見面洩漏了她從來陌生於她的一面：恐懼。而她再三叮嚀千萬別張揚，讓她確認了她的，恐懼。

如果，連龍鳳群內心都擁有恐懼，連劉國忠的家人也無法追究，除了滿心糾結茫惑，她從何探索真相？這個世界之複雜，在台北那段時間，自己就像逐日被鑿開七竅的「渾沌」，是否，若被外界七竅完全鑿開，她也會類似「渾沌」死亡？是否，她因而越發和外界自我隔離，逃避著周遭可能的「儵」、「忽」？

再也不可能發生愛情來驗證他倆之間可能的未來。但逃家北上那最艱苦的階段，劉國忠拉了她一把；每週一封「類情書」滋潤了她沙漠般的重考日子；他還打算挑戰她對愛情純粹、唯一的執著——轉瞬莫名從她的人生不見了。

和龍鳳群之間「愛情」不見了，她靠著意志力爬出泥淖；但是，教她如何接受劉國忠「整個人」不見了？……

大考放榜後，阿爸的身影一日濃似一日，再如何彳亍難行，終究蹣跚重回當時一心逃離的「家」。

纏繞在劉國忠不見了的糾結當中，還是奇異地聞嗅到「家」一股詭異的歡慶氣氛，映襯著屋外剝落的牆壁上各界賀「金榜題名」的紅榜，風光勝過當年考上高雄女中時。

阿爸，她離家不到一年呢！怎覺得他更加枯瘦傴僂？小時候，L型房舍外黃槿樹下等待他補鼎歸來，當他從鐵馬跨下，是她眼中移動的山，怎覺得自己不過轉個身，一回頭，他已成了乾癟的矮小老人？

最高興的人不應該是他？依然沉默寡言，只說：「轉來就好！考著就好！」自己神經過敏嗎？雖然阿爸臉面有歡喜的神色，但是陰翳於眼眸深處的似乎隱藏了——悲傷？恐懼？……

阿母則在她身旁繞來繞去，不斷有各種興奮的提問：「刺紡紗ㄟ講，妳大學四年攏免註冊錢，政府予妳呷予妳住每個月發瑣費㉔予妳，咁有影？」「刺紡紗ㄟ講，妳大學畢業頭路便便做國中的老師，有這呢好康的代誌喔？」「刺紡紗ㄟ伊翁做國校仔的老師就真赤焱了，妳後擺若做國中的老師，月俸是毋是領比伊較濟？」……

驚覺自己答話口氣十足不耐那當下，回想國中時被殺死她的衝動驅使到不得不第一次逃向高雄，如今考上公費大學似乎擺脫了某些困境，也可以比以前更加平和看待這個生她養她茶毒她的母親，不過是個一生被貧窮荼毒的卑微老婦。

連機則是明明白白的意氣風發，好像踩在金礦上的採礦者，反反覆覆對她強調：「是我予妳讀到高中畢業，妳才有才調考著這間免錢的大學！」「是我栽培妳，妳才有法度後擺做國中老師！」

倒是絕口不提她去年逃家的事，對待她更是不曾有過的慈眉善目，還一直要她教阿如的功課，去年落難在家時，他可是嚴厲禁止她接近阿如或阿如接近她，說她會帶壞她。

懶得理會他佔口頭便宜，整顆頭腦像煞泥火山爆發既滾燙又渾濁的泥漿噗噗作響，她需要沉澱下來，好釐清從台北揹回來的一個劉國忠。……

直到阿母把外頭的蜚長流短帶回來繼續學舌，說連機四處宣揚一切都是他的功勞：「噠噠叫⑮、噠噠叫，一四界臭彈若毋是伊辛苦栽培，妳哪會當出頭天，若像妳免讀免拚靠伊就飛上天了。」

「管待伊，嘴生佇伊的面。」一開始並不在意，硬要往臉上貼金，隨他。

「豬肉砧的添仔聽獪落去，挨⑯伊講，查某囡仔嫁出別人的，就算做老師領政府的薪水穩觸，會當留踮厝內幫忙偌久？聽講，連機雄雄就變面了，放聲以後妳若敢想要嫁人，得愛把父母當作嫁妝敆⑰過去，若無，妳得存扮死，伊要予妳過刀銈⑱……」

這才認真起來：「伊真實按呢講？」

「通市場的人攏嘛聽著，偌濟人來學予我聽了，講恁查某囝得知死，最好一世人踮厝做老姑

74 瑣費：零用金
75 噠噠叫：言語炫耀
76 挨：駁斥
77 敆：一起接走
78 刀銈：刀刃

婆，若無，兄妹仔落尾[79]得擇刀相刣。」

還沒開學呢！他已經算計著她的將來，還想控制她的人生！

驚愕未已，阿母接續嘀咕道：「伊敢講我無敢聽，當初妳離家出走，伊氣勃勃，青面獠牙問恁老父妳走去佗，放刁予伊掠轉來要拗斷妳的雙腳，恁阿爸才講伊毋知，伊就起腳動手了，踊[80]到恁老父佇土骸碾過來碾過去，會哀，哀到𣍐哀，落尾哀出來的聲音，親像出世嬰仔伊伊哦哦、伊伊哦哦，足悽慘……」

阿爸為了她逃家挨連機毒打?!

霎時，恍然明白阿爸眼眸下所掩藏的悲傷和恐懼。

在阿母連綴的叨絮中，逐漸補白了逃家這段時日：阿爸接手繼續賣囝仔物卻不肯把所得交出來，連機懷恨在心幾次去搗毀店裡的囝仔物，而且從第一次毆打過他，後來出手就變得容易了，現在是她考上大學回來了他才收斂。

阿母又說，有人曾遇到嗄龜發作蹲在路邊的阿爸，好心要載他回來，他卻堅持要走到郵局去，也不知道他拖老命去郵局做甚麼。

她知道，阿爸要去郵局寄生活費給她。

想像他辛勤賣囝仔物為了攢生活費寄給她；想像他一再不依連機的索求任他暴力相向；想像他為了匯錢給她拖著老病身軀一步一艱難走往郵局……。

阿母還繼續嘮嘮叨叨：「也毋知伊怎會變這款，細漢的時陣又擱乖又擱唰代誌，真疼惜恁這幾個小妹，妳攏嘛伊咧俏伊咧騙……」

她哪聽得進去，阿爸一生恐懼如鬼魅魍魎的「警備總部」，真實的恐懼卻來自家門來自骨肉！

不願意阿母面前洩漏太多的憤怒和悲傷，衝出門去，差些撞上老芒果樹才煞住腳。顫慄的淚眼四顧，才發現自己連一方痛哭的餘地也無，背後那個半廢墟的紅磚屋，她看見了獨裁者，既無力解除父親被暴力的恐懼，自己也被拖入成為禁臠的恐懼，任憑向天無聲哭泣吶喊：阿爸，我對不起對不起對不起你啊！……

心頭重重背負著劉國忠和林連機，注定不可能蛻變為校園展翅蝶飛的新鮮人，默默懷想心事，不勝負荷。在別人眼中，她似乎老處在飄飄忽忽的失神狀態，開學後不久，「無靈魂ㄟ」「夢遊者」的綽號，就從班上傳到系上又傳到系外再傳回班上，還給她的耳朵。

不想成為別人眼中的怪胎，但是無法擺脫自己被關在沒有門沒有窗的黑暗中的苦悶。苦悶，也讓她開始質疑生命的本質人生的意義，她甚至連免於恐懼的生活都不可及，現實世界如此荒誕、殘暴。

逐漸地，對於周遭，她常常遁入聽而不聞、視而不見的恍惚中。……

開始有外系的男生來約她。她有時答應，有時拒絕，無謂的心態。

鄭家安的出現是個奇怪的問號。那是個帶著幾分靦腆安分實在的人，除了他所讀的微積分、

79 落尾：最後
80 蹐：踹

幾何學，思考及生活簡單到近乎無趣，不知道為何要約她而且禁得起再三被拒絕。

那次，帶著幾分好奇的不解，答應和他在學校不是男女朋友在交誼的交誼廳喝紅茶，面對她，他根本只顧逃避她的眼眸哪有心思在冷飲上。看進眼裡也覺得逗趣，就直接索取答案向他了。

他尷尬笑了笑，到底說了出來，卻非關別的男生盛讚於她的美貌或氣質：「因為……因為妳好像在作夢的神情和走路方式，很吸引我……」

噗哧一聲，紅茶應聲從她鼻子、嘴巴噴灑而出，這個答案倒是跟他這個人不搭嘎的有趣。他慌慌張張站起來還掏出手帕——會隨身攜帶手帕的男生哩！她再次笑到不知如何是好，他似乎比她更不知如何是好，傻楞楞拿著手帕看看她的臉又看看桌面，無法決定該擦哪的茶漬才對……。

不再排斥和鄭家安約會，班上和系上也逐漸傳開，「無靈魂ㄟ」和數學系的男生在談戀愛。本來無所謂這樣的傳言，卻就此再也沒別的男生來約她。

她後來才知道，這個學校的男生特別保守，一直存在個不成文的默契，若曉得哪個女生有了固定的交往對象，就別再來競逐愛情。

甚至不確定自己和鄭家安在交往，更別提愛情了。和龍鳳群一場激烈又無言的愛戀；和劉國忠之間不成形的感情，讓她對甚麼是愛情很茫然對甚麼不是愛情倒很肯定。

兩個人，假日會結伴去校外吃自助餐或喝紅茶，偶爾他騎著單車載她去逛新興市場，和那附近全高雄最豪華最新穎的大統百貨公司，矗立在周遭的田野和荒地中有種突兀的現代感，很像看到穿著西裝在問事的乩童。他似乎滿足於這種簡單的快樂，不曾發覺，只要她故意不開口，兩個人可以安安靜靜相處一個下午或晚上。

誰需要這種相對無言的所謂愛情？

百分百肯定他並非可以安撫她心靈的人，何況是一起探討她對生命和人生的種種質疑。碰到她發難的棘手時刻，他就以面對頑童的姿態撫摩她的頭頂：「哇！妳的頭腦怎會這麼複雜？不要想太多不就好了。」

很羨慕他對生命對人生的理所當然。為甚麼她從來無法如此自我安置？她不斷試著思索和探討自己和鄭家安甚至和周遭同學產生差異的根由。

回想龍鳳群和劉國忠，言辭之間總理所當然說「我們中國人……」，所受教育也讓她一向認知自己是中國人，為甚麼在他倆面前，自己成了身分不明的「邊緣人」？因為他們生活在眷村沐浴於中國文化；她長於本省人村莊從小遭受排擠，所以截然劃分了她不得和他們畫上等號？

選填志願直接只填了一個國文系，她渴望了解中國，也許就可以溯源自己生命的來處，然後找到像龍鳳群、劉國忠那樣對人生泰然自信的元素，她不想在每個拂曉前尚未完全清醒的渾沌虛無中反覆質疑自己：我是誰？我是誰？我是誰？……

當初滿懷希望和信念進入唯一的選擇，隨著一門門課堂學程、一本本大學用書，點點滴滴漏失。《四書集注》、《說文解字》、《古文辭類纂》……宛如進入暗無天日的黑森林，無一可以指點生命的出路在哪，尤其教授一再強調的中國傳統思想「君君、臣臣、父父、子子」有歷久彌新的價值，對她則恰似瀰漫在黑森林的奇詭迷霧，到底「君」「臣」「父」「子」該有怎樣的風範行儀？孔子的語言太簡單，教授的詮釋又太複雜。

孟子的「父子有親，君臣有義，夫婦有別，長幼有序，朋友有信」更讓她宛如在黑森林迷霧中重重摔跤一路滾落山澗那般，起念弑母動手毆父，自己和阿母有親嗎？連機和阿爸有親嗎？……教授說「君」要用現代觀念擴大解釋為「國家」，那國家對劉國忠有義嗎？……若真要長幼有序，或如教授所演繹的「長兄如父，長嫂如母」，她該馴服於任由連機主宰她的人生嗎？……和龍鳳群之間，是朋友嗎是戀人嗎存在「信」嗎？……

十月底，高雄的晨風帶著爽颯，幾朵微醺浮雲很快躲閃了，天空清醒得萬里無雲萬里晴，澄碧得像大海倒映在天空，這麼美好的時光，還要換上制服集合排隊升旗朝會，純浪費。儘管師長一再訓示日後要任教於國中，得養成升旗朝會的習慣，她還是不斷在心中抱怨，高中之前不就日日跑操場升旗朝會了，為甚麼上了大學處處不像大學？

朝會結束，接下來連兩堂文字學。看著抱在手中沉甸甸的《說文解字》，她始終無法愛許慎，搞懂那繁複無比的六書造字結構，到底和文字應用能力有何關聯？回到教室坐在課堂上，她照常會重施故技視而不見聽而不聞神遊太虛去，聽說，大學生才會翹課翹課才像大學生……凰，如此沁心，天，這般誘人……

回過神來，她已經跟許慎坐在往火車站的公車上。翹課，竟然帶來前所未有的快感，好像短暫獲得不受限於校規以及課堂的自由。

回到熟悉的火車站，往雄中那附近有幾家書店，雖然以參考書為主，還是有一般書籍，課堂和教授只能授業無法解惑，自己摸索去。

這才發現來早了，漫步騎樓下，已經開門營業的店家不多，倒是騎樓下廊柱邊的書報攤吸引了她，有個帶著看不出原先色澤鴨舌帽的人蹲在地上整理報紙，攤前有個瘦高身形的人正把書籍雜誌擺到架子上。

她迅速瀏覽過書架，《書評書目》、《中國電視周刊》、《台灣風物》、《漫畫周刊》……

「你們只有這些雜誌啊？」

站著和蹲著的兩個人同時轉身、抬頭看她。

「妳要找甚麼雜誌？」那個瘦高身型的大約三十歲，老闆口吻，她一下子就注意到他臉上有一雙眼尾略往外翹的丹鳳眼。

「妳毋是師範學院的學生，透早無課哦？」戴鴨舌帽五十開外的中年人盯著她的制服和《說文解字》，以台語問她。

「嗯！」不想多說只對中年人漫應一聲，轉而問老闆：「我想找有新東西的雜誌。」

丹鳳眼老闆想了一下，從一旁還沒擺上架子的書籍雜誌堆抽出一本：「最新的，今年三月才開始發行。」

她瞄了一下雜誌名稱：《時報雜誌》。把懷中的許慎擱到一旁矮凳上，接過雜誌翻閱，一邊試圖說明自己的需求：「我的意思是，有沒有那種……那種有新觀念或新議題的雜誌，書也可以……我在學校圖書館找不到的那種……」

「這樣啊！……」

那老闆遲疑著打量了她好一下，難道自己臉上寫著適合看甚麼書報雜誌？覺得好笑，也發現老闆丹鳳眼上竟有兩排又密又捲的長睫毛，形成了掩蓋眼瞳祕密那般的暗影。

他突然從他揹在身上藏青色帆布袋內拿出一本雜誌：「這本，妳看看……」

「欸欸欸！猴死囝仔……」

中年人要阻止來不及了，她已從老闆手中接過泛舊的雜誌，第一眼就不太喜歡了，要她買舊雜誌？再看雜誌名稱：《台灣政論》。

她立即遞還老闆：「你又不是舊書攤，我也不看這種的。」

「妳目睭脫窗哦！啥物舊冊攤，我滿冊架仔攏是新冊新雜誌！」中年人先罵她，再轉而罵「老闆」：「你害我無生理通做無打緊，無熟無似㉛，你熱勃勃是咧創啥，存辦掠一尾蟲跙尻川蟯㉜唔？」

原來——中年人才是老闆！她一下子眼前冒三條黑線。

接著，老闆指指書架上《電視周刊》，還以譏刺的語氣對她說：「恁這種『吃飯學院』的學生喔，《電視周刊》罔看啦！妳看！妳看！這期的封面女郎，是今仔當紅當嗆的夏玲玲。」

「甚麼『吃飯學院』！你看不起我們學校？」

「恁這種學校當然是一等的學生才考會著，毋過喔，恁這種愈勢讀冊的囝仔，愈予人洗腦洗到清氣、清氣……」

「信桑！信桑！好了啦！你莫對一個學生囝仔惡劇劇……」

「嘿！你事主想要來做公親？起因是你要挈彼本雜誌分伊看捏！」

「這本雜誌是怎樣？」她一把從那個不是老闆的手裡用力拿回那本雜誌。

「欸欸欸！查某囡仔嬰妳莫搶喔！搶破妳賠獪起，這是絕版的雜誌，真寶貴。」

「我連一本破雜誌舊雜誌都賠不起？」發現自己快被氣瘋了，也開始出言不遜：「你這個德行，怎麼做生意？」

「生理？哼哼，恁父看人做。」

「你……」

「小姐小姐妳別生氣！胡老闆平常就愛這樣說話，其實他人很好……」

「你是他的雇員？」

「呵呵呵！」那個老闆繼續搶話道：「正港呷米毋知米價，我這個破冊攤有才調倩人[83]？莫看人無目地，妳是大學生，阮這個少年ㄟ嘛是大學生，『ㄏㄨˇ ㄌㄧˊㄣ』大學畢業的。」

「啊？」一下子沒聽懂。「哪一所大學？」

「騙！妳明明聽有台語怎咧假外省？『輔仁大學』『輔仁大學』，我的北京語妳聽有無？」

怎會有這麼無禮又無理的人！她將那本雜誌丟還那個號稱輔仁大學畢業的男子，對方一臉錯愕接住，才不管他哩！抱起《說文解字》就要離開。

卻傳來老闆鬆了一大口氣的聲音：「對啦對啦！趕緊走，莫害人害己，妳學生囝仔人看這種

---

81 無熟無似：完全不認識

82 存辦掠一尾蟲踮尻川蟯：存心自找麻煩

83 倩人：聘用人員

予政府查禁的雜誌，萬一予人掠著，關到妳頭毛生蝨母……」
一轉身又自那男子手中搶回那本雜誌，她猜，自己一定連眉毛都豎直了！
「這是你的嗎？借我看！」
「喂！妳這個毋知死活的死查某鬼仔……」
「妳真的要看？那妳一定得小心，大學裡頭『爪耙仔』無所不在，尤其你們這種公費學校……」
打斷道：「看完怎麼還你？」
「死查某鬼仔妳上好莫挐，省得費氣兼麻煩……」
「妳託給胡老闆就好，我也常在這裡。」
「放心！我不會私吞你寶貴的絕版雜誌，我叫林素淨，就讀本校國文系一年甲班，你呢，叫甚麼名字？」
「我叫邱生存……」
「求生存？你開甚麼玩笑！」
「伊哪有滾耍笑？伊阿公叫『求勝利』咧……」
她甩頭轉身就走，今天一口氣遇到兩個瘋子嗎？
直到踏回校門，怒氣稀釋，開始有一股笑意從橫膈膜咯咯直衝喉間，那兩個人，還真像阿爸形容一搭一唱的人叫「師公仔聖杯」。
校外人士稀奇古怪的言行不在她的理解範圍，不安，卻逐漸無中生有還在心田蔓延開來。氣頭上好像做了逞強的事，書報攤那個怪老闆說的「萬一予人掠著，關到妳頭毛生蝨母」，不只說來捉弄她的吧？她趕緊把壓在《說文解字》下的《台灣政論》夾到書頁內。

匆匆回到宿舍，寢室內無人，顯然室友都乖乖上課去，她更加心虛。丟下許慎，拿著《台灣政論》順著鋁梯爬上自己的床位，倚牆而坐，這才可以好好打量一下這本引起她和怪老闆齟齬的雜誌。封面藍底，台灣政論四個字白色，中華民國六十四年八月號第一期，封面圖案類似火把和麥克風，不知道那代表甚麼意思，左下角則斜掛一條橘紅色標示「創刊號三版」……哇！原來曾經暢銷呢！怪不得類似得到某種榮耀的人士披上綵帶以示風光。

飽脹的好奇催促著她打開書頁，又怕室友突然回來，她索性打開棉被鑽進去，俯趴抬頭頂開棉被成洞口，再把雜誌平放在枕頭上看，第一頁介紹發行人黃信介、社長兼編輯人康寧祥，憶起在台北遇見的那場群眾聚集的會場聽過這兩個人的名字，另外還有一個總編輯張俊宏，這又是誰？想起在台北修女院女生宿舍的櫃檯小姐徐春芽罵她的話：妳不看報紙不看電視懂甚麼？

不願意屈服於這樣的標籤的反抗意識又莫名作祟起來，她大學生了，表示自己就是一個知識分子，一定要努力看懂這本暢銷雜誌在說些甚麼……

隔日中午，就火速趕往火車站那個怪老闆的書報攤了。

「求生存」還真的也在那裡，偎在柱子旁正專心看書。

她「喂！」了一聲，他從書上挪開眼睛：「咦！怎麼來了？」

騎樓下行人來來往往，攤子前有翻閱雜誌的有跟怪老闆買報紙的，擔心被人瞧見真會惹來麻煩，她靠近「求生存」以身體擋住自己手中袋子，悄悄抽出台灣政論一角，近乎耳語道：「還你。」

「求生存」迅速幫忙抽出那本雜誌放進藏青色帆布袋內，怪不得他得時時刻刻揹在身上，袋子裡頭都是類似的可怕東西吧！

一夜心驚膽顫。

恍然大悟雜誌為甚麼會被政府查禁，她分明拿到了一顆……燙手山芋怎能形容，根本是隨時會被炸傷的炸彈！

寢室四張書桌排一整列，有甚麼東西一覽無餘；一個大衣櫃隔成四個小衣櫃但不能上鎖，管理女生宿舍的翁教官隨時會突檢內務，而且宿舍有宿舍長，寢室有寢室長，唯一比較有隱私的，就是設在半空直接釘在牆壁各自獨立的床位，但是每天早上升旗朝會前要整理內務，把棉被摺成四個角都是九十度的豆腐型，供翁教官打分數，而翁教官每每把她摺過的棉被又整個抖落攤開，一邊以傳遍整個宿舍的肺活量數落她的笨手笨腳。

不會忘記，剛開學那時她還氣急敗壞臭罵她：「本校怎會收妳這種學生，連整理個內務都不會，浪費國家公帑，若在我學校，妳早被開除了！」

「妳甚麼學校？」當時既不服又受傷還頂嘴。

翁教官整個頭高高一昂：「我政治作戰學校正期班！」

「政治作戰學校？」

唯一讀到的「政治」就是三民主義課本裡頭說的：管理眾人的事。雄女時教三民主義的史老師，每堂課都要用濃濃的鄉音交代一遍：三民主義很重要太重要了！讀這科沒別的法子，就是把課本從第一個字背到最後一個字，滾瓜爛熟啊就對了！

難道，管理眾人的事等同作戰？

於是又傻傻反問：「可是，政治和作戰到底有甚麼關係？」

當時翁教官臉色之難看，她猜，她手中若剛好有槍一定斃了她！

那變形的臉容近乎嘶聲怒吼：「無知！愚蠢透頂！妳是怎麼考上這所學校的嘎？我政治作戰學校負有光復神州解救大陸苦難同胞的神聖任務，由先總統蔣公指示『三分軍事，七分政治』總體目標，再由蔣經國總統親自督導成立！」

從此，翁教官只要抓到她的內務缺失就修理她、羞辱她。

自己常在氣憤的窘迫中不斷在內心質疑：我是就讀師院不是軍校，為何每天早上要費盡力氣把棉被摺成豆腐？

但也學乖了，不敢再公然頂嘴，老是被扣分害寢室整體成績往下拉，三個室友的敵意隱隱然成形，自己連把《台灣政論》藏在枕頭下棉被裡的空間都沒有，萬一被翁教官搜到，後果不敢想像，不會只搞到讓她成為寢室公敵而已……。

「這麼快就看完？」

「求生存」打斷了她滿腦子的混亂，不想騙他：「翻過去而已……都在批評政府，怪不得會被查禁……」

「大多是建言好不好，再說，中華民國的憲法明載人民有言論、講學、著作及出版的自由。」

「出版的自由？那，雜誌是怎麼被查禁的？」

「妳問得好！憲法明明保障出版自由，國民黨為了鞏固政權，藉著戒嚴控制甚至剝奪人民的權利和自由，禁止民間辦報，查禁各種認為有害思想控制的著作和雜誌，連莎士比亞的《羅密歐與茱麗葉》都是禁書，只因為翻譯者是左翼作家曹禺，這不是到了胡作非為的地步？」

沒想到這個看似溫和安靜的「求生存」，開口如天風天雨迎面撲來，嗆得她無法呼吸之餘突然學起阿爸的：「噓！噓！噓！……」

「求生存」果然住嘴，看了她好一下，露齒輕笑，說：「妳真的很怕。」

解讀那輕笑是種輕蔑，被削了臉皮的尷尬，令她指著怪老闆改以台語反唇相稽：「恁頭家毋是講，予人掠著會關到頭毛生蝨母？」

他笑了，修長的丹鳳眼特顯一般男子少有的溫柔情致，兩道長睫毛卻更像放下來掩蔽的捲簾：「沒錯！沒錯！說來，我比妳更怕……」

轉為不服，他比她更怕？從小嚇大呢！身上還揹著一個不見了的劉國忠。

不想再扯下去，以下結論的語氣對「求生存」說：「反正，我不喜歡政治，關於這方面的書報雜誌我也不碰。」

倏然，他刷一聲那般收起捲簾，直接射出兩道目光炯炯向她，然後，一個字一個字說了：「妳可以不喜歡也不碰政治議題，但是，政治每天都在影響著妳——其實是影響著每個人。」……

「本列車終點站屏東，屏東站到了，下車的旅客請記得隨身攜帶的行李，繼續往潮州站的旅客請在本月台換車……」

林素淨慌忙起身，也跟著其他乘客準備下車。瞥了一眼窗外，屏東一樣在颱風下雨呢！她被早上的天氣給騙了。

不過長久以來，她不曾像今天這麼渴望回到屏東，內心對「到站了」的喜悅抵過了風雨交加，圓因和尚說，她出站就會看見他等在出口。

出站，不見圓因和尚等在站外，火車風雨中一路蹭蹬，已經延誤了到站時間，遲到的竟是圓因和尚。她猜，同樣被風雨延誤了吧？

雨跟著風往簷下潑，飛濺她的衣裙，不想一身濕，反正水泥平房的屏東火車站大廳也不大，圓因和尚來了應該找得到她。

她快步鑽進站內大廳，非假日，本來以為會沒甚麼人，看來一班班累積下來被颱風雨困住的乘客還真不少，整個大廳又擠又亂，又濕又滑。

小心走到比較靠近大門的位置，這樣圓因和尚經過或進來都可以一眼看見她——突然雨中衝進來一個身上穿著雨衣手中拎著傘的高大男子，原本瑟縮在門邊的一個年輕女孩衝過去，不顧男子濕漉漉的雨衣未脫一把投入他懷中，又捶又喊：「讓我等這麼久！你讓我等這麼久！討厭啦！」

她情不自禁笑了出來，高三離家出走那一年，在台北火車站等不到劉國忠的慌亂緊張重新溫存一遍，當時那擦鞋阿伯誤以為他倆是情侶，說過「台北火車頭，每天的青春悲喜劇」。

即使是火車站附近的書報攤，她和B也算結識在車站一帶吧？

也許，有蜜淌過的心頭甜甜地想著，大大小小的車站都在上演類似的青春悲喜劇吧！以欣賞電影鏡頭的眼睛，看著男子解開雨衣鈕子，先把女孩庇護在腋下以雨衣遮蔽，再撐開手中的傘，兩人毫無懸念地一起投入外面的風雨……

笑意倏地隱沒。

目送緊緊依偎的兩人如此無畏如此勇敢，為何她和B？……為何她和B？……倘若因為圓因和尚兩人得以再相見，她可以像方才那個女孩嬌喊一聲「你讓我等這麼久！討厭啦！」然後投入他懷中；他也可以毫無顧忌毫無懸念地將她抱個滿懷嗎？

「往昔」一下子粗暴又輕易地將她孤伶伶地丟入記憶的風雨中……

瑞香

後來常常去書報攤，翻翻那些跟圖書館的古老陳舊不一樣的新進書籍和雜誌，還有「求生存」偶爾偷偷塞給她的禁書。

跟「求生存」混熟以後，她開始放膽和他爭辯，因為他混淆了她向來的認知，挑釁了她向來的觀念。

和他在書報攤的柱子旁，兩人談起《台灣政論》第五期邱垂亮所寫的〈兩種心向——和傅聰、柳教授一夕談〉。「求生存」說台灣政論從創刊號就期期被禁，不過最主要就是那篇文章被警總冠上「煽動叛亂」的罪名，才會先勒令停刊，再撤銷登記，從創刊到停刊只出版了五期。

「不過台灣政論被競相祕密珍藏，以後提起啟發台灣民主思潮的刊物，它的功勞會被歷史記載。」

「可是它的內容跟我讀的歷史不一樣啊！中華民國是國父孫中山先生創立的亞洲第一個民主國家，《台灣政論》怎麼每期都在批評國家，好像政府很不民主人民很不自由，邱垂亮那篇文章還提到有個柳教授說，大陸人民現在普遍比以前生活得好，再也沒有國民黨統治時的大饑荒，可是我課本讀到的是……」

「妳課本讀到的是萬惡共匪成立人民公社，人民過著水深火熱的生活，只能吃樹皮啃樹根，所以我們要反攻大陸解救苦難同胞，對不對？這就是新聞宣傳，洗腦教育。」

「……」一下子不知道如何辯駁，不禁惱火起來：「難道政府都在宣傳都在洗腦，你們寫的說的才是事實？」

怪老闆回以冰塊般的眼光：「見笑轉生氣。」

「誰惱羞成怒啦？你們才指鹿為馬，顛倒是非！」
「哈！我就講嘛！妳是正港的台灣人，嘛真勢，有法度即時把見笑轉生氣翻譯作『惱羞成怒』。」
「我才不是台灣人呢！」
「妳毋是台灣人？按呢，妳佗一國的人？」
「我當然是中國人……」
「喝！妳佇中國佗一省出世啊？」
那聲「喝」！怎如此熟悉如此刺心？……
「踏台灣土呷台灣米啉台灣水大漢的台灣囝仔，講自己是中國人，妳咧練痟話！」
「我國領土有三十五省西藏蒙古兩個地方海南島一個特別行政區，台灣是其中一個行省，我出生在台灣當然是中國人。」
「妳講的中國是佗一個？中華人民共和國從來無統治過台灣！中華民國佇大陸輸到褪褲，還好意思教學生囝仔背伊有萬里江山？妳上好講外蒙古也是中華民國的國土啦！人是聯合國承認的會員國，顛倒恁中華民國被聯合國除名無承認有這個國家！我上看無起恁這種讀冊人，食無三叢蔗尾就搭胸[84]，掠做自己嘐足濟……」

84 食無三叢蔗尾就搭胸：比喻夜郎自大

「信桑，好了啦，你大人佢細子㉟，莫挈機關槍拍蝠婆㊱。」「求生存」客語、台語夾雜，轉而對她以國語說：「別生氣，我請妳喝青草茶退火。」

不想再見到怪老闆的嘴臉，跟著「求生存」轉身就走，氣憤問他怎會認識這種人。他回說，起先他是來他的攤子看書看報紙看雜誌，他由著他，看到收攤也不會趕他，兩個人就認識了，而且很聊得來。

很明顯，怪老闆對她和「求生存」存在兩種態度。

又問他：「你真的叫求生存？」他笑了，笑得丹鳳眼彷佛山間繚繞著縹緲的雲霧，回說，他姓邱，真的叫生存，接著他講了兩句客家話，她很快自行翻譯出來：「我是客家人，家在旗山。」

「妳會客家話？」

「不算會！高中時有兩個室友是客家人，總要學幾句，免得被罵了還不知道。」

他放聲大笑，認識以來，她第一次看到他像完全敞開的門扉。

「邱生存，你不用工作嗎？」提出認識他以來最憋著的疑問：「為甚麼每次我來書報攤你都在？」

他居然回說，他沒有工作。

她口氣轉差，堂堂大學畢業生不用工作？真不像客家男人！他沒有動氣，溫溫反問，怎樣才像客家男人？她就把高中時從利榮芳、曾美秀聽來的拼拼湊湊：客家男人講話很大聲，脾氣很拗就是你們說的硬頸，勤勞、節儉、顧家，對子女要求很嚴，晴耕雨讀之類的。

最後加上一句註解：「你樣子不像個性不像連講話音量都不像。」

他回了兩句她聽不懂的客家話，不過他立刻翻譯道：「再好良田有磅谷，再好草山有瘦牛。」

「你是不肖子孫的意思？」

「妳還真刻薄，隨妳高興就好。」

兩個人一路玩著問答題就錯過了青草茶攤，她想倒回去，邱生存指了指火車站對面的那家冰果室：「要不要改喝紅茶豆漿？」

她瞥了邱生存一眼，那可跟在青草茶攤前買一杯青草茶喝不一樣，兩個人坐在冰果室就有別的意義了……邱生存還是一臉草食男無害的神情，他真的沒有其他的念頭？……

認識以來，他越來越撩逗她強烈的好奇。看似溫和，怎專門看禁書？受過高等教育，怎如此反政府反國民黨？最不解的是，他為甚麼不用工作或沒有工作？……他好像可以走近碰觸，卻才發現他周遭其實砌著圍牆……小時候冒犯阿母的禁忌也要一窺隱晦的好奇因子，又蠢動在奔流的血液……。

「好啊就去冰果室，不過紅茶就紅茶，豆漿就豆漿，何必攪和在一起？我喜歡純粹，唯一。」

85 佢細子：客語，她小孩子

86 莫挈機關槍拍蝠婆：以大欺小

他又笑了，笑容並不純粹，彷彿太多油畫顏料摻雜一起。她卻發覺自己並不討厭，甚至偷偷喜歡他瞇著眼笑的模樣。

兩個人繼續並肩前行，不知怎的，她有種奇怪的愉悅，拍撲如晴空欲飛的蝶翼，輕盈似風中漫舞的花瓣，連戴著一頂皇冠的高雄火車站看起來也比平常美麗。

「我覺得高雄車站好美，不像我們屏東車站，只是一棟沒甚麼特色的水泥房屋。」

他也微微駐足眺望：「日治昭和時期建造的，妳看那屋頂，正中突起兩邊凹四角攢尖，就是日式傳統唐破風建築，真的很美，不過那充滿高雄人悲傷的血腥回憶，二二八事件發生後，彭孟緝引二十一師鎮壓，就在火車站裡裡外外射殺民眾，連逃入地下道的乘客都不放過，火車站旁的長明街就是每日處決人犯濫殺無辜的刑場。」

心頭一顫，也嗔怪起這個人特是煞風景，完全不解她內心正鳥語花香，怎就把典雅美麗的車站扯上了血腥恐怖的殺戮！

「你多大年齡？不可能親眼看過吧！你怎會相信那些有的沒的，我從來也沒在課本上讀過。」

「妳也認識常來買書看報紙的馮老闆吧？」

馮老闆？她也常在書報攤碰見他。跟怪老闆年紀差不多古怪差不多，兩個人也特別談得來。他常常西裝筆挺至少也穿襯衫打領帶，卻來攤子上買禁書罵國民黨。

她就聽過怪老闆揶揄他，搞營造，專包政府工程還敢罵政府，不怕砸了自己的事業？馮老闆嘻皮笑臉回應說，他大多包河川疏濬或固床工程，只要伺候好那些稽查人員三件事：酒、色、財，大家就能一團和氣，請領工程款輕鬆愉快，至於施工品質如何，「橫直，水底暗漠漠無人看見」這是他的名言。

邱生存邊走邊說，馮先生小時候他家就在後火車站一帶，當時後驛還是一片稻田，二二八事件後一星期發生火車站大屠殺，不斷傳來槍砲掃射聲，住戶當然緊閉門戶誰敢探頭聞問，後來有個軍官抱著一個哇哇大哭看來不到三個月大的嬰兒來他家敲門，雙方語言不通，軍官把嬰兒丟下就走人了，他姊姊照顧了一晚上，依舊啼哭不休，一檢查之下才發現腹部有一道血痕，可能是子彈擦邊而過，真是大難不死，他姊姊也才曉得要幫嬰兒上藥療傷。

二十一師撤走後，區長才開始發動人員清理散落在月台及地下道的死亡旅客，還有軍隊故意堆疊在火車站前廣場曝屍好威嚇百姓的罹難者屍體。根據區長的研判，嬰兒的父母可能是雙雙死在月台上的一對男女，媽媽的屍體呈倒臥蜷縮狀，當時他應是被摟在母懷，子彈從媽媽背部射穿擦過嬰兒腰部，大概啼哭聲讓軍官動了惻隱之心，才會就近送入民宅。經過數個月，區長原本建議他們送到育幼院去，嬰兒的伯父適時出現，是個外省校級軍官，原來他的弟弟、弟媳帶著孩子要到台北和他歡聚，就遇上死劫被無差別射殺了。

「那個大難不死的孩子，馮先生說，最近才透過戶政事務所找到他家，登門道謝當年救命之恩，長大成人了，跟著他伯父在軍中發展。」

她不敢置信地聽著，在光燦的冬陽下不知怎的背脊骨發涼，還起了一身雞皮疙瘩，車站內橫屍遍野？車站外曝屍堆疊？到底，有多少冤死遊魂飄飄蕩蕩在這典雅的車站裡裡外外？

美好的心情怎能滲入可怕的話題，抗議道：「我們剛才不是在談這個啊！能不能讓我們的話題純粹一些，不要老是摻入政治。」

他又笑了：「妳不是說大學聯考歷史考超高分？那就應該知道這不是政治，是歷史，如果政府不能面對歷史傷口，反而要用政治力掩埋真相，傷口就沒有痊癒的時候。」

不愛聽，不過喜歡自己可以逗他笑，他的溫和總帶著憂傷的味道，而那過度的嚴肅更像黑夜的簾幕一重重裹在身上……過馬路穿梭車陣，他居然牽了一下她的手，雖然一下下就放手，她瞬間有些訝異，這似乎不符合他的嚴肅，細細一想，好像又理所當然，他是那麼溫和……或溫柔？……

坐在冰果室角落，居然不約而同都點了不加豆漿的紅茶。她暗暗高興這不用言語的默契，又覺得莫名其妙，自己在高興甚麼啊？

他一邊喝紅茶一邊說：「我發現妳很執著，也太浪漫，世界上沒有純粹，唯一，妳真的太年輕了。」

嘮叨的口吻呢！

「難道你很老？」

「我西元一九四七年三月生，也就是爆發二二八不到一個月之後，光這樁歷史事件，我夠資格在妳面前稱老吧！」

「西元一九四七年？……你直接說民國三十六年嘛！我歷史很好，可是，二二八？聽你們一直說一直說，這之前我沒在歷史課本或課外讀物讀過……」

即使怪老闆他們說個不停，她就是產生不了真實感，感覺遙遠而虛幻得宛如一則傳說。

「我出生在二二八之後的清鄉大屠殺，吾爸才會把我命名為『生存』，亂世，他只希望我能夠平安成長。」

自然而然就想起了阿爸，一生在貧苦老病中掙扎，是否，也只卑微地期望兒女成人？

「做父親的願望可以很單純，我們做兒女的自己要爭氣，你為甚麼不去工作，寧可整天跟怪老闆混，當他的免費助手？」

「……我不是不去工作，我找不到工作……」

「拿這麼可笑的理由騙我！」氣憤的手一揮，差些打翻紅茶，他眼明手快扶住了杯子，只微微濺出。

「你真以為我很年輕很好騙？大學多難考啊！難道台灣有滿街的大學生？你又那麼早的年代，有多少人能夠受高等教育？」

他將那杯倖存的紅茶送回她面前：「吾爸還賣了祖田我才能夠讀大學。」

客家人不會賣祖宗留下來的土地，利榮芳、曾美秀都提過，他的父親傾全力栽培他呢！而阿爸為了她，阿母形容的，被連機打到滿地亂滾發出嬰兒般無助的啼哭。

「那你還……那你還……」目眶泛起濕熱，不知道為何既傷心又生氣，是她將兩個父親的重量重疊了？

他定定看著她，這才發現，那不笑的的丹鳳眼如此幽深，彷佛微微閃爍來自地獄的幽冥之光。她突然打了個寒顫，下意識拉了拉身上單薄的短袖上衣，即將跨入十二月，即使是南台灣也微有涼意了。

「如果，妳真的很想聽我的事，我可以說。不過我有我的要求，妳中途不要插嘴不要發問，聽完後儘快忘記，別再跟我討論我的人生。」

邱生存整個樣子變成不是邱生存，她好像在開啟一道通往地獄的門——突如其來的衝動，她想站起來對他大喊不要講……自己挑釁他的，只能傻傻點頭，但是恐懼再次從體內攫伸爪牙，宛如陷入亟欲奔逃實則難以動彈的夢魘中……。

然後，一個不具備現實感的聲音就迴響在他倆之間了，恰似一道難以穿透的透明牆壁——過後，她常疑惑地回想著這怪異的片刻，以及那彷彿暗夜冤魂的呻吟，難道又是一場宛如八七水災的錯亂記憶？……

「大學畢業就一定找得到工作而且是不錯的工作？這也是吾爸當初的願望和賭注。他賭輸了一塊地，而我是不是賭輸了我的人生？也許才三十一歲的我不該妄下定論。

我不是妳想的好逸惡勞或吃不起苦，是一切由不得我的主觀意願。我的命運跟吾爸的綁在一起；吾爸呢？他的命運又跟柯旗化的綁在一起——我相信妳不認識柯旗化，正如我也不認識他，不過妳或許跟我一樣都讀過《新英文法》那本中學生學英文必備的工具書，柯旗化最廣為人知的著作。

至於吾爸是不是認識柯旗化，即使他本身也含糊帶過，其他長輩就更不會告訴我們這些小孩子任何事了。吾爸應該比柯旗化年長幾歲，他師範學校畢業後就在國小任教。柯旗化的母親是旗山人，他就讀於台灣省立師範學院，也就是現在的國立台灣師範大學，畢業後回來旗山初中當英文老師。同樣旗山人同樣在教書，或許這段時間他們認識或來往過，但這是我個人的揣測。

柯旗化在旗山初中教了一年多之後，調到妳的母校高雄女中，才教了幾個月，就因為被查到他有一本《唯物辯證法》禁書，被以思想左傾的罪名送綠島感訓，那是一九五一年的事。出獄後，一九五五年又回雄女教了十個月的書。不過我相信貴校的校史也不會提到這個人。

後來柯旗化二度入獄，這次是因為他的名字，活生生的懷璧其罪。『意圖改換國旗』的罪名，他被判了十二年徒刑。旗山人都知道，柯旗化的母親是我們旗山人，父親是台南善化人，所以被命名為『旗化』，他的名字卻變成預備叛亂的證據，還說是鐵證如山。

轉來說說我家吧！我阿公出生於清廷將台灣割讓給日本的一八九五年，我阿公太才會為他取名『勝利』，意即期待有一天中國戰勝日本，台灣能夠重回祖國懷抱，是個忠貞愛國之人。歷史上說台灣人『三年一小反，五年一大亂』，一般說來大多指漳、泉福佬人，客家人和福佬人長期爭地械鬥不和，兩個族群一向站在對立面，由於客家族群居於下風，所以和當政者一向比較親近，在清治時期的三大叛亂事件朱一貴、林爽文、戴潮春都是福佬人，而客家人站在政府這邊幫忙平亂，妳去到客家庄會看到義民廟，那就是在各個亂事中為國捐軀者入祀的宗廟。

妳可想而知，在這樣的歷史傳統以及家教淵源下，吾爸本質上是一個不會違逆當局的讀書人，何況是叛亂。但是他個性爽直，對於柯旗化被判刑一事，或許因為同情或許因為義憤，不知道他在課堂或同事面前說了甚麼不以為然的批評言語，聽說有提到『冤獄』這個名詞。不久，他在某一天下班返家途中就失蹤了。

沒有人知道他去了哪，吾姆尋人尋到要發狂，吾婆還發動莊內的人翻遍了每個角落，村長怕他跌下圳溝還請人沿岸打撈，吾爸不見了就是不見了，連屍體都尋不到。

吾姆每日天亮瘋瘋癲癲尋到天黑，鄰居深夜還聽見她呼喚吾爸回來的啼哭聲。這樣過了三個月，吾婆無奈跟她說，她還沒哭死四個孩子先餓死，她才驚覺，吾爸不見了，原本養家的月俸沒了，田作也荒了，她再不振作起來，若有一天吾爸回來，難道要讓他看見這個家也倒了？

抱持著這個家不能倒的信念，吾婆照顧家裡和我們四個小孩，吾姆把原本和吾爸一起種作的香蕉田一肩扛下，妳別看田裡的香蕉樹棵棵筆直葉子翠綠果實碩簍，似乎充滿優閒的風情，其實種香蕉的工作粗重繁瑣，光香蕉長到一定高度要立支支撐，吾姆就得把自己當男人做活。農忙的空檔，她就去包街上有錢福佬人坐月子的洗衣工作；旗山地形狹長，我家比較靠近西北邊，再過去就內門鄉了，當美濃菸葉採收或菸樓製菸需要人手時，她還騎著腳踏車幾乎是從旗山這頭騎到另一頭進入美濃打臨工，摸黑出門摸黑進門，來養活一家人。

我是長子，認為養家我也有責任，一度不想讀書要出去做工，但是吾姆堅持我非讀下去不可，否則她無法向阿公婆還有吾爸交代。我只能利用假日跟隨她下田幫忙，光一個栽植幼株的動作，一天下來我連腰都挺不起來，睡到半夜還驚醒在全身的痠痛中，我深深體會吾姆的辛勞。

這樣過了兩年，消息傳來，吾爸因為批評政府、散播謠言，下班途中被埋伏的憲兵逮捕，以思想犯的罪名被判刑六年，正在坐牢。吾姆太高興了，謝天謝地謝歷代阿公婆保佑，沒想過，可能也不敢追問，為何兩年來沒有任何單位通知我們家屬吾爸的下落，她只顧高興他還活著，再過四年就可以回家。

四年後，吾爸終於回來。他看來瘦弱、蒼老，和實際年齡不符。他離家時我才小學中年級，他回來時我已是初中生，那隔絕的六年，同時隔絕了我以前對他的印象到底有沒有錯誤，因為我記得他既開朗又和善，講話中氣十足笑聲宏亮如鐘，回到我面前的卻是個陰沉的老人。

終其一生，他沒有再回到學校任教。吾姆說因為他身體不好，不過我認為是因為他坐過牢。他除了下田種作，終日坐在埕前喝到醉醺醺，一張嘴似乎剩下喝酒的功能也難得吐出話語來，吾姆還因而跟他吵過架，說早知道他變了一個人，還是個酒鬼，不回來也就算了。可是私下她流著淚對我們這些小孩說，吾爸審判期間被刑求，坐牢後也受盡折磨，身體壞掉了性情也壞掉了。

可是那個年紀，很難為別人著想即使是自己的親人，尤其他去坐牢的消息傳開後，我在學校被貼上『罪犯的兒子』的標籤。照說在那個年代成績至上，功課好的學生應該會受同學尊敬受老師偏愛，可是我被嫌惡被排擠，老師甚至在課堂上諷刺我或我的家人，所以我一直偷偷厭惡著——正確來說，是恨著我的父親，覺得不能原諒他。

吾爸回來後，對我們四個小孩的功課倒盯得緊，對我這個長子寄望尤深，有一次，我月考成績從第一名退步為第二名，他把我吊在門口的老榕樹鞭打……其實，不必他如此嚴酷，我一直相當用功，把高雄中學當作第一志願，因為我想脫離他寄宿在外。

我只考上鳳山高中。原本我認定我完了，他都不容許我在班上考第二名，怎可能花大錢讓我去讀第二志願？他卻讓我順利報到、註冊、就讀，不過他不許我住在外面，那三年，我靠通車捱過去，不論晴雨，每天四點多起床準備上學，先從家裡走到客運站搭車到高雄，再從高雄轉車到鳳山，放學時再倒過來重複一次。回到家夜幕四垂，他要吾姆留我們兩個人的飯菜，每晚他默默陪著我吃晚餐，雖然父子間還是很少交談，我逐漸感受到他對我的愛。

我考上輔仁大學，他歡天喜地，吾姆跟我轉述，吾爸說這個家要靠讀書重新站起來。家裡沒有固定收入，經濟狀況不好，為了讓我在台北安心求學，他賣掉一塊祖田。不過這一來家裡可以種香蕉的土地變少了，本來吾爸打算像一般農民去承租台糖的地來種香蕉，因為他特殊的身分被拒絕，一家大小的生活因為賣地供我讀書更苦了。

別人都說大學就是『由你玩四年』的黃金歲月，我卻像在蹲苦窯。好不容易熬到大學畢業，也順利考上預官，服役一年十個月後，我就可以把家裡的重擔承接過來，才讓我從小學四年級之後就不曾有過的快樂，心底自然升起。

我畢業那年是實施九年國民義務教育的第二年，國中缺乏足夠的師資，尤其是鄉下地方，許多專科甚至高中學歷的就進去教書了，所以畢業之前，家鄉的國中就來談妥我退伍之後的任教事宜，終於我也將承接我父親的教育工作。

吾爸之得意，好像他的人生重新來過。等待入伍的那段空檔，我們總是一起下田種作，一起坐在岸上草地喝吾姆燒的決明子茶歇息，父子間對話還是不多，但會不約而同抬頭欣賞近處遠處連綿相接的峰巒，天空駐留的雲朵倒映在山頭婀娜為形狀不一深深淺淺的雲影，不禁相視開懷，那是我的人生到目前為止最美的風景。

成功嶺結訓後，我在泰山接受短期的專職講習，就被分發到嘉義大林飛彈部隊，起先我把長官對我的嚴苛視為軍紀，加上一心一意盼著退伍的日子，並沒有多餘的想法。

後來隊上從台北泰山飛彈部隊調來了一個輔導長，對我們這些預官尤其是我百般刁難，因為預官是軍中少數受過高等教育的義務役，不曉得是因為屬性類似或遭到排擠的緣故，我們幾個預官自然比較親近，大家私下議論軍中長官本來就看不慣我們這些大學畢業生，聽說廖輔導長就是在泰山基地細故毆打了一個預官被申訴，才調來這裡避風頭，當然滿肚子窩囊氣，隨時準備找我們這些預官的麻煩。

有一回，有個同梯預官下樓時把上衣甩掛在肩頭，剛好被廖輔導長撞見，不但臭罵：你們這些預官都同個德行，吊兒啷噹！還罰他當場面壁罰站，我本來經過了，忍不住回頭看了一眼，心裡正在想，不是『輔導』長嗎怎一竿子打翻所有的預官？他早對我大聲斥喝：看甚麼看？回來回來！我當然服從，誰知我一立正在他面前，他舉手就甩了我一巴掌，咆哮道：以為我不知道你甚麼東西？思想犯的兒子！我看你問題也很大，父子都是壞胚子！……我之錯愕妳無法想像，原來軍中掌握了我個人所有的資料和隱私。

後來輪到我值星，廖輔導長半夜全連緊急集合，我自認在規定的三分鐘內集合整隊完畢，但他極盡挑剔，竟然下我退伍之前不得再休假出營的禁令。在強烈不滿和想家的情緒下，我之所以還可以克制，沒真的作出在腦海中一再閃現拔出配槍射殺他的行為，就是一再告誡自己，只要服役期滿踏出營區我就是自由人，還有一份受人敬重的教職等著我，才能按捺所有的憤懣和衝動。

好不容易，如同服監的役期終於我也數到最後一顆饅頭，懷著重新獲得自由的喜悅返鄉和家人團聚，我也更能體會吾爸坐冤獄時的沉痛和煎熬，那是超過軀體的禁錮和凌虐。

一家人正歡喜等待我踏入校園為人師表，校長親臨我家致歉並收回聘書，說是行政人員弄錯學校已無教師缺額。原本以為影響不大，我附近幾個鄉鎮找高中職教師缺也同樣不順利，一路自動降格，後來連國小代理教師缺我都去應徵，依然處處碰壁。我說不出的苦悶，家裡也陷入低氣壓，吾爸臉上的笑容逐日消蝕。

後來風聲傳出，只要我前腳進了哪所學校，情治人員後腳就到，一再逼問學校主管級人員：

不知道他老子是思想犯坐過牢嗎？為何要聘用思想和人格有問題的人，不怕帶壞學生嗎？學校當然怕，不敢也不肯聘用我了。

消息無法封鎖於吾爸耳外，當他聽聞我是受他牽連才無法謀得教職，他恢復了一向的陰沉，酒喝得比以往更凶，我感受到了他內心的恐懼。

我明瞭，除非我能脫困，否則無法袪除他的恐懼。我想，高雄應該沒有人認識我家還有我吧！於是再次離開家鄉前來高雄謀求教職，結果呢？情治人員神通廣大，如影隨形。

後來有個自稱是情報局的人員跟我接觸，說我在軍中有一份特別報告，紀錄我思想不端行為偏差，是個問題人物。對方說，只要把這份報告寄給任何單位，沒有任何單位敢錄用我。他給了我一個價碼，說他可以疏通局裡銷毀這份檔案。家裡已經夠窮困了，就算吾爸願意，難道我開得了口要求家裡賣掉僅剩的田地為我擺平追殺令？何況也不知道對方說的是真是假，更讓我不服的是憑甚麼認定我在軍中思想不端行為偏差，我只不過是得罪了一個輔導長。

我不願意屈服，甚至遠至台南求職，依然無立足之地，不斷四處漂浪，我都覺得自己快變成孤魂野鬼了。

走投無路下，我又回到高雄，連補習班的行政工作都去應徵，做寄發宣傳單、登錄上課學生基本資料及收費等等雜務。我也就在那時候認識了書報攤的胡老闆。當時內心十分苦悶，常常去書報攤看書看報紙看雜誌，想從別人的字裡行間尋求自己的人生答案。

後來班主任也就是老闆曉得我的學歷及遭遇後，或許基於同情吧？他說他是私人補教業不是公家學校，情治單位應該不至於有先前的反應，將我升格為講師。那短暫的半年，是我唯一曾經站上講台教學的時光，我熱愛教學，也從中得到樂趣，就算是補習班，師生之間的互動還是既人性又單純。

原本以為補教業從此是我投注教學熱誠的處所，不到三個月情治人員又來了，一再暗示老闆將我辭退就會沒事，但是老闆認為我又沒犯法，教學認真頗受學生歡迎，沒有理由將我解雇，雙方僵持期間，相關單位動用公權力百般刁難，就在他們要使出斷水斷電的殺手鐗時，我自動辭職離開。

妳別被胡老闆一些半嘲諷的言語嚇到，他是非常有深度的人，熱愛自由熱愛民主更熱愛台灣，我受到他的啟蒙，才知道從柯旗化、吾爸到我的遭遇，就是兩蔣的『白色恐怖』統治——妳從來沒聽過『白色恐怖』吧？還自認歷史很厲害哩！妳真的要下工夫了，不能一直活在被教科書灌輸的虛假世界。先跟妳簡單解釋一下，法國波旁王朝的徽章標誌是白色百合，在法國大革命期間，政府以暴虐和殘殺對付革命黨人，這是『白色恐怖』一詞的起源。

若不是認識了胡老闆，我丟了工作，吾婆、吾爸又相繼過世，尤其吾爸鬱鬱而終，臨終留給我的遺言居然是：汝切記！新聞要倒反讀，國民黨的話能信屎食得——光想像他認為自己付出六年冤獄竟然不夠，不但一生毀了，還連帶拖累兒子，帶著無盡憾恨離世的痛苦，我跟著崩潰。

我也想死，大學畢業以來的遭遇，讓我的靈魂和父親的靈魂逐漸揉合，他所遭受的痛苦，我似乎在每個暗夜的煉獄經歷著。

胡老闆收留了不知是因為身還是心而病倒的我，親自照顧。病中，他不斷鼓舞我生之意志。他說我不應該平白遭受迫害還無聲無息，我就是最了解白色恐怖統治下，冤獄如何將人逼入地獄，罪及無辜，禍延兩代，不管是神明還是魔鬼既然讓我經歷了這樣的人生，我就應該挺身為台灣的自由、民主和人權奮鬥，台灣不能永遠受獨裁專制政權荼毒……」

林素淨恍然回神，仔細一聽，在嘈雜的火車站大廳，廣播喇叭還真的在叫喚她的名字：「擱一擺廣播，林素淨小姐！林素淨小姐！請速速來服務台，有人敲電話要找妳……」

一驚，還有誰知道她人在屏東？一看腕上手錶，圓因和尚已遲到超過一個鐘頭，站外雨勢依舊連綿不斷。

慌忙擠過一簇簇濕漉漉的人群，只見服務台有位站務人員手拿電話筒正東張西望，她趕緊先出聲喊道：「我來了！我就是林素淨！」

「噢噢！趕緊趕緊，屏東基督教病院敲來的……」

「啊?!」

接過電話，那頭醫護人員說，有位出家師父摔入溝渠被送進醫院，拜託他們打這通電話，要她自行設法前往萬巒大武山腳下一間道堂旁的一處墓園，找到那個守墓人，也許就可以問得某人的下落。還來不及詢問那位師父的傷勢，那頭電話掛斷。

圓因和尚怎會出意外？傷勢如何？是不是趕去基督教醫院探望？……為甚麼他要她去大武山腳下找一處墓園找一位守墓人探問B的下落？難道，他死了死了死了？……

站務人員主動開口問道：「厝內有人破病入院喔？這落風颱天，請計程仔載妳去病院較安全，毋過阮屏東的計程仔是喝價的，妳要先和運將講好價數——無擕傘軀？來來，我遮妳出來去坐車。」

任由站務人員護送她上了站外候客的計程車。這屬於屏東的醇厚人情，為何記憶的傷口，一直以來允許她偏見而無視？

運將從後視鏡看著她：「小姐！妳要去佗位？」

她必須立刻做出決定。事關B的生死之謎。

「運將！你咁知影萬巒有一間道堂佇大武山山腳？」

「道堂？是毋是佇荔枝園內底兩間細細間仔的平階[87]，也有拜道教的神明也有拜佛教的如來、觀世音？」

「……可能是，道堂附近若有墓園就對了……」

「附近有墓園喔？這我就無足清楚——我若載妳去道堂附近踅踅咧，找看嘜，妳意思啥款？」

這樣的天氣這樣的心情，她夠感激運將的提議了。

運將頂著風雨一路離開市區。聽著雨刷唰唰唰賣力撥開前車窗雨簾，看著同樣奔馳在颱風雨的大小車輛濺起一窪窪積水的水花，濺濕了也不得不趕路的行人，有人錯愕轉頭目送不顧他人的車輛；有人對著呼嘯而過的車尾張嘴大罵的模樣。

至少至少，圓因和尚拋下一絲線索，「希望」還可以掛著，雖然上不著天下不著地，否則光他不能前來赴約，她一顆心可能早赤裸裸在風雨街頭不辨西東。

87 平階：平房

自己太著急了嗎？「往昔」居然送來不應該會在她的人生留下記憶裂痕的謝順興⋯⋯

望春

冰果室過後，她真的不在邱生存面前說嘴他和他家所遭遇的種種，因為鐫鏤在心版了，也不再迴避一直以來對他的感覺，就像夏日原野，愛情的枝葉茂密了一地。

喜歡著他——正確來說，她愛著這個人，莫名其妙卻無比肯定。

成長過程一路跌跌撞撞傷痕累累，養成的偏見和執著讓自己知道甚麼不是愛情；生成的怯懦和猶豫又讓自己不知道甚麼是愛情——這回，這回卻像花朵DNA了花香；蜜蜂DNA了蜂蜜，彷彿來自生命來處的最深層印記，她愛著這個草食動物般的男子。

好喜歡他那捲簾般的長睫毛，每當他垂眸看書時，她最愛玩拿一枝鉛筆擱在那睫毛上的遊戲，他總以一種無辜的溫柔讓睫毛配合地撐住鉛筆，怪老闆在一旁歪著嘴笑，一臉沒罵出口「死查某鬼仔！又咧創治老實人」的神情，對他扮鬼臉、吐舌頭，也沒說出口「邱生存由著我，你多嘴多舌多管閒事？」

不過，不喜歡他過度沉鬱的嚴肅；最不喜歡他的名字，不管是「邱生存」或「求生存」，尖銳冰錐似的圖騰。

高中時，「花信風」啟動了她的好奇心，查出是風應花期其來有信的意思。然後喜歡上了「瑞香」這美好吉祥的花名，還特地去問生物老師那花的姿容，他提供了一張長著不起眼的細卵形葉片開著不起眼小白花的植物圖片，失望之餘，只聽得生物老師又加了一句：台灣瑞香尊貴地長在中央山脈，平地可不常見。驚奇之下又追問了花的特性，得到的答案是：瑞香的種子有毒不可食用，根和花也都有毒不過整株可以做藥。記得那時詫異想著，也太相互矛盾了吧！

她在邱生存身上發現了這麼矛盾的特性。看似街頭人生卻有滿腔理想，玩著危險的思想遊戲到底是毒還是藥？

有屬於男人的花嗎？花也可以用來形容男人吧！那她會用矗立在中央山脈的那株瑞香來形容他——原來，自己早在高中時就識得他的容顏……

那一回，兩人又去冰果室喝紅茶，她把吸管放在他的睫毛上玩，他照常由著她。鄰座一對好像情侶偷瞥著他倆竊笑，女生撒嬌的逼問聲傳來：「你也可以對我這麼好脾氣嗎，嗯？你也可以這麼疼我寵我嗎，嗯？」

一下子溫柔的感動征服了她，她輕輕拿下吸管。

他揚起眼眸：「嗯？」

終於說出很想說的：「我討厭你的名字。我可以叫你B嗎？」

他笑容淡淡：「當然可以，別說A，若拿來打分數，我連C都拿不到，給我B，妳也太仁慈了。」

看著他草食性動物般的眼神，那是讓她時時刻刻提在心上走的一種純淨的無辜，人類大概只在嬰幼兒身上可以看見吧？那雙眼睛，找不到他超過三十歲的證據。才不告訴他呢！不是打分數，那一聲「B」，是悄悄心疼著他宛如Baby無害卻橫遭摧折。

在他身上她找到了純粹、唯一，不管他如何處境艱難；就像酒家的哥哥身處複雜，對她就是沒有任何雜質的純粹、唯一……

B從來都否認世界上有所謂的純粹、唯一，不管哪方面，「人」或「人與人之間」更不可能。最最否認她是他的「女朋友」，不管書報攤上熟的半熟的不熟的客人如何問他。

他總是國、台、客語夾雜如是回答：「談戀愛？冇可能啊！我只是無頭路的羅漢腳，在社會邊緣求活。」

會不會，這就是她被他吸引的原因？兩個人的生命都印記了「邊緣人」，只是她從來沒有勇氣對外承認。

雖然成長的腳印一路違逆這個違逆那個，其實一直茫然於自己的存在。不知道自己是誰，不知道該認同甚麼，在每個地方、每個團體不管志願或非志願都被標籤為外圍分子，是因於被排擠或排擠人的理由習慣性處在旁觀位置不曾參與？那種感覺，比較類似她不是實質存在而是游離狀態──或許，她和B就以同一類型存在或游離而逐漸互相靠近？

但只要她提起勇氣以半玩笑半撒嬌的方式表達兩人同一類屬，他總是一臉要笑不笑地吐槽說，四年後她就分發到國中任教，成為中產階級社會主流，兩人怎可能劃分為同屬？

心中反駁道：邊緣人只認證社經地位的弱勢不概括心理層面的殘缺？

嘴巴卻只囁嚅而出：「你明白的……」

他沒有回答明白或不明白，笑瞇了的丹鳳眼恰如流水波動承載了她所有的茫惑與恐懼。

望著B，她常會因為過度專注而墜入蜿蜒的記憶之河，是否，哥哥也有一雙修長而溫煦的眼眸安撫了她的童年？成長的歲月則宛如橡皮擦一直在擦拭哥哥的五官，她會因為突然記不起他的臉龐輪廓或眉眼形狀而受到驚嚇……也許，擔心著哥哥會淡化成白影，本能地，似乎把他的五官一一鑲嵌在B臉上，合而為一……這是否也不純粹、不唯一了？……啊！她怎會不間斷地自我矛盾……

「不管妳怎麼想，生命的本質和人生的出口都得靠自己摸索。」

「你摸索到出路了嗎？」

他竟然點點頭。

因素有她嗎？或者純粹而且唯一反國民黨？說不出口，只能帶著心機探問：「那你願意牽引我嗎？我依然是迷途的羔羊。」

他不顧她的失望：「恐怕，我不是你的牧者。」

的確很失望。失望於他不敢承認他對她是特別的；也不肯承受她對他是特別的。他不曾一絲一毫開誠布公關於兩人可能的未來，難道他只企求心照不宣她就會安於目前？

就像小時候為了見到哥哥，她就有足夠的勇氣走過恐懼的街後。B也讓她向來幽幽忽忽的魂魄有了聚焦點，怕只怕，他就是山頭那偶爾駐足的雲影，暫時歇腳俯瞰著她，只要她一閃神，他又會飄走，就像哥哥那樣會不見了的恐懼也開始在她的每一天借屍還魂……。

每日都有一股強大的引力要將她拉向書報攤，她要非常克制才能把自己圈在校園。三天兩頭奔往書報攤的公車上，腦海就會自行浮現各式令她恐懼的畫面，他被不明人士圍毆；被情治人員抓走；最可怕的一種他突然從街頭失蹤……直到親眼看見他一樣在攤子上安安靜靜看書，才能夠放下忐忑。

那個星期假日，又像之前的假日來到書報攤，B卻不像之前以一句「怎麼來了」迎接她，倚在柱子下似乎眺望著市街以外的迢遠天空，被寂寥落寞綑綁了眼神。

怎麼了？把眼睛探向怪老闆，他對著一份攤開在社會版的報紙努了努嘴，她抓起報紙，他指了指一則被擠在角落稍微疏忽就會遺漏的新聞，瞄過去，不過是旗山車站小火車即將停駛預定明年拆除鐵軌……

旗山？B的家鄉呢！

回眸向他，他剛好走過來以一種決絕的神色對怪老闆說：「信桑你摩托車借我，我回旗山一趟。」

怪老闆只問了一句：「也會順續轉去厝否？」

他也沒出聲給個答案就去牽騎樓下那輛野狼一二五。

怪老闆反而猶豫起來的模樣：「少年ㄟ！我這隻野狼足野，你要騎轉去旗山得愛斟酌、細膩……」

話還沒想清楚就衝出口了：「我跟他去！」

「好！」「不好！」怪老闆和B也同時回應。

怪老闆扳起臉孔來：「後壁載著死查某鬼仔你才會專心騎車，我也免煩惱你會拺害我的歐兜拜！」

這個怪老闆！明明跟她一樣是因為擔心B的安全——反正，她可以理直氣壯坐上後座他毫無拒絕餘地就好。

摩托車一路穿梭，逐漸擺脫了市區的人車，道路轉為狹窄顛簸，視野則隨著兩旁的田野朗闊起來，遠遠近近的山稜丘陵是一幅最天成的潑彩山水畫。

「旗山快到了吧！」

「還早，我們還得一路穿過大寮、大樹才會到旗山。」

「你家好遠。」

「怎會，就在我心上。」

想家的B——上了大學之後，若不是阿爸這條還隱隱牽扯思念的細絲，自己可以完全不想屏東……

「妳坐好抓緊我要加快速度了，我先去看看車站再回家。」

索性雙手環攬他的腰，看不見他臉上神情，反正他沒有拒絕或閃躲就好。

B以油門催促野狼風馳的雄姿，她有時故意把頭深埋在他背部享受被屏障的感覺；有時又探出頭來感受田野氣息直接吹撫臉面拂亂髮絲的愉悅——啊啊啊！自己是要陪著想家的男子安全回家，怎可以有愉悅飛揚的心情……

又從杳無人影的郊野逐漸人煙處處，B的車速放慢了，野狼噗噗噗來到一條古樸典雅的市街，他說是日本時代留下來的建築，但是觸目可及酒家、茶室的招牌，若非那整排西洋式建築的騎樓以一道又一道別致的紅磚拱門貫串，她會誤以為自己回到了萬丹。

B車停在媽祖廟外人行道上，面對她的訕笑，回以：「關掉數間了，這些風月場所見證了旗山香蕉外銷日本最風光的歲月，當時蕉農衣褲上紫褐色的香蕉乳越多越受小姐歡迎，那是身價的保證——沒落了，繁華已過……」

「摩托車一路過來到處都種香蕉啊！」

「妳沒看過全盛時期的香蕉田呢！外銷日本的市場早被菲律賓取代，日本剛轉向的那一年，旗山生產過剩的香蕉沿路堆疊丟棄直到高屏溪一帶，妳能想像那驚人的慘狀嗎？高雄屏東一帶有養豬的人家都來路邊載香蕉回去餵豬。」

「有這種事？」

「妳實在太年輕了……旗山人最感念的就是吳振瑞先生，妳一樣沒聽過這個香蕉大王的名號吧！他造就了台蕉輸日的盛世，蕉農成為富戶——因為蔣家內鬥，吳先生成為鬥爭下的犧牲品，高層炮製了一個貪汙案，後來實在找不到確切證據，最後以違反動員戡亂時期禁止黃金買賣條例判罪。又是一樁冤獄，吾爸的冤獄苦了我一家人；吳先生的冤獄慘了一個產業……」

為何在他口中總是輕易聽見一樁又一樁的冤獄？一路上摩托車後座隨風飛揚的心情，如同風箏斷線掉入水中逐漸汨沒……

B要帶她入天后宮，她的興致早又濕又糊，不帶意願地回說萬丹的媽祖廟名氣也很大。他也不勉強她，叫她在摩托車旁等他一下。

怎這個人會進去媽祖廟？看不出他有任何神鬼信仰。在摩托車旁等待也是無趣，忍不住的好奇又蹀躞著她在B的背後亦步亦趨，廟埕前一望，與萬惠宮宛如孿生的天后宮入眼，童年往事竟隨著廟宇的老邁滄桑迎面撞擊……。

瞬間她就背對天后宮遁向一旁去了，彷彿如此就可以不必面向童年。

廟宇斜對面一間不起眼的平房正巧走出一位也刻畫著歲月痕跡的阿婆，難道一下子穿透她內心的倉皇？竟然對她招呼道：「查某囡仔，妳也是要來收驚的齁？」

原來是小時候聽聞過的「收驚婆」。

看不見自己擠出來的笑容有多麼僵硬，倒是聽見了擠出來的應答有多麼僵硬：「歐巴桑，我啥物都驚，是要自佗位收起？」

阿婆竟端詳起她的臉面，說：「還是，我來替妳卜一個米卦問將來……」

「素淨！我們走了！」

回眸，B已然佇立在廟埕等她，匆匆丟下：「以後若有機會。」

重新跨上摩托車後座，帶著新奇調侃道：「你真實入去拜媽祖？」

摩托車慢慢穿梭在古意盎然的街道，背對著她，他緩緩說出：「小時候吾姆會帶我來廟裡拜拜，她跪在神龕前虔誠仰望媽祖的側臉，好美，她喃喃祈求媽祖保佑風調雨順，保佑家人平安，吾婆添福添壽，吾爸健康順心，孩子衣食無缺，就是沒為自己做任何祈求……」

後悔就湧了上來，很想叫他轉回天后宮，她願意陪他進去尋找童年的無憂和母親的側影——摩托車已噗噗噗停在一棟外觀頹圮但殘留風華的西方小教堂式的建築物，抬頭一望，正面玄關女兒牆上鐫鏤歲月蒼老氣味的「旗山車站」。

這才發現B也正凝視著車站建築，眼神彷彿走入了時光隧道，她嚅囁起該不該出聲問他要不要進車站內尋覓舊時痕跡，不想重複方才過門不入天后宮的錯誤，可是覺得其實他已回到了，往昔。

果然，他悠然的敘述也依稀來自童稚的回音，這原本是運甘蔗的車站啊！後來載香蕉也載人，小時候，父親帶著他來鎮上交香蕉，最愛父親買個兩支冰棒然後帶他搭上五分仔車，最喜歡搶坐第一節車廂，火車頭一路冒煙一路喘氣一路嗆嗆嗆前進，蒸氣口還時不時冒出霧騰騰的白煙，裊裊飄往空中，他邊看風景邊舔冰棒，一回眸，看到父親微瞥著他的眼睛分明在笑……回程，父親會在街上糕餅舖買塊麥芽餅，交代他回家不可以說，那是母親的最愛，回到家再偷偷塞給母親，因為被知道了，阿婆會罵浪費孩子們會垂涎，母親也會羞紅著臉將不大的一塊麥芽餅分食給大人小孩，曾看過父親索性把麥芽餅藏在母親枕頭下，他會去想像母親發現父親心意時的笑顏……有一回，他天未亮起床解尿，母親早在灶頭忙碌，她蹲在灶口一邊添柴火一邊吃著那塊麥芽餅，火光微微閃映她的臉龐成胭脂紅暈，他父親靜靜從灶口走過……那是屬於他們那一代的愛情……

「你不是說火車要停駛了？」

話才出口就懊惱起自己了，進入旗山踩踏著B過往履痕，怎麼？反而愚蠢起來……他的童年不似她的童年，顯然是令人陷溺的美好，她不曾擁有但不能連領會的能力都沒有……

來不及了，被她一句問話抓回天堂魂魄的B，面容有些慘澹：「沒錯，五分仔車停駛了，不然我就可以帶妳搭到九曲堂看飯田豐二。」

試圖彌補過錯：「以後總有機會陪我搭火車去九曲堂的，我們先進去車站看看，你不是說鐵軌明年也要拆除了？」

「不了！」

一下子才又驚心明白，拆除的，還包括他的童年……

直到摩托車又越來越郊野，慌張感受著他沉默中汩路淌血的心，嚅囁在唇邊的那句「對不起」終於怯懦吐出，但耳邊只聽見風呼呼回應，他在生氣她？

眼淚就不聽話地汩汩而流了，連聲狂喊：「對不起對不起對不起！……」

野狼戛然停止咆哮和奔馳，他沒有回頭：「為甚麼跟我說對不起？」

「我蠢啊我笨啊！我不認識快樂童年的長相啊！」

他就下車了，直接往路旁山坡那片野草地爬上去，她在後頭追，任由淚水糊滿了臉：「別生氣我了好不好？你回家了好不好？」

他停下腳步，轉身向她：「妳還真的傻……在妳面前我連難過都不應該，跟妳的童年比起來，我何等幸福啊！」

然後，席地就坐在野草上了。

雖然一時止不住爆炸的哭泣，卻意外聽出自己的哭聲竟沁入蜜意，是他的話語洩漏了對她的憐惜？

擦去臉面淚水，帶著幾分哭過的撒嬌和不依在他身旁坐下，車前草、蒲公英、酢漿草以及叫不出名字的野草構成了乾淨的坐墊，掩飾害羞地採摘蒲公英白色的花朵，一邊問道：「你家還多遠？這麼荒涼偏遠的地方也沒看到住家。」

「不遠了，村莊內也不算熱鬧，往這個方向本來就比較偏僻。」

「那就走啊！還拖拖拉拉，這趟不就為了回家？」她吹了一下蒲公英的傘花，絨毛般的花瓣四散揚飛。

「……我就不進村莊了……」

「都來到這裡了，怎不進去？」敏感聯想到自己身上，真的，B若帶她回家，該如何向家人解釋他倆的關係？他從來也沒承認過她是他的女朋友。
「不然我在村莊外面等你，你就不用為難了……」
「跟妳無關啊！」
說著，他整個人往草地一躺，驚起蒲公英花紛飛。
「你怎可以這樣？不是想家才回來的？」
「……」
「起來啦！騎了好遠的摩托車呢！」
伸手要拉他離開草地，他反而把雙手枕在腦後，向天的雙眸緊閉。
「我太衝動了……回家，有甚麼益處？徒惹吾姆傷心，她為我流的眼淚太多了……本來就應該遠離這個家，免得情治人員找麻煩，也被村人特意疏遠……」
這是不是就叫有家歸不得？這比她一再從那個「家」逃離而在內心自認無家可歸更孤獨更悲愴吧！無限美好的過往無盡思念的如今，家，在不遠處，理智卻殘忍地把他攔阻在門外……
看著他緊閉的眼眸慢慢有水液泌出，沾濕了睫毛粒粒晶瑩著他的悲傷，胸中一慟，低下頭去以唇擦拭他睫毛上的淚珠……再擦拭眼尾、臉頰上的淚水……最想擦拭他的悲傷，那彷彿遼闊在天空下野草間思念家人的無邊深情……
他由著她放任，她開始肆意地把雙唇印在他臉龐的每個角落，奇思異想也突然鑽進來，應該去買一支口紅塗抹在唇上，就可以把自己的唇形標誌在他的臉面，是否，他對她也就會有永恆印記的深情？……

旗山歸來，他對誰都照舊否認他倆之間有男女情愫，莫非，一直以來都是她自作多情一廂情願？但有他的書報攤對她就是無可抗拒的磁力場。

脫離令人窒息的家無聊的學校，在書報攤，她不僅有B還有額外的樂趣，怪老闆任由她看書看報看雜誌這是他最可愛的一面，偶爾對她歪嘴弄眼揶揄：大家攏像大小姐妳按呢看免錢的，我毋就愛呷風放屁？尷尬地掏錢要買，他又不屑地手一揮，一邊咕噥：賣千賣萬賣妳這叫闌珊，恁父靠妳早就枵死黃泉路頂見祖公了。

發怒，這樣也不行那樣也不行到底要怎樣？

他反而笑得滿面春風：「死查某鬼仔，我上愛看妳按呢番霸霸、青懋懋。」然後往B那邊嘴一呶：「妳若對阮細漢ㄟ較溫純咧，我冊攤攏的隨在妳看隨在妳搬……」

「欸欸欸！信桑，你莫竹篙湊菜刀[88]！」

B阻止怪老闆將他倆湊對，她則滿心竊喜，雀躍於怪老闆對他和她可能成雙的認同和祝福之意。

在書報攤見識到形形色色的人，那比學校的教授和同學有趣多了，大多是過路行人，或者駐腳翻翻雜誌或者買一份報紙就走，有的是熟客半來交關半來找怪老闆天南地北，最主要的一群購買主力如馮老闆、黃醫師和一群投入改革運動的青年等等，目標往往不是公開擺放在架子上販售的，私下交易的都是被查禁的書籍和雜誌，而且禁得越凶的越暢銷，最常聽見要購買李敖的禁

88 竹篙湊菜刀：胡亂拼湊

書，李宗吾的《厚黑學》則是大熱門。

怪老闆和那些購買主力所談不離時事或政治，即將在十二月二十二日投票的增額中央民意代表選舉，B說呈現參選爆炸，但他十分樂觀預期，這是黨外人士最有機會勝選的一次，因為社會氛圍正風起雲湧一股改革的浪潮。的確，書報攤前的小型政治發表會宛如沸鍋中的水餃，人人競相浮出來發表高論，有的抨擊國民黨有的推崇黨外人士。

她最不感興趣的就是政治議題，最主要，他們的論調和她的認知背道而馳，但也在五光十色的街頭終於知道，社會言論和校園觀點大相逕庭，更和教科書所學天差地遠，她常常迷惘於到底誰是誰非。

所以，雖然好像身在怪老闆的圈子內，她依然是圈子外的感覺。「邊緣人」是脫不掉的緊箍咒，校園內，無法融入；校園外，一樣無法融入。

還有個中年微胖的吳宗吉，聽說是市議員的親弟弟，他和怪老闆的互動她看著也覺得有趣。見面怪老闆第一句問候語：「幹！阿吉仔，恁兄是掔國民黨偌濟錢？兩個兄弟仔呷到歁頭歁面[89]一個大肚桶！」對方立即回敬：「潲啦！阮老父得賣土地倒貼市黨部咧！你上好康，路邊做大本乞丐就錢來也！」

不知情的人還以為兩人要大打出手了，只見吳宗吉把他拿來的好酒往地上一擱，怪老闆熟練地摸出兩個酒杯，接下來你兄我弟對飲起來，不是豪邁放聲高歌「咻啦！杯底毋通飼金魚，好漢剖腹來相見……」；就是髒話峰峰相連到天邊幹譙國民黨和政府。

不論是飲酒作樂還是髒話連篇，她津津有味看熱鬧，B卻往往把她押到一旁去，國、台語夾雜：「兒童不宜！兒童不宜！妳莫聽，莫看，更加莫學！」再加客語：「那樣介公，配那樣的婆；那樣介秤，配那樣介鉈。」跟她解釋天生一對的意思，她笑到幾乎翻過去。

「那兩個人怎那麼好笑？那個阿吉仔的大哥是國民黨市議員，怎會跟怪老闆做好朋友，還一起罵國民黨？」

B也笑得唇如上弦月：「他爸爸是當了很多屆的老里長，老國民黨員，人家說旁觀者清當局者迷，我倒認為，像阿吉仔那樣的家庭背景，又是他大哥競選時的總幹事兼財務，對國民黨才真正瞭若指掌。」

他談起一段傳聞，一九六八年老蔣搭機蒞臨高雄視察，專機在飛往小港途中，老蔣從空中看見中山路從火車站到五福路怎就中斷了，市民要搭飛機必須轉往成功路繞一大圈才能抵達小港機場，於是交代下屬把中山路延長到小港機場，而且道路從前鎮草衙截彎取直開闢。

老蔣一聲令下，整個高雄大地震，政府相關單位火速配合中山路延長到小港機場的工程，但牽扯到私人土地徵收，地主不敢不配合，只希望得到適當的補償。政府的做法是，土地徵收了道路開闢了，補償？慢慢來。那些地主大多是農民，耕作面積變小所得更加微薄，補償卻還不知道在哪，當稻穀收成後曬在又寬又大通行車輛稀微的中山路，不禁感嘆，道路開來給貓狗通行……

不服，打斷道：「中山路交通流量哪會很小？」

「十年前怎能跟現在比？」

「所以啊！先總統蔣公很有遠見，說不定，再過十年中山路車水馬龍。」

「再怎麼有遠見的重大建設，對於遭受損失甚至影響生計的市井小民，政府應該要有安撫民心實際補償的作為吧！不能近乎強取豪奪。」

後來補償價格訂出來了，一坪新台幣六百五十元。B說。

阿吉仔的爸爸也就是老里長，召集不甘心被剝削的地主和市政府不斷開協調會，有些地主不堪和官方打交道的折磨，選擇默默領走不成比例的補償金，老里長和另外幾十位地主共四十多甲的土地，好不容易爭取到歸入第九期市地重劃，但是一拖到現在，十年過去了沒拿到政府一塊錢，老里長才會說服兒子出來競選市議員，希望透過政治力讓市府願意積極辦理市地重劃。

「妳知道嗎？只要得到國民黨市黨部提名等於篤定當選，所以老里長才得先賣一塊地來疏通市黨部，讓阿吉仔的大哥順利獲得提名。」

原來，選舉就是一場金錢流通的遊戲，她想起阿爸說的「選舉無師傅，用錢買就有」。想來，阿吉仔的大哥如今是市議員了，拖了十年的問題應該解決了吧！B笑出聲來伴隨一句：哪有？他說，今年林洋港被小蔣拔擢為省主席，他裁決市政府就依十年前徵收的價格六百五十元補償給地主，但十年歲月流轉，土地公告價已三萬多，市價則將近五萬，老里長和眾多地主怎堪當年被強制徵收的土地還真的被國家搶走了，正研議要聘請律師跟市府打官司。

「跟政府打官司？打得贏嗎？」從阿爸那邊學到的就是：民不與官鬥。

B回以不知道，不過他聽阿吉仔說，那個王律師是由他大哥的朋友那裡牽來的關係，在法界人脈雄厚，打包票一定可以贏但要歷經長年訴訟，那些農民地主土地被掠奪後生活更苦了，哪有大筆銀彈和政府曠日持久打官司，王律師開出來的條件就是訴訟過程不收任何費用，等最終官司勝訴，他要土地補償金的百分之二十，雙方就此達成共識。

B笑談野史般閒閒說道，王律師告的就是市府代表人王玉雲市長。王玉雲當初以無黨籍當選市議員一屆後，下一屆和國民黨提名的市議員吳鐘靈爭副議長的寶座，兩個人同樣獲得十八票，靠抽籤勝出，再下一屆他就加入國民黨並被扶正為議長，從此政壇一路扶搖直上，現在消息出來，明年高雄市要升格為院轄市，王玉雲理所當然成為第一屆官派市長。

「一支籤，決定了同為市議員的王玉雲和吳鐘靈日後完全不同的人生。」

他的笑容清淺如水，卻在她心頭凝結為稜角森森的冰錐刺痛著，以他的學識和年紀不也早該在社會嶄露頭角？只因為父親無意間說錯話關了幾年，連坐關係造成他如今有家歸不得的街頭人生，他又從街頭找到了要為台灣的自由、民主和人權奉獻心力的生命意義，讓類似他家的遭遇有一天可以不再發生在台灣的任何一個家庭，像單純的信仰那樣全心全意信仰著，難道，這也是另一種形式的一支籤？

B嵌入了她的靈魂。

她不知道是否有前世今生，而那似曾相識的熟稔感，恰似之前飄忽的靈魂不定的感情只為了等待與他重逢。

甚麼都跟她談的B，唯獨避談感情。

偶然發現他在讀泰戈爾的詩集，才意外了解他不只讀政治書籍。

像煞偷開糖罐被逮個正著，她有趣地看著他帶著小男孩的靦腆回應道：「誰會不愛詩，那麼美好的思想或感情的結晶體，除了泰戈爾的詩，我也喜歡莎士比亞、濟慈、葉慈的詩。」

都是她所陌生的西方詩人呢！

「他們的詩，也像中國的詩詞那麼優雅動人嗎？」

他笑了：「妳別把眼睛只盯在妳的中國文學好嗎？這整個世界四處都有令人醉心的文學作品。」

拗不過她的請求，他以他婀娜著溫柔的低沉腔調吟誦了葉慈的詩，原文，她只顧著笑，讓她迷戀的是他的聲音。

他也笑了，曉得她聽不懂，又以中文重新低吟：假如我有天國的錦緞，繡滿金光和銀光，那用夜和光和微光織就的藍和灰和黑色的錦緞，我將把它們鋪在妳腳下，但我很窮，只有夢，我把我的夢鋪在妳腳下，輕輕踩啊，因為妳踩的是我的夢……

她不知道笑容是否凝結在唇角，濕熱則逐漸迷濛了眼眸，因為他的臉龐在瞳孔轉為模糊……怎會有這麼唯美的純粹，簡直要把人帶入愛的夢境……

他撇開臉去：「別這樣看我……」

「我就是看不清楚你啊！」

「誰受得了妳眼裡有淚？」

「我太感動了嘛！這是詩人為他所愛的人寫的嗎？」

「……我不知道……」

「如果你想像你就是葉慈……」

「我無法想像了，想成為詩人已經是大學時代的幻夢……」

「我一直覺得你有電影中吟唱詩人的氣質，也許你也可以寫出類似你所喜歡的詩人那樣的情詩？」

「小女孩，妳太愛幻想了，我現在投入社會改革運動，再也沒有甚麼不切實際的浪漫情思。」……

愛情，是迷離叢林的幻霧，渴望，則如清溪倒影焦躁，心情，就成了盪鞦韆忽高忽低。兩人相處時，她同時感受著「痛苦」和「快樂」兩種截然不同的元素。

她開始拒絕鄭家安來找。

也才驚覺，鄭家安不懂「放棄」這個字詞。

他會一整夜守在女生宿舍外頭，不斷請宿舍出入的女生進來幫忙喊外找。

女生宿舍的慣例，對在宿舍外站崗的男生的請託大多樂意幫忙，進到宿舍一樓中庭對著樓上拉開嗓門喊某某系的某某某外找，於是，整個女生宿舍當晚都知道了有哪些女生被外找。

一開始當作女生宿舍夜晚最有趣的風景，不多久就轉為負擔和排斥了。不但人躲在宿舍也得不到安寧，更糟的是被沒收了隱私，獨自在寢室卻像面對眾多窺視的眼睛，而且八卦迅速在宿舍竄飛，某某系的某某男生在追某某系的某某女生，然後開始品頭論足，那個男生長得又不怎麼樣某某某怎看得上對方；那個女生又不是很漂亮為甚麼系內系外好多個男生來站崗外找……

一整晚，直到宿舍門禁之前，鄭家安會鍥而不捨地拜託人家進來喊外找，因為不同的女生在中庭喊相同的話：林素淨外找！國文系一甲林素淨外找！她被迫出去見他，否則，整個宿舍就知道她和「男朋友」吵架了，還會成為宿舍公敵，幾次外找喊下來，有學姊就直接來寢室敲門了，不掩怒容地指責：妳要讓整個宿舍的女生都羨慕妳男朋友很癡情是不是？

為甚麼大家會認定她是鄭家安的「女朋友」？

直接質疑向他，他帶著不解的神情反問道：「我們假日一起去校外吃自助餐，晚上我會來宿舍找妳去散步或吃消夜，考前我們就一起去圖書館讀書，男女朋友不就是這樣？」

她想笑，更想哭，這樣的註解，怎像極了老夫老妻？真是男女朋友，愛情也老化得太快了吧！

「你不要再來宿舍找我了，以後我也不會再跟你出去！」

「怎突然生氣了？我剛才是開玩笑的，我知道妳喜歡看書，最近我也去圖書館借書來看，還買了一本詩詞解析，別提分手，我願意為妳做任何改變。」

「我不認為在跟你交往怎會需要分手？」

「大家都知道我們是男女朋友……」

「我需要屈服於大家的壓力嗎？」

「不是當然不是，我的意思是……」

「不然我問你，你為甚麼要喜歡我？」

沒有照明設施的操場，只有天空一彎眉月若干淡星，映照一雙雙情侶朦朧的身影，學校最受歡迎的約會地點，自己也都跟鄭家安來操場……。

他的臉容在淡色月影下呈現暗色輪廓，緩緩說出她不曾從他口中聽得的：「不是喜歡，是愛，我愛妳……妳一定要問原因嗎？我說不上來，可能，我的生活一直很平順，現在要做甚麼，以後要做甚麼，都很清楚，妳不同，我沒辦法在妳身上套用任何公式先計算答案，好像，好像我終於在冒險……」

那瞬間，她對鄭家安產生了憐憫。也是對自己的憐憫吧？對B，她是不是也在進行冒險？……

課堂上，兀自陷溺在遐思的漩渦，鄭家安以一種近乎頑劣的堅持來宿舍站崗，她都是自行去書報攤見B呢！會有那麼一天嗎？他為她踏入學校大門，來到女生宿舍前，請人在中庭呼喚她的名字，然後，抬頭仰望樓窗等待她翩然出現於他的眼瞳……

學校廣播驟然中斷腦中劇場，不是還在上課？……「電視新聞快報報導美國將與我斷交，明年一月一日起與匪偽政權建交」——愕然還魂，全校幾乎同時間發出的嘩然聲也震耳而入。

嘩然未已，回眼環視整個班級紛紛亂亂的錯愕聲、議論聲，加上講台上教授厲斥聲：「無知！無知！這個花生農夫卡特！還真的要跟共產匪幫建交了！」

倒聽出了蹊蹺，難道早有風聲？

當全班好像身在海中央船卻快解體似的反應時，她楞楞看著台上氣憤到青筋暴露的教授，楞想著卡特既是個無知的花生農夫怎會當上美國總統？美國不知道大陸是匪偽政權嗎怎會選擇和中華民國斷交？——幾乎驚跳起來，她到底受B多大的影響？高中認識劉國忠那時若發生斷交，自己一定滿腔悲憤，熱血沸騰……

熱血沸騰的顯然是謝順興，下課走到她面前，問她要不要參加今晚的遊行向美國表達抗議，微微一驚，整個猶豫，吞吞吐吐回以不知道。

他原本就情緒高昂？還是自己的反應不符合他的預期或想像？總之，他一張臉就脹成了豬肝色：「甚麼叫妳不知道？國家都存亡關頭了！我剛剛邀的同學沒一個退卻的，更多同學一聽到我發起遊行就自動加入了！」

這個謝順興！路人甲路人乙的長相，個子不高卻固定坐在最後一排中間的位置，自己習慣坐在前面靠窗，加上翹課，轉眼大一上學期即將結束，不曾留下跟他交談過的印象，沒想到從學校緊急廣播到下課短短時間內，他已經在班上號召同學參加今晚的遊行抗議。

他繼續曉以大義：「國家興亡匹夫有責，何況我們是知識分子，身為社會中流砥柱，讀的又是公費學校深受國家栽培之恩，妳不能一個人置身度外。」

說得好像她是活在另一個星球的怪物，她更加結巴、更加渙散。

到下一節課，謝順興居然就上台宣布遊行抗議是全校性活動，集合時間晚上七點，集合地點教官室外面，由主任教官親自帶隊，她暗暗詫異還真的人不可貌相。

謝順興不但再個別提醒她一聲，還好意告知，蔣總統十一點要對全國軍民發表談話，她若沒課可以到交誼廳看電視聆聽訓示。

她卻迅速離開學校，跳上公車往火車站。

公車上，平常只管方向盤的司機和只管乘客上下車的車掌，高亢的交談就像拿著大聲公：「死了！這聲台灣死慼慼了！」「尼桑！阿共仔咁會趁這個機會拍過來？咱要按怎才好？」「要按怎？咱也毋是有錢有勢的人會當溜旋去美國，干單有太平洋通跳！」

車上乘客不多，悄悄瞥眼，各個側耳傾聽的面容盡是雷雨來襲的重重雨層雲，而不是面對車窗外南台灣的青色冬空，想來，自己大概也是同個神色吧！

匆匆行走騎樓下，一整排商店不是閃動電視畫面就是傳來電視聲音，蔣總統低沉的鄉音和主播高昂的聲調交錯出現，行人有駐足店前聆聽的；有惶然一瞥默默而過的。

怪老闆的書報攤前早眾口喧嘩，扼腕、不服、抨擊攪和成鼎沸，原來蔣經國總統下令中央增額民意代表即日起停止一切競選活動，選舉延期舉行。何時恢復？沒給答案。

B一瞥見她，從沸鼎中抽身，兩人閃到一旁去。

怎麼來了？他問。很嚴重嗎？她問。

他立即接得下：「斷交、廢約、撤軍，美國完全接受，怎會不嚴重？」

「那我們怎麼辦？共匪真的會打過來？」

這才驚覺自己問出跟車掌小姐一樣的話……人一恐懼，就愚蠢了？

他苦澀一笑，手掌輕拂過她頭頂，安撫受驚嚇的小動物那般：「從退出聯合國，台灣就一直危機四伏，可是這些年來妳留意過邦交國不斷跟我們斷交的新聞嗎？只不過現在輪到我們最重要的盟邦美國，大家才會驚慌失措，好像台灣的末日已到。」

「那些國家！也太不顧國際道義了！」

「也不能怪國際社會現實，大陸的經濟利益太大，因為政府漢賊不兩立的立場，我們才會陷入現在的困境。台灣要走自己的路，自由和民主才是台灣的出路。」

兩個人好像又在雞同鴨講，她今晚就要遊行抗議，他還在打高空講理想。

遊行抗議？他的心思總算回到她身上：「誰要妳參加的？」

為了留住他的注意力，給了「班上一個男同學邀我」的模糊答案，還故意反問道：「我要不要參加？」

依他剛才的理論，肯定會給予否定的答案，然後她就可以唱反調。也不過定格一秒，他的回答竟然是：「去！妳一定要去！」

怎成了變形怪獸？

幾乎負氣回應：「抗議有甚麼用？你自己不也說那是國際現實利益！」

「對妳有用。妳稍微想一下，我們是戒嚴國家，不准集會不准遊行，妳那個同學向天借膽嗎敢出面邀大家遊行抗議，分明就是潛伏在班上負責監控同學的『細胞』，妳得學會保護自己。」

B居然要她學會保護自己參與遊行抗議，也不管她意願如何，更不管他自己的中心思想為何？一直以為他和磐石同類。……

傍晚，從學生餐廳用餐出來，看見許多同學往教官室的方向移動，心情更加低落，一向所受的教育是：我國固有疆土在地圖上像一葉秋海棠，大陸只不過暫時為匪所竊，匪偽政權只是一小撮不得民心的共產匪徒，我們隨時要反攻大陸解救苦難同胞……直到美國選擇斷交這節骨眼，才驚覺，所謂固有疆土只存在於歷史、地理課本，而且台灣和大陸一比不是更像一小塊地、一小撮人？認知和現實之間的矛盾、荒謬，讓她產生今夕何夕的錯亂感。

想要拂逆甚麼的莫名勇氣又不知從哪湧注全身，她選擇往女生宿舍回來。

當遊行隊伍繞行過女生宿舍外的學校圍牆時，她聽得到「抗議美國背信毀約喪權辱國」「總統萬歲全民團結服從領導」「光復大陸拯救同胞」等等口號。

正楞楞想著，美國願意喪權辱國，遊行者憑甚麼不滿甚至抗議？這樣的口號到底通不通？突如其來的：「林素淨外找！國文系一甲林素淨外找！」

又是鄭家安吧！他沒去參加遊行？

因為遊行，今晚女生宿舍特別冷清，他要連續找到人幫忙喊外找不容易，她反而不忍心起來。

踏出宿舍，快步迎上前來的竟是謝順興，開口就是責備的語氣：「妳為甚麼沒去參加遊行？」

訝異到答不出話來，眼前這個毫無特色的同班同學，唯一的怪異就是鼻樑上褐色鏡片的眼鏡，她不相干地想到夜晚看得清楚嗎？在學校，她就像同學奉送的綽號「無靈魂ㄟ」「夢遊者」，加上翹課，跟同學之間的互動很淡薄，猜想自己類似一張透明的玻璃紙吧？應該沒有多少人會留意到她的存在啊！

B說，政府在每一所大學都派有「細胞」，發現有思想不純正的學生就得嚴密監控並隨時向上級報告，免得書生造反，尤其像他們這種公費學校日後要從事教育工作的學生，更不容閃失，可能每個班級都有「細胞」潛伏——謝順興真的是「細胞」？……

或許一下子反應不過來，讓謝順興覺得她作賊心虛還是怎的，那張很沒有表情的臉孔居然對她綻露一絲笑紋，還伸手要來拍？或攬？她的肩膀：「放心，我會給妳將功贖罪的機會……」

她迅速閃躲開來，一邊反駁道：「甚麼叫將功贖罪？我做錯甚麼事了？」

不知是動作還是言語觸怒了他，只見謝順興的臉一下子恢復撲克牌。

「妳不肯去遊行就是不愛國，這樣的行為有問題，妳以後如何為人師表端正學生思想？」

「整個學校的學生以後都要為人師表，難道全校都參加遊行了？」

「別班的事我不管，我既然邀了班上同學，我要負責。」

「全班都到齊了嗎？為甚麼你針對我一個人？」

「因為妳問題最大，老是跟可疑的校外人士混……」

「你跟蹤我?!」

謝順興也立即發現自己說漏了嘴，試圖解釋他也是到火車站一帶買書，無意間看見她和校外人士廝混。

自己一定把不屑直接擺在臉上了，如果他複雜到可以當「細胞」，憑甚麼認定她單純到會相信他的片面之詞？

所以當他轉移話題說，美國將派官員來台北磋商斷交後事宜，他將發動同學代表學校北上和台北各校愛國青年會合，向美國代表團嚴正抗議聲討正義，很示好的邀功道：「我們班我只邀妳喔！至於車資、餐點和相關費用，妳都別擔心，我們不會讓愛國者還需擔心這種小事。」

她一口就拒絕了，還要他別再來女生宿舍找她，有甚麼事直接在班上說。

謝順興離去時臉上的表情是冰天雪地，連拋下來的話也結凍在零下低溫：「妳以為妳可以高枕無憂？」

竟然一陣寒顫全身竄過——是被威脅的恐懼嗎？違逆感卻再次不安分地破冰出來拉鋸……

B知道後，神情苦惱不安，還是老話：「妳應該去參加，這是自我保護。」這個B！平常談起理想頭頭是道，落到現實來動不動就要她自我保護，意即她得妥協，甚至順從？這和他平常的自由意志論不是太自相矛盾！也更強化了她骨子裡的違逆感。

「我為甚麼要聽你的？我有我自己的想法！」

「妳有自己甚麼想法？我平常講的妳都聽不進去，為甚麼連這妳也不肯接受？就算是小蔣都得停止增額中央民意代表選舉力求自保！妳哪有中心思想，只不過人家說東就往西；人家說西就往東，反抗一切就是妳唯一的想法！」

她比他更生氣，夾雜著慌張和羞恥，彷彿向來作為戰甲的違逆感，被他這一扯開，只是一塊既輕且薄的遮羞布，自己赤裸現形。

反而怪老闆一旁溫和起來：「喂喂細漢ㄟ！你對死查某鬼仔凶戒戒咧創啥？伊還少歲毋咧世事艱難……」

「我驚伊被人陷害！我驚伊被人逼到像我按呢的地步！佢一個細妹，我只希望……希望她過正常的人生……」

第一次她和他吵架，第一次他對她發脾氣。……

還是沒去台北。

十二月二十七日當天她也擠在交誼廳的電視前，記者宣稱超過萬人「自動自發」前來抗議的群眾和學生，逐漸聚集在空軍松山基地入口處馬路兩旁，從天未黃昏一直到夜幕低垂，依舊不見美國副國務卿克里斯多福的車隊。

受不了這種漫漫長長不知伊於胡底的等待，自從和B吵架之後，「等待」已經百般折磨她了。索性離開，先去學生餐廳吃晚餐。

面對餐盤裡的飯菜她只拿著筷子攪和，整個頭腦也是攪和過來攪和過去：B和怪老闆也守在電視機前吧？或正設法和台北的朋友聯絡，想要知道美國副國務卿率團來台談判的實際狀況，以及選舉中斷後黨外人士的因應之道？

體內有一股催促自己去書報攤找他們的躁動，她就把飯粒一顆一顆挾入嘴來對抗。

直到用餐時間快結束了，打菜的廚工伯伯又操著濃濃的鄉音肺活量十足喊道：「還有幾塊紅燒肉，要的同學快快來啊！」

有些還在用餐的同學趕緊端起餐盤上前搶食，這時的廚工伯伯最和氣最笑容，把盆子裡剩下的肉分給同學們，一邊重複著數不清的重複：「吃吧！吃吧！當年俺隨著軍隊抗日、剿匪，鐵錚錚一條漢子，就為了想起娘親的紅燒肉滋味掉眼淚哪！」

一向喜歡聽廚工伯伯嘀咕幾聲屬於他們那時代的「思想起」，就想起了小時候阿爸外出補鼎時，手上兩片薄鐵一路打梆子，配合他拉長著尾音「補鼎補雨傘喔～」的叫喚聲，她就一路追到黃槿樹下，看著阿爸和他的鐵馬漸去漸遠，打梆聲和叫喚聲依稀繚繞——連這樣的興致都喪失了，她無所留連地走出餐廳。

十二月底的晚風，糾葛淒冷，暗下來的校園，搖曳蕭瑟，褪盡枯葉的台灣欒樹黑影映在地面，枝椏彷彿張著手臂向天吶喊。再去交誼廳繼續守候電視？索性轉回宿舍假裝沒事？徬徨難以決定。

吵架後，就沒再去過書報攤。從嘔氣轉為思念，一直編織著宿舍中庭傳來「林素淨外找」，下樓去，宿舍外是他頎長的身影，還有那對笑眯了的丹鳳眼……隨著時間以四十八小時運轉的日日夜夜，不得不承認，那是無望的妄想，不論發生甚麼事，B不可能行跡校園來，跫音宿舍外，為了她。對人那麼溫和對事那麼熱情的人，怎獨獨孤冷向她？

好啊！不相見，從此不相見！……為何？任憑晚風颯颯，也驅不散心頭糾結的人影……

和宿舍外老樹下站崗的鄭家安就直接撞上了。

你沒去看電視？她問。看不下去，我愛我們的國家，我也很不滿美國和我們斷交，可是怎可以這樣對待人家派來談判的代表，愛國民眾也太衝動了。他回答。怎了？她又問。愛國民眾包圍在松山機場外，美國派來的代表克里斯多福的車隊才出現就被砸雞蛋、砸石頭，還砸破了車窗，鏡頭看來克里斯多福不僅受到驚嚇，好像也有受傷的樣子，我就離開不看了，對暴力我一向能遠著就遠著。他又回答。

平常連個公家機關的公務員都是高高在上的官僚嘴臉了，一般民眾哪來能耐接近堂堂美國副國務卿的車隊，甚至暴力相向？難道，抗議行動真的由政府策畫演出？可是，不都說「兩國交戰，不斷來使」，對方是來談判斷交後事宜，打人不會得到比較好的條件吧？……算了算了！自己連跟B吵架都不知道如何收拾僵局了，國家大事怎是她能懂的？

轉而要求鄭家安離開，他竟回以他來找她談判的。「談判」成了流行語？

「我們要談判甚麼？」

「妳為甚麼要跟我分手？別再說我們沒有交往過，我們不算男女朋友這種莫名其妙的話，給我一個可以說服我的理由。」

這個頑固的人！這是長於田園的特質嗎？連感情都像植物認定了一方泥土就可以根植。她得連根帶泥土一起剷除？

「我有男朋友了……」

「啊！……哪一系的？」

「……他，校外人士……」

「啊！……我可以跟這個校外人士見面談一談嗎？」

「為甚麼？你以為沒有這個人我在騙你？」

「我寧可妳在騙我！如果真的有這個校外人士，我想見見他，和他聊聊，確定他是個好人，而且比我還愛妳，我就願意放棄這段感情。」

涙意就衝上了眼眶。

鄭家安，讓她再次感受到稚齡歲月對愛情純粹、唯一的認知，為何她無法感動不能愛情，反而苦苦惦念對她不曾純粹不曾唯一甚至不曾柔情如鄭家安的B？

「你們不可能見面，不會有那麼一天。」

悄悄抹去泌出眼角的溼氣，無法預測是否會再和B見面，只要她不主動去書報攤找他。……

新的年度就在美國和中共正式建交展開，雖然現實感依舊淡薄，斷交後民眾趕辦美簽大排長龍只是電視上聳動的畫面，日常還是繼續行駛於軌道上，就像掛在宿舍入口處那本日曆，撕去最後一日又換上新的繼續撕日子，灰白的天空，枯椏的台灣欒樹，被季節遺忘的殘蝶薄翼在寒風中枉然撲拍。

和鄭家安在圖書館準備期末考，晚間閉館後，他就帶她去操場散步兩圈再送她回宿舍。操場暗黑的角落，他索取她的雙唇，聽著他在她耳畔咻咻焦躁：「妳怎可以這麼冷？妳怎可以這麼冷？」

她並沒有拒絕啊！

假日，他騎著單車載她去自助餐店，兩人相對用餐，即使很少的言語甚至沒有言語，他進食的表情就是安心而愉悅，偶爾一邊咀嚼食物一邊抬頭瞥視著她，莫名就笑開了，彷彿他已擁有了他想要的世界——她卻虛浮到明明又跟他在一起了，日子似乎倒回了不認識B之前，其實心頭拎懸著一根線，另一端就繫綁著一個B，不時抽搐著痛……再也回不到認識B之前了……

那天，在圖書館，踱到報架前翻閱報紙，看報習慣也是在認識B之後養成的，他卻老是提醒她，新聞尤其政治新聞要反向思考——《聯合報》上的頭版標題「余登發父子接受華匪國鋒指派擔任台灣南區司令　勾結匪諜吳泰安聯合共匪欲武力推翻政府」赫然撞入眼來。

怎麼可能？

連同報夾一把抓起她開始一字不漏，內容很模糊但是指控很明確，再抓起別家報紙比較，報導內容好像孿生，南部的報紙《台灣新聞報》、《台灣時報》還把新聞放在比較無關緊要的社會版，她更加錯愕，這不是發生在高雄橋頭？現任縣長黃友仁的丈人也是前縣長的余登發，連同兒子被抓，難道在南部人心中只是無關緊要的社會新聞一則？

第一次曉得「余登發」這個名字，就如同「許信良」這個名字，都是在台北，鍾鳳玲提到他是高雄縣以前的縣長，在他的帶領下家族活躍於政壇，B也曾說那是可以威震當局的政治世家，在南台灣的政治勢力無可比擬——居然父子同一天先後被抓！

B一再推崇出錢出力支持黨外反對國民黨專制政權的余登發老縣長，她也跟著耳熟能詳，如果余登發父子都會出事，還有誰不會被抓？……B！別傻了！熱中甚麼黨外運動？他不會因為余登發父子被抓，跟著怪老闆還有他那群反國民黨的朋友去做甚麼傻事吧？

不顧鄭家安的追問和阻攔，腦海波瀾著各種驚心畫面，直到上了公車才還魂。這才驚覺，如果她和B是以愛或不愛互相對峙的拳擊手，自己就是那個先移動了腳步的輸家……

不到晚間八點，遠遠就看見怪老闆和B正匆忙收攤。腳下一頓，B沒事地繼續日常就好，自己雖然是輸家總要保留一絲尊嚴，回頭了——就被怪老闆瞥過來的眼睛掃到，隨著他大吼一聲「死查某鬼仔」，B也倏然轉過身來。

但他既無意走向她，她又何必自作多情？轉頭亟欲離去，背後傳來怪老闆又喊又叫：「欸欸欸！死查某鬼仔怎做妳走——齣！你怎無講無呾[90]？逐去啊！逐去啊！趕緊……」

她催促步履別再遲滯，B的腳步聲卻隨後追上，喊了聲：「林素淨！」

那是她思思念念的呼喚聲啊！雙腳就踩進了流沙那般再也無法挪移……B來到背後，又喊了她一聲……

不由自主迴身向他，是奪眶淚水模糊了雙眼嗎？晃動在淚水中的臉容身形憔悴瘦削……一定是的一定是的，他對她的思念正如她對他的思念，這些日子以來的僵持……

顧不得騎樓下行人往來，一下子撲入他懷中摟住了他聲聲控訴：「你是喜歡我的！你是愛我的！為甚麼你不敢承認？為甚麼？」

他沒有抗拒推開也沒有回以擁抱，聲音就像從木櫃空隙擠壓出來：「素淨！我喜歡妳沒錯，我願意當妳的哥哥……」

幾乎從他懷中彈跳開來，她嚇壞了：「我不要！我不要你當哥哥！哥哥會不見，哥哥會不見……」

他反而將她摟回懷中，用力箍住她：「不會！不會！我發誓，只要我活著，只要妳願意，我會永遠在妳周遭守護著妳，追求台灣的自由、民主和人權是我這一生的願望，不過妳記得我今晚的承諾，這是我對妳的誓言。」……

「小姐！妳怎咧流目屎？」

林素淨這才發現不知何時臉面淹沒在淚水中，她慌忙以手胡亂拯救。

抬頭看見運將正從後視鏡滿眼關心地看著她，車窗外雨在風中顫抖，觸目可及盡是檳榔園、檳榔樹。

「無代誌啦！我無代誌——這搭是……」

「道堂到了，妳講要找道堂附近的墓園，是妳有親人葬佇這個所在？」

「……是……」

「是親人安葬的所在，妳怎會毋知確實的地點？」

「……十年無來這個所在，恍惚檜記得路……」

運將語氣不勝同情：「嘛是可憐絕蓋——按呢啦！妳踮車內等我，我落來道堂問看嘜，妳這呢誠心，就望眾神成全，指點妳一條明路。」

還來不及說好或不好，運將兀自開了車門，頂著滿天竄飛的風雨一路跑向一片荔枝林內，林內隱約有平房堂宇建築。

人到無助時是否都會奢望神蹟？十年來尋尋覓覓，她甚至依循當時B摩托車載著她行過旗山的一痕半爪，試圖鑽入時光隧道回到那輛奔馳的野狼，毫無顧忌地緊摟他的腰偎靠他的背貪戀地汲取他身上的氣息——旗山街景依舊古老典雅，只是少了酒家茶室的蹤影多了餐廳特產的店招；天后宮依然絡繹著信眾仰望的心，她反而走向對面依然健在的收驚人家，神明無語，她需要的是遊走陰陽界的人間使者。

不識招呼她的收驚婆是否原來的那位，問她是否要收驚則為不變的台詞，自己的回答也依然是她的驚無從收起，不過主動提出要卜個卦，關於感情。

收驚婆問了她的姓名生辰，焚香帶著她向三清祖師爺行禮說原由，要了她的外套裹住一個放了白米的小竹筒，再向神龕上神像喃喃一長串她聽不懂的祝禱讖詞，不禁好奇，如此就可以上達天聽然後黃泉碧落捎來B的訊息？

只見收驚婆拿掉裹著小竹筒的外套，將筒內白米倒入一個圓形淺竹筐，簸了幾簸，接著端詳竹筐內玄機，她緊張又莫名地跟著瞪向那散落不一的白米，卻聽得收驚婆連聲哀嘆：無望了！無望了！妳得看破！

怎的？完全看不出所以然來啊！被挑釁了權威的收驚婆不慌不忙指向淺竹筐內一角：妳看這白米四四角角圍做棺材款，若毋是雙方有情無緣就是一方有心無命……

信？不信？卻幾乎聽得見心在碎裂的聲音。

魂魄悠悠之際就來到了旗山車站，車站似乎經過適當的整修及油漆，這才發現車站主體充滿和洋混搭童話式美感，出入的遊客不停咔嚓的相機妝點了浮光掠影的熱鬧，但她寧可回到那座頹圮老舊建物的時空，聽著B娓娓訴說屬於他父母親那一代的愛情……那屬於他們這一代的愛情呢？是怯懦與勇氣、逃避與抗爭的矛盾綜合體？

抹去舊時痕跡的豈止旗山車站，任憑她努力追尋那片綠草如墊蒲公英翻飛的坡地，車子都越過旗山抵達內門了，沿路只有溢出記憶邊界的商家民宅甚至華麗廟宇。一個有家歸不得的男人，她又如何妄想就和他重逢在哪戶人家的屋簷下？那一日，自以為將深情鐫鏤在他臉面作為今生今世的印記，原來早風化為她捧住一臉成串落下的淚珠……

若非亡故，B的誓言怎會化為相期邈雲漢的隔世宿諾？

雖然B的信諾荒荒渺渺遁入年輪，那晚余登發父子被警總逮捕促使她來見B的情景，歷歷如昨。

兩個人若以「和好如初」形容也不夠真確，有種不在言語之內更親密的感覺，那晚的誓言她就放在心罈蜜釀了，曾幻想過，老了兩人拿來醉飲——當時實在太年輕，十年來，那晚的「誓言」在思念穿刺的暗夜來回輾壓她的靈魂，「瞬間」和「永遠」之間，不是應該有無可丈量的距離？難道，誓言的剎那就永遠了？

余登發父子被捕當晚，坊間謠傳警備總部下一個目標就是余登發的孫子余政憲，怪老闆和B將書攤匆匆打烊，原來是準備趕往橋頭省議員余陳月瑛的住處，要和眾多黨外人士及關心的民眾一起守護余家。

余登發是老縣長，女婿黃友仁是當時現任縣長，媳婦余陳月瑛則有省議員身分，這樣一個勢力龐大的家族都難以自保，小小老百姓又能有甚麼作為？當時她不敢阻止B跟隨怪老闆行動，但是明確表達了自己的恐懼。

B如是回應她：克里斯多福代表美國政府來台談判斷交後事宜，國民黨政府操弄了一場抗議行動，再操弄媒體放大宣傳，搞得全國沸沸揚揚同仇敵愾。蔣經國認為民心士氣可用，不趁此機會一舉消滅黨外勢力更待何時，增額中央民意代表選舉恐怕會無限期延長，黨外人士想從選舉中獲取改革力量的計畫落空，那台灣就更難見到自由民主的曙光了。

他又說，黨外人士要守護的不只是老縣長的孫子，而是台灣的人權，如果這樣的一個家族，政府都可以隨意羅織罪名加以逮捕，台灣豈不是人人自危？

她不會忘記他那鋼鐵般的眼神：「我們不能永遠生活在恐懼中。」

一句話命中她內心長期的鬼魅，只能由著他，但怎樣也放不下害怕他出事的恐懼，想要跟隨他一起行動，他堅決不讓她參與守護余家的行動。

「女生宿舍不是有門禁還有有晚點名？妳不也說教官很討厭妳，常常找妳麻煩，難道要讓她有理由給妳記過甚至退學？」

當時，她無法否認那是她最恐懼的恐懼，最夢魘的夢魘，好不容易得以擠入公費學校，才有機會擺脫類似明珠、月英被命運主宰人生的失敗者，或者也有機會擺脫類似連機想要主宰她命運的敵對者。

B當然一眼透視她的退縮，兀自搖了搖頭，像嘀咕也像在數落她：「國民黨這招很厲害，把學生禁錮在校園……」

「你不要甚麼事都怪給國民黨！學校也是好意擔心我們女生的安全。」

「女生就不懂自律不會留意安全？記得我們的高中時代吧！要管頭皮上的頭髮長度也要管頭皮下的腦袋思維，甚麼都要管，這是父權主義也是專制政權的起源，所以才會有禁書、禁歌，黨禁、報禁。」

「……」

「妳一直不能認同黨外人士追求台灣自由民主的理念，我尊重，但我也真的不懂，妳提過妳的大哥篡奪了父親的地位，而且企圖掌控妳的未來。」

沒錯！她怎能聽令連機擺佈她的人生，自己的思維和作為都是要對抗他、掙脫他……

「其實，家和國沒有兩樣，我們不會容忍家人安排我們的人生，那是回到封建時代，我們若默許政府可以無限期實施戒嚴，箝制思想、剝奪人權，獨裁體制就可以繼續主宰人民的生活和未來。」

他說的，她都懂。

就像阿母從小的凌虐讓她似乎從生命伊始就擁有恐懼，她卻在觳觫中產生莫名的勇氣不斷違逆她、挑戰她，甚至一度興起「弒母」的惡念——畢竟大逆不道啊！而B也是在衝撞她從受教育以來國家至上、領袖至上，全民服從政府領導的既有認知，難道要她拂逆原來的自己推翻原來的自己？

凝視車窗外的風雨，從小到大，自己似乎一直都扮演著邊緣人的角色，既無法融入社會的主流價值；也無法依歸改革的違逆風潮……。

運將一路跑回來，猛然開了車門竄入，再用力將風雨關在外頭，拿著毛巾胡亂擦拭頭臉，不待她開口，自顧說了：「問到了，咱來去找看嘜！」

心頭一陣狂跳，運將真的問到了圓因和尚所指示的墓園？

十年揪心今天覓得終點？一定要撐住！無論他的歸處，生，或，死……

計程車又行駛在風雨道路。

緊緊直視車子行駛過產業道路又拐入無名小路，小路幾乎淹沒在比人高的菅蓁芒草中，還一路九轉十八彎。她越來越覺得雨刷既悶聲吵鬧又阻礙視線，運將也嘖嘖有聲說：這種路分仔，若無人報路，哪有才調找。

在荒冷無人煙的風雨小路尋找一處墓園，一位守墓人，似乎上窮碧落下黃泉四顧茫然，但也只是茫然，真正讓她永恆驚悸永恆失魂的是來自圍城中尋人的永恆「往昔」……

錦瑟

B阻止她參與守護余家的行動，後來她都是從報紙得知，余登發父子被逮捕的隔天，由桃園縣長許信良和黨外知名人士黃信介、施明德、林義雄、張俊宏、姚嘉文、陳菊等人發起遊行，聲援余登發父子，要求政府立即釋放。報紙輿論批評他們在製造社會動亂，尤其許信良縣長不應該知法犯法。

她猜，怪老闆和B一定都去參加遊行了吧！

果然，兩人見面去冰果室喝紅茶時，B主動提起那場「示威活動」，臉龐激昂著煥發的青春，那對丹鳳眼難得沒有向來的憂傷，驀然想起在台北偶然撞入街頭政治演講的會場，她也在群眾臉上看過類似的奇異光采。

余登發父子不是還繼續羈押？可見黨外人士的訴求就是阿爸掛在嘴上的那句「狗吠火車」，B怎會如此興奮，好像那是重大的勝利？

拿著吸管攪動紅茶成漩渦：「很多民眾都跟你一樣響應這次的……活動？」

「示威」這個名詞自己就是說不出口，民眾有甚麼本事威嚇政府？

「一要從余家出發，情治人員就踏進余家勸阻了，後來許信良縣長他們就以要為老縣長父子祈福的宗教理由，帶領大家步行到距離余家兩百多公尺的鳳橋宮，沿途自動加入遊行列的少，旁觀的多……」

「那你在高興甚麼？」

「素淨！這是國民黨政府從一九四九年實施戒嚴以來，第一次民間遊行示威成功！橋頭當地居民加入遊行的雖然不多，但是都相當關心老縣長被扣上知匪不報的罪名，這和他光明正大反對國民黨的行事風格不合，鄉親們都知道老縣長是坦蕩蕩的人格者。當天下午，我們的遊行隊伍繼續前進到鳳山、高雄火車站前廣場，都得到很不錯的迴響。人心真的思變，我相信許信良縣長他們帶起來的改革風潮會越來越壯大。」

這是屬於男人的樂觀和浪漫嗎用在政治上？真希望這浪漫和樂觀能夠用在他倆之間，他對她似乎不曾有過未來的想望。

攪和著看來有些渾濁的紅茶，聽說，上等的紅茶才會呈現琥珀的色澤。台灣剛光復那時，阿爸就渡過台灣海峽落腳屏東了，難道二二八只發生在台北他從不曾聽聞？憶起小時候，周遭的隱諱小洋樓的謎霧，她相信阿爸遇見了「二二八」，他卻提也不曾提過這個「名詞」，一切宛如埋藏在內心深井勉強汲水只會打上來恐懼？長這麼大了，才從B借給她的禁書曉得腳下的土地發生過這樣的事件，成為阿爸永不說出口的祕密，到底，政府下手有多麼暴烈民心傷口有多麼巨大？

那些黨外人士難道都是唐吉軻德？B的草食動物性格又如何參與這種新興的街頭運動？面對質疑，他竟回以《雙城記》：這是光明的季節，也是黑暗的季節；這是充滿希望的春天，也是令人絕望的冬天；我們的前途擁有一切，我們的前途一無所有。端看我們這一代的選擇和作為，決定台灣走向天堂或地獄的命運。

她不是完全沒接觸過世界名著，法國大革命執政者的手段多麼暴烈啊！B看不出來政府出手也是一次比一次重拳？何況，那些黨外人士根本已自成一個黨，難道政府會容許國中有國、黨外有黨？

連她都看得出來情勢凶險，難道B被改革的熱情沖昏了理智？

果然，即使關在校園，即使講台上師長一邊批判黨外人士一邊奉勸講台下的大家別過問政治，她還是感受到了社會氣氛日趨緊繃。

報紙無日不批判黨外人士，在媒體輿論圍剿下，政府所有的作為都顯得理直氣壯：二月九日余登發父子被移送警備總部軍法處看守所。四月十六日匪諜案真正男主角吳泰安被判處死刑；知匪不報、為匪宣傳的余登發有期徒刑八年褫奪公權五年，余瑞言判刑二年，緩刑二年。四月二十日監察院通過對許信良的彈劾案，並移送「公務員懲戒委員會」。

她可以完全不理會政治過自己的日子，現在因為B，內心的焦慮和恐懼日甚一日。

背著怪老闆，兩個人在雄中圍牆外的月光樹蔭下散步時，她就直接懇求B了，別再跟著怪老闆參與黨外的街頭運動。

「妳怎會認為是信桑將我推向街頭？」

「你不知道你受他影響有多深！」

「我承認他是我民主思想的啟蒙師，不過我自有自己的觀察和判斷。」

那神情！活像他正容忍一個小妹妹胡言亂語，她再也忍不住：「那你怎沒觀察和判斷出來政府正打算消滅你們？帶頭的許信良縣長職位保不住了，七月一日開始停職。」

「消滅？只因為我們和國民黨有不同的理念和主張就要被消滅？妳倒是一語道破獨裁者本質，我們就更不能停止訴求甚至反抗……」

「就憑一支筆一張嘴？」

「對！喚醒民眾自由意志，不再受強權控制。」

抬頭仰望天空平息自己急促起來的呼吸，明月自行光輝自行皎潔，無視街頭熙熙攘攘，為何他就不能把心思逗留在與她共享的這美麗片刻？

「你只會說我不懂自我保護，你父親還有你都是受害者，一家人也都受到拖累……政治？避之唯恐不及，你還要讓政府有迫害你的理由？別人我不管也管不起，我只擔心你的安全……」

不能再講下去，否則她會潰決在美麗的月光下，不只因為他不會憂慮她所憂慮的，她的存在似乎也不是他做任何事需要思考進來的因素，難道愛情從來不是他的牽掛？她幾乎感覺到一顆心裂成寂寞深谷。

他雙手捧住她的臉，以手指輕輕拭去她臉頰的溼熱——恨起自己是女生，老控制不住眼淚。

他的聲音卻帶著月光的溫柔：「素淨，妳若真認為我們同屬邊緣人，畢竟，妳靠著讀書逐漸往中間靠攏，而我也在反對運動中找到生命的出口。我們都一樣努力在擺脫邊緣人的命運。」

怎會一樣？她以一次又一次的竄逃來躲避阿母還有連機的迫害，上大學以來，在思念阿爸和不願回家之間拔河，大多時候「別去面對吧！」高舉勝利旗幟，她不懂，為甚麼他反而對迫害者迎上前去反抗？

「因為妳面對的是家庭暴力，我面對的是國家暴力，而且妳是女生，我是男人。」語氣依然溫和平淡。

終於了解怪老闆對她說過的，別看B表面溫溫的說話溫溫的，「伊就是客家人講的硬頸，台灣話叫做㑊硬」。

是的，她只能空自跟在後頭看著他狂熱追逐理念的背影，也不曾想過回頭摟抱她的著急和擔憂的男子，到底自己在意甚麼眷戀甚麼癡狂甚麼！常常，就想起了高中時龍鳳群之於歐陽月裡——自己也在複製愛情是莫名其妙的愚蠢？

因而，當鄭家安再次因為她對他的疏離，追逐著她要求跟B見面，她再也無法忍受，嘶吼道：「你們永遠都不可能見面！」

「怎麼生氣了？我連見妳男朋友一面，妳都不肯？」

「他是我男朋友，我可不是他女朋友。」

「啊！這是甚麼奇怪的邏輯？」

「我單戀，我一廂情願，這樣可以了吧！」

她放聲嚎啕，不顧旁人和醜態，彷彿要哭盡她被以生命愛著的男子不在意的悲傷。

鄭家安反而一把將她摟入懷中，宛如她所有不是為他哭泣的傷心，他都可以包容，聽不清楚那喃喃安慰著她的言語恰似風拂樹梢聲，突然愛起他那植物似的安定，即使歷經四季更迭甚至寒冬摧殘，不但順應周遭生存環境別無異議而且泰然自在，還對她產生了撫慰的力量。

壞習慣就此被養成。

只要在B那遭受挫折，她就回來尋求鄭家安的安撫。

一邊驚心於自己離純粹的、唯一的愛情境界越來越遙遠；一邊很違逆地反擊自己，若B和鄭家安都OK，誰還能夠把愛情的道德加諸於她？

翻天覆地的大一還是結束了。

暑假來臨，學生宿舍關閉，無處可棲身只好回到萬丹，數月不曾返家這才知道，李老師怕柱子終究撐不住橫樑下折的重力，擔心紅磚屋鬧出人命，在半求半攆下，連機終於搬出來另外租房子。

第一次踏入陌生的新租屋處，就位在萬惠宮後面一條遠離馬路的巷弄內，自成一個封閉的區域，入口處是一間歪歪斜斜的茅草公廁，離公廁不到二十公尺處租住了九戶人家的瓦房相連成ㄇ字型，公廁的糞臭味鬱積在中庭，即使人已逃入屋內還是一縷縷鑽進來糾纏。

才踏入家門，連機劈頭就問她身上有沒有錢，房東說這間瓦房可以便宜賣給他。她不知道該怎麼感覺才好，只能囁嚅自己還是學生怎會有能力幫忙買房子，他開始不滿開始碎唸：妳讀學校吃學校睡學校聽說每個月還發零用金怎會沒有錢？……

連機不在場時，阿母開口了：「伊就是想空想縫[91]愛錢，妳身軀頂有偌濟就罄偌濟予伊啦，還是歸個歇熱妳要聽伊唸潲敲卵叩[92]？」

甚麼零用金？那是學校假日不開伙加上日常伙食費的結餘發還學生，她再壓榨自己的腸胃點滴儲存下來的——發現自己絲毫不想解釋，索性統統提領出來給連機，再把歸零的郵局存簿展示給他看，圖個清靜。

連機是不是真的在湊錢準備買房子她沒興趣過問，但是堵住一個話題他又興起另一個話題，高談闊論哪一戶又哪一戶人家的女兒沒有出嫁，或侍奉老病雙親或幫忙撐起家計。

---

91 想空想縫：想盡法子，台語負面用語

92 唸潲敲卵叩：嘮叨囉嗦個不停，粗話

不知道他在魔音穿腦甚麼，常藉口幫阿爸看店就逃出糞廁味熏繞不去的房子，他倒也不攔阻。

當時向刺紡紗ㄟ承租不到五坪大的小店，似乎成了阿爸躲避連機的窩藏處所，他連晚上都睡在店內。有時，她一大早就跑來，他還蜷縮在窄小的塑膠躺椅尚未起床，看起來卻像彎折的枯枝漂流在海面，歲月和人世似乎讓他只剩乾瘦的皮囊。

有時，中午幫他提飯過來恰好店內無人，他萎坐在藤椅內以雙手抱頭藏在胸前的姿態，悲涼浮載疑問而來：阿爸不能面對的是甚麼，隔絕的家鄉漂浪的異地難以論對錯的家人？還是，他一生的總和？

在難以遏止情緒的有一天，她問出口了：「阿爸，你有後悔來台灣否？」

「彼當時也是生活獪得過，才會行船走海來到台灣……落土八字命，莫怨太陽偏，只恨枝葉無……」

「你真實認命喔？按呢，你當初何必鼓舞我走？」

「無走，妳今仔日哪有法度讀免錢大學以後還會當做老師？總是要先拚看嘜，才知影自己的命根，命底。」

這是屬於阿爸的人生邏輯？拚了就拚了、認命就認命。但兩者之間除了彼此矛盾，如何互為因果？

暑假接近尾聲時，阿爸突然問起：「讀大學，有交男朋友否？」

也許因為她把小店當成通信處所，才會引發他這樣的聯想。

其實，整個暑假B才來了兩封信，內容不外說黨外人士創辦了一份全新的雜誌叫《美麗島》，創刊號風靡全台捲起千堆雪，書報攤每天擠滿爭相購買的熱情民眾，「美麗島雜誌社」也打算來高雄成立服務處。

信紙上，龍飛鳳舞著滿滿的喜悅；字句間，遍尋不著對她的思念。

鄭家安的信就更無味了，數學人的辭不達意，兩天一封限時專送，她連蠟的滋味都咀嚼不出，倒教阿爸把郵差遞交的信轉到她手上時，臉上的笑意一日深似一日。

「若像有，也若像無。」

她表達的是真實感受，阿爸則像她先前嘀咕他的數落她：「講話怎會牽絲？有就有，無就無。」

噗哧一聲笑開來：「跟你學的啊！」

阿爸也笑了，一臉的縱容，那瞬間，錯以為自己回到囡女的嬌憨。

他突然長嘆一聲：「唉！……我看，妳以後若想要嫁翁，真正得愛挈刀仔佮連機見生死。」

像煞強颱來襲的氣象預報，不過她相信阿爸的預測準確度強過氣象人員。

阿爸也兀自發佈防颱措施那般：「妳到時得愛擱走一擺，畢業了後走愈遠愈好，以後找一個無棄嫌咱的家庭背景肯疼惜妳的人去公證結婚就好……」

「我要嫁翁抑是毋嫁翁，還真久、真久的代誌，你今仔就挈來操煩？」

「那是我最後一點心願，家不成家、人不成人，頂面無一個好嫁好娶，妳目睭千萬展金，找一個古意人，有一個好姻緣，這個所在無值得妳留戀……」

「還有阿爸你啊！有你的所在就是我的家……」

「我總活無偌久了，妳毋通考慮我，會當走出去上要緊，妳千萬莫越頭⑬，去追求自己的幸福就好……」

不想讓他看見她未颱風先淚浪，睜眼楞瞪前方好似熟悉又逐漸陌生的那兩扇朱紅色大門，隨著高中之後越走越遠的步履，人生事件簿越來越累積不屬於萬丹的一頁，也許，自己真可以不再回顧，但是父親被困在台灣海峽這一岸的屏東一隅的萬丹一角，當午夜夢迴孤寂的小店，當白日漫漫將頭埋在胸前，他可曾魂牽故土夢繫永不再相見的親人？

胸中一悲、一慟，脫口問出：「阿爸！你會怨恨台灣這個所在否？佮你佇這所拄著的一切？」

他居然笑了，露出牙齒幾近全數脫落萎縮的牙齦，一臉難得的驕傲：「戇查某囡仔，我就是來台灣生妳，妳毋才有法度讀大學以後做老師，這佇咱的故鄉若像中狀元，妳就是女狀元啊！」

難道，阿爸認為他這一生是為她跨海而來？也值得了？

她失控到將黃昏哭成黑夜。……

開學了，宿舍重新開放，她忙著整理塵封了兩個多月的衣物書籍，還沒去書報攤見B呢！先被翁教官叫進了值星室。

翁教官一向愛憎掛在臉上不假辭色，所以很清楚自己在她眼中就是個生活常規欠佳又會莽撞頂嘴的問題學生。一回到宿舍就被她召見，不用想也知道當然不是好事，不過才剛返回宿舍，她會做錯甚麼事犯到她？

翁教官倒沒甚麼特別嚴厲的神色，反而示意她坐下來，不知怎的，她就聯想了黃鼠狼和雞的故事。

翁教官拐彎抹角先問了一下她的暑假生活，她坦白以對幫忙家裡看顧藤椅店，她一臉不甚相信，她在心中無奈反問：不然妳是要打探我甚麼？

話鋒突然一轉：「有交男朋友吧！暑假，有跟男朋友見面嗎？」

「啊！」怎麼大人突然都關心起「男朋友」的議題？

思維還打結狀態，翁教官就自顧往下說了：「我說的不是數三甲的鄭家安，是那個校外人士，姓邱沒錯吧！」

她連一聲「啊」都啊不出來了，應該只剩一臉的瞠目結舌吧？

「林素淨，妳在宿舍和系上表現都欠佳，人緣不好，不過妳是學生，教育妳是我們的職責，這些都還在我可以容忍的範圍，但是妳私生活這麼亂，才讓人忍無可忍！」

她張嘴，才發現喉嚨被驚訝掐得緊緊的，而翁教官還容不得她吐出甚麼辯駁的話就恢復了平日的霹靂啪啦：「中國人講究三從四德嫁雞隨雞嫁狗隨狗妳讀國文系的不讀讀那些貞節牌坊可歌可泣的故事從一而終才是我們女人的典範——嘖嘖，妳看看妳現在就會腳踏兩條船有一天結婚了妳真的會遵守婦道安安分分相夫教子我實在很懷疑！」

隨著她越罵越淋漓，她腦筋越來越空白，整個思考能力彷彿被大水當頭沖刷而過飛濺為碎沫……。

一口氣痛罵過後，總算又聽到翁教官的字句有頓有挫：「當然，現代社會講究自由戀愛，教官也不是要過問妳的私人感情，如果妳交往的對象就是數三甲的鄭家安，今天教官根本不會找妳，就算妳濫交，不是校外問題人物，我也不一定要找妳。那個邱姓人士，我們調查過了，思想犯的家屬，而且在軍中紀錄不佳，根據可靠的消息來源，他和那些黨外叛亂份子走得很近，專門發表反政府煽動人心的言論。」

沉默，繼續沉默，沉默似乎成了她唯一的語言，但是寒意不知從皮膚沁入還是從骨髓泌出，她開始牙齒格格雙腳顫慄。

「林素淨，我們學校注重的是品德，思想純正最重要，忠黨愛國是基本信念，否則妳以後如何為人師表？如果妳不知悔改還要跟對方繼續鬼混，校有校規，我會往上呈報由學校處置。」

不知道自己怎麼走回寢室的，儼然裸身赤腳行過雪地，立即上床把棉被從頭到腳緊緊裹住，依然制止不了全身的顫震。

她的愛情被戒嚴了！

以往，B再如何批判政府無限期實施戒嚴剝奪了人民的權利，無感，有時還反駁他——對象被劃定，不得逾越警戒線範圍！……教官每一言每一語此時反芻為斧鉞一刀緊接著一刀劈落，失了魂的神經才慢慢又知覺了痛……一陣緊似一陣抽搐著痛，痛到渾身發熱、盜汗，卻繼續發抖……

她一把掀開棉被，衝出寢室，逕奔頂樓曬衣場。

從頂樓望下去日已昏夜未臨的渾濁顏色，模糊了遠遠近近的距離，彷彿她一腳跨出去暮色可以接住她……曬衣場尚有主人未接回在晚風中翻飛的衣物，酷似招魂幡……也許B說對了，她只是個沒有中心思想人家說東偏往西人家說西偏往東的逆其道而行者，潛藏在骨子裡觳觫的勇氣會讓她對翁教官的「NO」違逆為「YES」，正如小時候對阿母那樣……新租屋處即使逃入屋內躲也躲不掉的溷廁臭味；阿爸蜷縮在小店內枯萎如枝椏的身軀；阿母無止無盡的怨懟嘮叨，比淒冷的晚風更淒冷地襲來……若被逐出學校，一切回到原點，自己不過又是一個兄姊淪落的翻版——

「啊……」

勾魂攝魄聲刺心而來，一凜，一回頭，蒼茫暮色中，樓梯口站著的女同學指著她歇斯底里：「妳妳妳要幹甚麼！我要去報告教官！我要去報告教官！」

方驚覺，她一隻腳已跨出女兒牆外還懸空晃盪著，趕緊縮回腳來同時出聲懇求：「別，別，別，沒事沒事，我只是上來吹風……」

她往樓梯口竄逃下去，和那個同學擦身而過時，不知道她有沒有轉頭看她但是她不敢回頭相向，自顧哆嗦著方才那無意識的舉動——死亡的面目，哪是她有勇氣面對的？……

完全斷念去書報攤。

又和鄭家安繼續老夫老妻似的交往著，也許剛好符合恐懼的需要，她竟有種躲在防空洞的安全感，儘管他渾然不知她經歷了甚麼，她也不會告訴他。

接到B的來信，剛好從十一月跨入十二月，輾轉數人才來到她手中，已無從追究他最先託交的是誰。為何不直接郵寄？他認為信件會遭到檢查？現在，她相信了……

避開鄭家安，她在圖書館外隱密的階梯角落悄悄拆了信，從暑假迄今不見而且音訊全斷，她曉識了「咫尺天涯」。

信中，B依然揮灑著《美麗島》雜誌狂銷熱賣的喜悅，美麗島雜誌社九月在高雄成立了服務處，他現在除了在書報攤幫忙，晚上也會去服務處，那裡常有一群志同道合的年輕人，聚在一起談論追求台灣自由、民主和人權的理想。十二月十日是世界人權日，台北總社決定離開被政府圈養禁錮的台北城，南下高雄舉辦紀念世界人權日晚會……直到信末，才淡色塗抹了一筆「開學很久了，妳，都好嗎？」

她卻收到了他深深的思念。

被恐懼銅牆鐵壁幽禁了三個月瞬間熱熔為滾滾淚漿，她幾乎要吶喊出聲：B！我對你的思念只會超過你對我的思念啊！……

只是無力地把整個頭埋在膝間啜泣出聲，自己只是個被禁錮於體制下不敢思想不敢作為的怯懦者……

突然被突兀穿插：「查某囡仔查某囡仔，妳怎咧哭？」

愕然抬頭，朦朧映入清澈淚液的是一張猥褻的中年人面孔，這個人何時出現身旁的？往昔愛河邊的齷齪讓她警覺地彈跳起來。

對方反而把淫穢的笑容更往她送過來：「妳有啥物傷心的代誌講予阿伯聽，阿伯會替妳排解……」

「無啥物代誌！」

她迅速從他身旁掠過，想趕快進圖書館找鄭家安，又想是不是該去找警衛處理入侵者，回頭再瞥一眼，卻驚見對方已拉開褲檔坐在她原先的位置磨蹭，雙眼還緊盯著她的身影。

一駭，往前竄逃，被迎面而來的鄭家安一把抓住時還驚叫出聲。

「怎麼了？怎嚇成這樣！」

「有變態，有變態……」

「怎麼會？學校耶！」

「你自己看，就在階梯那邊！」

他的神情明顯猶豫了一下，才慢吞吞回應：「好，我們去看看……」

一個念頭倏地從頭腦竄出來，今天如果是B在場，他會如何反應？

她再也不想跟他一起上前「看看」，她夠懦弱了難道他更懦弱？

任他一個人以謹慎的腳步帶著刺探的神情往前，只見他猛地一驚，駐腳，那個中年男子從階梯那邊奔下，一邊驚慌拉褲鍊一邊回頭看她和鄭家安，向圖書館旁樹下放倒的腳踏車跑過去，扶起，一溜煙騎走。

「快，快，我們趕快叫警衛室把這個變態攔下來！」

「我看他還好啊！他有對妳怎樣嗎？」

怎描述得出口？忍不住跺腳：「你沒看到他在拉褲子拉鍊？」

他托托鼻樑上的近視眼鏡：「我沒看清楚，妳確定他在拉褲子拉鍊？也許他只是剛好在整理褲子……」

那剎那，她決定離開學校，並強力拒絕他跟來，大概沒料到她的反應如此強烈，他有些不知所措的樣子，她以岩石般的冷硬轉身就走。

突如其來的意外像騷嚷而過的一陣狂風，掃過開學以來被烏雲所覆蓋的心靈，斷雲之間透出澄明的月光洞澈了她內心的晦暗，關於鄭家安，自己終於了然，為何他對她的純粹、唯一始終無法讓她也對他純粹、唯一，在愛與不愛之間徘徊又徘徊。

是一灘死水嗎？也會有水漾漣漪的時候呢！是一株植物嗎？也會有隨風款擺的片刻吧！他以超過他預期的就別聽、別看、別管的姿態假裝不存在？B除了關於她過度小心；關於他倆過度畏怯，何曾視而不見聽而不聞沉默於周遭的不公不義，對一心追求的自由、民主、人權更是滾燙著熱情啊！

市公車再一次帶著她來到火車站前，抬眼眺望那帝冠式宏偉典雅的建築，在深濃黃昏暗赭晚雲烘托下多了幾分柔媚。這個火車站，從高中時期就開始進進出出，和B在冰果室喝紅茶的時光，他一再敘述火車站及附近一帶她不曾在歷史課本讀過的關於二二八的「故事」，那時，只當作小時候父親口中的稗官野史，不論多麼可驚可愕，事不干己……這回，從站前廣場走到店家騎樓，依稀彷彿，不斷與眾多冤魂錯身而過……

她看到B了，書報攤前人聲鼎沸真的鬧熱滾滾，還有那穿著工作制服可能剛下班就衝來買書的人，他拿著相同的書不斷遞給一雙雙渴求的手，遠遠看不清楚，也許那就是他信中一再提起的《美麗島》雜誌吧！

往書報攤走來，她看到了，B好似全身罩著亮光，她只在有了美滿歸宿的新嫁娘身上看過

——夜晚，兩人散步雄中圍牆外，他說起愛河還沒淤積之前，支流直接流到雄中對面現在的陸地巷弄內，二二八清鄉當時，彭孟緝的軍隊就把學生連石塊裝袋丟入河底，她近乎嘔氣要求他，浪漫的時刻能不能請他有浪漫的聯想？他抬頭看了看攏著他倆的樹影說了，聽說樹是有記憶的，所以會在往後不論千年、百年的歲月樹枝都俯身向大地……當時，以為他在暗示他依然愛戀著愛情，這一刻，她懂了，他許身給這塊土地了……

B偶然瞥過眼來，兩個人的目光瞬間交集，他似乎愣了一下，然後轉身把手上的書交給怪老闆，怪老闆接過書當下也抬眼瞅了瞅她。

B脫離了買書的人群，風一般輕快的步伐：「素淨！素淨！妳看看這空前盛況！我每天在服務處和書報攤賣第四期的《美麗島》雜誌賣到手痠，聽說全台灣已經賣了快十四萬份，有史以來雜誌最高銷售量，大家都在期待第五期，相信第五期又可以創下新紀錄——妳怎麼哭了？」

哭？她很高興啊！難得聽他說話像一串串的鞭炮花，可以想見，這些時日來美夢終將成真的歡躍如何鼓噪著他的心靈……

第一次，他主動環摟她的肩背，低頭聲聲追問：「怎麼了？妳怎麼了？家裡的事還是學校的事？」

從何處說起？一頭埋入他胸懷忍不住嗚咽：「我不要戒嚴……戒嚴好可怕……」

「啊？」

她抬起頭來，開封這陣子翁教官的釀造：「我支持你，支持你追求台灣的自由民主，尤其是人權，怎可以動不動就把人當囚犯箝制，他們這些大人要求別人要尊重要服從，他們可尊重過別人的選擇？……答應我，你也要注意自身的安全，周遭，周遭有太多可怕的『細胞』……」

「到底發生了甚麼事？妳從來也沒認同過我的理念啊！」

「你別問了！以後我可能也不會再來……你真的真的要很小心，也許來書報攤的去服務處的，有些人是別有目的，你的身家被調查到一清二楚……」

「誰在調查我？素淨，妳怎麼突然講話不像妳？」

「我要走了！」

「別走，不然我們去冰果室聊聊……」隨著她搖頭以對，他又連忙提議：「那我們回書報攤，妳總要跟信桑打聲招呼吧？他那個人，我們客家話說的，心直口快惹人見怪，其實從開學後他就一直惦掛著妳。」

她早就清楚怪老闆嘴硬心軟，也想念那些「答嘴鼓」的有趣時光，那段看似冒險實則最安全最被接納的美好宛如童話書，她多想一直停留在那一頁——如果真有人在監視她的行動，早回去晚回去，反正都已違逆了翁教官的禁令，也就任由B緊緊牽引她的手……

攤子上，阿吉仔大哥也來了，卻見他和怪老闆蹲在一旁竊竊私語，兩個人不但不像往常大聲唱著「杯底毋通飼金魚」拚酒，臉色還異常凝重。

B應該也發現了不對勁，問：「啥物代誌？」

兩人都沒應聲。

阿吉仔大哥兀自起身，驅趕甚麼似的連連揮甩了幾下手：「橫直，小心無蝕本⑭，既然有按呢的風聲了，恁一定要斟酌，細膩。」

「幹！真實要橫柴擇入灶[95]……」

「你掠做伊們無敢？」

「敢敢敢！這個賊仔政府有甚麼代誌毋敢？」

她一驚，看向B，他一臉錯愕。

阿吉仔大哥才走掉，怪老闆立即對B吼道：「收擔！」

也不管B抗議時間太早，兀自向書報攤前的客人大聲告示要打烊收攤了。

「奇怪，今天甚麼日子？素淨心情不好我才帶她過來這裡，你竟然也心情不好要提早收攤。」

怪老闆的眼睛終於調到她身上：「死查某鬼仔，妳真實足久無來冊擔了，毋過恁父下暗無心情按捺妳，恁少年ㄟ自己找所在講予清楚，莫互相折磨……」

B明顯故意轉移話題：「剛剛阿吉仔大哥說了甚麼？」

怪老闆以她不曾見過的小心瞥了周遭一眼，不過並不忌諱她在一旁，低聲對B說了：「美麗島總社申請來高雄舉辦紀念國際人權日的演講活動，政府毋准就是毋准，總社決定照原來的計畫進行，除了要求恢復中央增額民意代表的選舉，也要提出解除黨禁、解除戒嚴的訴求，阿吉仔由伊兄那聽來的話尾，講政府若親像要調軍隊來高雄……」

---

94 小心無蝕本：小心為要，台諺

95 橫柴擇入灶：蠻幹，台諺

「啊?!」

「死查某鬼仔恬恬莫出聲，妳學生囝仔人有耳無嘴，省得麻煩找上身。」

「調軍隊？」B一急就國、台、客語交雜了：「冇洋槍大炮啊！訴求是反應人民心聲，為甚麼調軍隊，係毋係高山頂提湖鰍，無影無跡講到有？」

「虎，毋驚狗，外來的統治者看台灣人是狗奴才，𣍐聽話得教示，阿吉還講，頂頭有指示，叫有黑底的議員準備傳兄弟集合，看來真正要變魍⑯。」

「如果是這樣，那我們……」

「幹！台灣人咁真正予人嚇大漢的？愈按呢咱愈愛拚！把物件收收咧，你和死查某鬼仔通好找所在講心內話——愛到流目油又死鴨仔硬喙頓⑰，正港前世人相欠債……」

在怪老闆咕噥聲中，B半句不回迅速跟著他收拾架上的書籍雜誌，有兩、三個客人還賴著不肯走，一直嘮叨怎早早就收攤。

她正想幫忙，一抬眼瞥見三個穿著卡其色制服的警察腳步明確地往書報攤而來，隨著啪啪啪走近的皮鞋聲越發清晰他們臉上蒸騰的狠戾，小時候警察半夜來戶口普查的幽靈恍惚眼前飄過，她慌忙瞅向B和怪老闆。

他倆也看見了，怪老闆還趕緊催促流連攤子上的客人道：「無想要惹麻煩的趕緊走！」

客人也看見了，兩個放下手中雜誌迅速離去；一個呶呶不服道：「按怎，看冊也犯法哦？」

「看你看的是啥物冊啊！你毋知有思想犯咻？政府嘛管你頭殼內物件。」

三個警察趕到，帶頭的那個警察操著外省口音問道：「誰是胡江圖？」

但眼睛睥睨怪老闆，清楚擺著明知故問，她開始有不好的預感。

怪老闆回以台語：「我本人。」

「講國語，你不會講國語嗎？」

「我從出世阮母仔就教我講這種話語啊！」

那警察以倨傲的不耐煩神情狠掃怪老闆一眼，斥喝道：「胡江圖！有人檢舉你掛羊頭賣狗肉，私下販售被查禁的書籍雜誌，跟我們回警局接受訊問，現場的書籍物品不許動，我們要帶回去蒐證。」

「去就去，好漢做事好漢擔。」又轉而指著她和B還有那個客人：「恁這幾個人客聽著了齣？我得綴大人來去派出所，恁無底代的⑱還毋趕緊煞場，還是要跳落來自己演？」

剛剛還在嚷嚷抗議的轉身走人，B也緊握住她的手，他的手竟哆嗦著，她才驚覺自己也在顫抖，全身不由自主地顫抖……

B要撿起他擱在柱子腳的帆布袋，怪老闆大喝一聲：「少年ㄟ你咧創啥？趁亂要摸走我的袋仔喔？亂來！真亂來！」

搶過帆布袋，從裡頭摸出一本書：「喂！查某囡仔，這是頂擺妳定的冊……」

---

96 變鬼：搞鬼

97 死鴨仔硬喙頓：堅決不肯承認，台諺

98 無底代的：無關聯者

「證據不可以帶走！」

「哭枵咧！這是啥物證據？來來來，作你檢查啊！伊錢予我了，我冊會當毋予伊哦？」

那警察瞄了一眼怪老闆大剌剌直送到他眼底的書冊封面「泰戈爾情詩選」，又瞟了她一眼，就任由怪老闆轉而把書塞入她懷中了，她一傻。

那帆布袋裡頭不都是B在閱讀的禁書？B不容她出聲質疑快步將她帶離書報攤。

「袋子裡面……袋子裡面……」

「噓……」B摟住她的肩膀用力將她往前帶。「別回頭，繼續往前走。」

「你不能丟下怪老闆不管！」

「我更不能不管妳，妳還是個學生，不能牽連進來。」

「可是袋子裡面的書萬一被查到……」

「相信我，我懂信桑要我們先脫身護送妳安全回學校的意思。」

就讓怪老闆獨自承擔所有無法預料的可怕後果？但是，自己比泥菩薩過江還不如……公車上，方才的驚駭燎原了長久以來生根且繁茂的恐懼，她竟有些慶幸起怪老闆讓B和她先脫身——原來，自己不過是一個自私的人……

「能不能把書還給我？」B毫無血色的嘴唇要求著。

她看著那本《泰戈爾情詩選》，急迫之間，為甚麼怪老闆獨獨把這本書塞給她？他一定有他的用意。

「這本算怪老闆送給我的，我再另外買新的還你。」

直到下公車，B沒有再開口說話。

B只護送她到學校圍牆外就示意她自己進校門了，她原地蹭蹬，兩腳由不得她邁開。

兩人無言凝視，終至她的眼睛開始湧出溫熱。

他突然擁她入懷，兩片冰霜給予溫度向兩片冰霜，就永恆記錄了那凜冽的無助滋味……她有不祥的預感……

「素淨，妳進學校了。」

「我去哪找你？」

「妳不必找我，我需要打探信桑的狀況，想辦法看有沒有救援的管道……」

「那你會來找我嗎？」

「……也許吧！……等十二月十日美麗島雜誌社的活動過後……」

「你還要去？」

「我一定去……」

「你別傻了！阿吉仔大哥不是來示警了，政府要調軍隊來高雄！」

「就算政府調軍隊來，我們只是和平訴求又不會製造事端，難道政府要對手無寸鐵的我們開槍？」

「那次中壢開票所發生的動亂軍警不就打死了大學生？」

「所以政府就擋不住許信良當選桃園縣長，而且官方也只敢宣稱是停電誤殺。現在不是二二八事件的時空背景了，民智已開，政府打壓的手段越激烈就越激起民眾的反感和抗爭。」

她明明不只看見自己的恐懼也看見他的恐懼，為甚麼他還堅持非去參加不經政府核准的非法集會不可？

「你自私一點好嗎？為我著想一下好嗎？」

「might is right我無法認同！」

他真的轉過身去背對她！真的踽踽往前行！這個人，這個人！……

「我恨你我恨你我恨你啦！」

哭著追上前去，直到他停下腳步，以那本書死命捶打他的背部，直到他再次轉過身來。拋下手中的書，雙手緊緊抱住了他：「親我你親我！讓我知道你一定會回來找我！」

這回，這回他順從地捧住她的肩背，承諾履約的章戳熱切印滿她的臉……她以為奔騰的是自己的淚，卻恍然驚覺雨點般落下的不只他的吻……

撿回來的《泰戈爾情詩選》，輾轉難以成眠的深夜，遊魂般悄無聲息出寢室過長廊，把書藏匿胸懷間一路向盥洗室，然後躲入浴間，這本書到底掩埋著甚麼祕密，會讓怪老闆冒險塞給她？

盥洗室天花板上蒼白的日光燈映照浴間內成暗灰色，一翻開書頁就看見「林素淨」占滿了空白處，B的筆跡，幾乎每一頁。頓時明白，怪老闆怕書落到警察手中會追查到她？……原來，怪老闆如此心細，那搶下B的帆布袋再塞書給她的驚險還在眼前噗噗心悸，肅殺慌亂間他只顧搶救她和B……

「林素淨」以外，B在摺起的幾頁書扉，他以紅筆圈了：

「可能」問「不可能」說：

「何處是你的居所？」

「在無能者的夢裡。」「不可能」答道。

一種悲傷的聲音營巢於多年的廢墟間，

在夜裡，那聲音向我唱著：「我愛過你。」

「海啊，你在說甚麼？」

「是永恆的疑問。」

「天啊，你要回答我甚麼？」

「是永恆的沉默。」

我們如海鷗之與波濤相遇似的，遇見了，走近了。海鷗飛去，波濤滾滾地流開，我們也分別了……

慌忙闔上書扉，不知何時滑落的淚水還是濡濕了他以紅筆在空白處註解的「其實尚未相遇，便注定今生分離，命運如此，不要開始就不會結束」成模糊——怪老闆在鐵證B多麼深愛她？或者，B在哀悼根本不能愛她？……

那晚，校門外的擁吻，到底，他在保證？……在訣別？……逡巡於泰戈爾的詩句她越來越不能確認，隨著不能確認越來越焦躁，一位遠在印度的詩人已然解釋了B不能吐露的內心？

隨著時間逼近美麗島預定舉辦活動的日期，那老是襲擊而來的急遽心跳，讓她無法安定於活動結束後他可能如約前來找她的等待，意念反反覆覆交錯於一切會平和落幕嗎？吧！的疑問句和肯定句……

九號當天，電視突然以快報的方式不斷插播政府宣布從十日開始在高雄舉行「春元七號冬防演習」，由於宵禁，為避免妨礙交通與社會秩序，從十日開始禁止任何示威遊行活動。

這麼湊巧？就在美麗島雜誌社舉辦活動的明天。就算對政治再無知，冬防演習不就年年在春節前後舉行，怎會一下子提前兩個月而且只在高雄？

聞嗅到肅殺的恐懼逼使她再次離開校園，冀望怪老闆被釋放了，書報攤繼續開張，而B呢？照舊倚在柱子旁看書——騎樓下空空蕩蕩，似乎從來也不曾存在過書報攤、怪老闆和B。

拚死也要攔阻他參加明天美麗島的集會活動啊！可是，她哪裡尋回一個邱生存？

或許前來尋找書報攤的不只她一個人，和書報攤面對面的那間文具行的老闆娘，就在裡頭主動喊說沒有書報攤了，以後別再來找了。

她走入文具行，只知道B和怪老闆住在一起，好後悔從來也沒問起怪老闆家在哪——老闆娘認出她就是常來書報攤的那個女大學生，大嗓門突然變成慌促耳語。妳莫擱來了，胡仔被移送軍事法庭，會判幾年無人敢臆。她說。干單知影伊佮彼個少年仔住佇鼓山一帶。她說。妳要找彼個少年仔？無無無，伊無擱倒轉來過，妳會當去雜誌社的服務處找看嘜。她說。哦！就在中山路佮大同路的路口，妳去問人就知了啊！她說。

徘徊於公車站路線牌下，她反而心念不定了，搭往新興區？如果明日開始冬防演習，活動可能就被政府攔阻了下來，現在風疾火急趕去找他顯得多事又多餘，也毀壞了兩人十二月十日之後再相見的約定……搭回學校？怪老闆一肩扛下的身影固著在心頭驚駭著她，那些黨外人士若都如此野悍，活動是否會不顧政府的攔阻照常舉行？……

捱到隔日，終究撐不住千萬蟲蟻咬嚙的感覺，決定再一次離開學校，下定決心闖去美麗島雜誌社的服務處打聽一下，B是否就在那裡？活動取消了嗎？顧不了他會不會像上次她不肯參加遊行而發了一場脾氣。

鄭家安卻來了。

最近每個晚上自己都故意離開宿舍讓他無法外找，他居然請同學進教室叫她，人呢？就直接站在國文系樓下等待。

今天更無心理他，直截了當說，下堂課結束她要去美麗島雜誌社服務處。

「妳千萬別去！那個服務處根本是豺狼虎豹聚集的窩，聽說昨晚還在鼓山和警察發生衝突，有幾個人被抓了起來……」

「鼓山！你知道誰被抓嗎？」

「我不知道啊！我是昨晚去家教，經過報社瞄到貼出來的快報，宿舍幾個膽大包天的也整晚講來講去，說黨外人士和民眾聚集在鼓山分局外靜坐抗議，要求放人，還有懲處打人的警察——目無王法，那些黨外人士和他們的支持者簡直無法無天……」

「你回去上課了，我不回教室了。」

「妳要翹課？」

「我要去找B，我不放心他。」

「……我陪妳去找他。」

B說她不認同黨外的政治理念，鄭家安根本無法用「不認同」來形容，他徹頭徹尾反對黨外造成國家社會的動盪。

「你何苦？」

「妳在意的我都願意在意——那天圖書館外面的事，我後來很後悔，不知道妳會那麼在意……」

她還是不想讓他陪去找B，這時全校性廣播響起，居然是配合「春元七號冬防演習」全校停課，並呼籲同學們沒事留在校內盡量別外出——危險迫在眉睫了嗎為何讓人凜冽意識到所謂的風聲鶴唳？

她急著出校門，實在沒心情也沒力氣驅趕緊追在她身旁的鄭家安。誰知一到校門口，警衛室的伯伯就告知全市交通管制，多條重要路線公車已停駛，她猛然大山崩為土石流斷了去路的不知所措。

幸好鄭家安完全不同於上回圖書館外的游移不決，當機立斷說他回車棚去牽腳踏車：「我載妳去！」

他是土石亂流中的通行？就由著他載她衝向她的焦慮和牽掛了。

沿路，看見學生提早放學的快樂綻放在臉龐；商家拉下鐵門停止營業的景象則濃郁著緊張。

鄭家安飛快踩著車輪，一邊安撫她說從五福二路接中山路後很快就可以到大同路……

在五福二路和中山路的十字路口腳踏車就被憲兵攔了下來，她放眼一看，整個路口佈滿身荷槍彈的憲警，最怵目驚心的是宛如大怪獸的鎮暴車，難以想像人身肉軀如何抵擋衝撞甚至輾壓……。

除了軍用卡車不斷呼嘯而入，其餘人車不得通行，被攔阻在外的民眾議論紛紛，她側耳傾聽。幹！封路咧，戰車咧，擽機關槍咧，是要相戰了咻？這個人說。我已經踅透透了，中華路、中正路攏封起來了，車無才調過就是無才調過。那個人說。我拄拄仔開澄清路，經過棒球場，還看到保五總隊擽盾牌憲兵開戰車入去棒球場集合，實在真恐怖。另外一個人說。驚啥潲，最近黨外的活動，國民黨動不動就是用戰車機關槍踮邊仔青恷恷！有人接話。是啊是啊！驚啥潲，我台北挑工拚落來的，本來拍算無愛來參加了，聽著昨晚警察仔佇鼓山掠人拍人，恁父就擋艙調了，我一定會想辦法撞去現場啦！有人慷慨激昂。對啦對啦！國民黨愈獨裁愈鴨霸，咱台灣人愈愛拚！有人附和——紛紛亂亂成驚心動魄的交響曲……

鄭家安硬是將她的魂魄拉回來：「素淨！素淨！」

「啊？」

「我先把腳踏車放在大統外面，我們再走小路過去……」

「走路？」

「妳沒聽那些人說的，等於五福路、中山路、中華路、中正路全封路了，大同路的美麗島雜誌社被包圍在裡面，繞小路應該也可以到，只是走路會比較久。」

圍城?!

「請君入甕」、「甕中捉鱉」的故事瞬間寒流般自頭腦湧出冰封全身，思維也跟著凝凍似的，就任由鄭家安牽引著她，在無法辨識無法記憶的巷弄間穿梭再穿梭，魂魄早飛向美麗島雜誌社，她要見B！她要確認他平安沒事！她拚死也要拉他離開是非之地別再衝鋒陷陣！

軀體卻捱捱延延摸索在曲曲折折的巷弄間，把夕陽都走丟了，冬天的暮靄早早運來夜色圍幕遮攔前頭，鄭家安還因而帶錯路，兩人似乎繞路又繞路，打轉又打轉⋯⋯。

好不容易終於走到了大同路，沒有戴錶好像連時間都昏瞶了，但是美麗島雜誌社前面的安全島已拉起拒馬、鐵絲網，還有頭戴白盔身穿防護衣手持盾牌的警察嚴密戒備著，根本不可能靠近。

鄭家安說：「到處都是警察守著，服務處不能進去，而且看起來裡面好像也沒甚麼人，我還聽說活動是要在扶輪公園舉行⋯⋯」

「你怎麼到現在才說！」

「妳是說妳要來服務處找『那個人』⋯⋯」

緊急時刻哪還有心情跟他爭論，就自顧往扶輪公園的方向跑了。

鄭家安後頭忙喊小心跌倒，急奔到她身旁緊握住她的手，一起往前疾行。

越接近公園人群越多，憲警、拒馬、鐵絲網、鎮暴車密布，但是人群似乎不是往公園內攏聚而是往外奔跑，她才發覺不太對勁，就聽到有人邊跑邊高聲大喊：「毋是這啦毋是這啦！換去圓環仔那爿了！」「趕緊來去趕緊來去！聽講物起來了！」

誰跟誰衝突起來啦？正要往圓環的方向奔去，鄭家安卻一把拉住了她，訝異回眸，又見到他那天圖書館外的神情。

「怎？」

「我看，我們還是不要過去的好……我怕，那些黨外的還有他們的支持者會製造衝突……」

「你在胡說八道甚麼！像B那樣的人會製造衝突？他們只是太執著於自己的理想……」

也不用再說了！反正他對黨外人士的惡劣印象全都來自媒體，憎惡他此時此刻又原形畢露，恨恨甩開他的手兀自往前奔，鄭家安再度迅速追上來……。

圓環附近就寸步難行了，她從來沒看過會有這麼多人同一時間塞在同一個空間，她和鄭家安必須手緊牽著手才能任人潮將他倆一下子沖向東、一下子沖向西而不各自漂流，她的恐懼也隨著人群浪潮越來越高漲，難道自己錯亂了，圓環一帶明明是四通八達的交通要道啊！怎現在變成一個小魚缸卻湧入大海魚群？

抬頭奢望天橋是否有擠沙丁魚的空隙，卻見天橋上彷彿重重波浪打上去層層交疊的魚群……。

在鎮暴車隊慘白而刺眼的強光照射下，她再怎麼六神無主也逐漸看清楚，憲兵、警察、鎮暴車圍成了一個銅牆鐵壁的桶箍，形成了內外分野，外面的群眾無法進入，裡頭的群眾也出不來。

突然不知從哪飄來嗆鼻的瓦斯味，她忍不住咳嗽，群眾也一陣騷動，有人往後閃避有人咳嗽不止，混亂中，只聽得有高亢而威嚴的下令聲，憲、警整個動起來了，齊聲「荷！荷！荷！」持著盾牌往前推進似乎企圖縮小包圍圈。

她渾身神經在這嚇人的聲勢、威勢中好像先迸裂開來，顧不得還會有甚麼可怕的氣體襲人，奮力要往前擠進去……似乎只有被擠出來的餘地……踮起腳尖妄想覷見包圍圈內是否有個B，這時恨不得自己真有丈二金剛……

又一陣騷動，似乎聽到憲、警包圍圈內傳出打起來了打起來了的叫喊聲，被擠在在最外圍人牆，亂哄哄一片吵雜中依稀傳來棍棒或金屬交錯聲？……看不見！看不見！除了人頭擠人頭身體貼身體的難以呼吸難以喘氣的濃濁滯悶甚麼也看不見！……到底誰打了誰？……

猛地一雙手緊緊箍住了她，將她整個往外拉，一回眸，這才想起還存在著一個鄭家安……

「妳不要再往前擠了！沒有用的沒有用的！妳擠不進去的……」

鄭家安的急勸聲終於一併迸斷了她的淚腺，她極力要掙脫他，放聲哭喊：「我不管！我沒有看見他，我只在乎他的安危……」

這回，他雙手鐵條一般綑綁了她：「場面失控了！我們走了！我也只在乎妳的安危……」他拉著她越來越遠離包圍圈外，任由她掙扎！任由她嚎啕！任由她向天無助叫喊……

計程車戛然停在風雨中。

「若像就是佇這。」運將說。

林素淨慌忙想透視車窗外，風雨迷濛中不遠處依稀有磚牆的輪廓，敞開的門扉卻雨遮眼簾望不見裡頭。

急欲下車，她把車資算給了運將，運將以同情的眼神看著她說：「查某倌仔，就算妳好運找著所在，這搭是荒郊野外交通無方便，妳拜過親人了後，是毋是相同要倒轉去車頭？萬不幸妳若找毋對所在……」

心頭一琢磨，拜託運將能不能等著載她回火車站，自己去探個究竟即刻返來，運將一口應承，還交代她注意安全。

連一把傘也沒帶，她脫下身上的風衣，往頭一遮就下車了。

風雨立即撲身根本抵禦不了，雙手快撐不住翻飛的風衣，她只能向門內直衝而入，見到靠近左側圍牆處有間平房，不假思索就奔向屋簷下躲避風雨了。

抖落風衣上的雨水，一邊抬眼望出去，房屋旁邊空地上矗立了幾座氣派的墳墓，看來是有錢人家的墓園，而守墓人顯然相當盡責，將墓園整理得整齊美觀毫無陰森之氣，兩排高大翠綠的柏樹還有木條支撐著，應該是為了防範莎拉颱風吧！

那守墓人呢？

圓因和尚要她來找這個人，到底為甚麼？她無法想像B會屬於這個墓園內任何一座華麗的墳墓。

回身覷向房屋紗門，這才瞥見靠近圍牆屋側有個髮色斑白的人蹲在烘爐前，背對著她正在點火種，但風夾著雨一陣陣斜打似乎起火不易。

是這個人嗎？

她開口叫喚道：「先生！請問一下……」

對方似乎沒聽見，一邊啞啞咳嗽，繼續專心擦著火柴，但微弱的火光才一閃即被風熄滅。

她提高了聲量：「先生！先生！請問一下！」

對方終於回過頭來，在雜亂無章的落腮鬍內埋藏著一張清癯的臉孔，一邊打量她，一邊慢慢站起身來。

她也往他挪移過去，開口又問：「請問你認識……」

一下子不能決定自己該提圓因和尚？還是邱生存？猶豫地看著眼前的老人家，他應該就是守墓人沒錯吧！

這才發覺，對方從發現她的存在後就沒再發出任何聲音，連咳嗽聲好像也遁回喉嚨去，只是靜靜地、靜靜地凝視著她，一種渾沌初開萬物闃寂的神態……那對眼眸，那對草食性動物般無辜的眼眸……猛然一陣強風襲來捲走她手上幾乎鬆落的風衣——不可能！任十年歲月如魔術箱也不可能自她眼前拉出一個孤寂的老人……

「你是……」

「……」

「B！」

「……」

反而被自己衝口而出的叫喚聲驚嚇……

整個人嚅囁了半晌，才畏怯擠出不敢置信：「B？」

「……怎麼來了……」

那聲音！戛戛如生鏽已久的鐵管，難道日常只與亡靈對話？可是……可是……「怎麼來了」急急如律令將時光飛快往後拉，直接回到了火車站前的書報攤，每當她又翹課來到，迎上前的就是那雙盛滿溫柔的丹鳳眼，以及那句似歡欣又壓抑的：怎麼來了……

這才發現自己也戛戛似裂帛：「怎麼來了？你好狠啊！十年了！十年了！就躲起來讓我找不到你……」

一哽咽，眼淚滾落，她立即以怨恨的力道拭去，告訴自己一定要瞪大眼睛看清楚這個人如何撕扯她十年心肺，撕心扯肺的痛楚他鐵定不懂，他才敢如此凌遲她——而她懂得了甚麼叫薄倖狠心！

「我沒有躲妳，素淨……」

「你不要叫我！這十年來你若想過這名字念過這名字呼喚過這名字，你又不是不知道我人就在學校啊！我一直在等你，你也承諾過活動一結束就會回來找我，你就任由我十年來牽掛你生死未卜……」

不哭的！明明告訴自己不哭的！……為何只聽得見B哆嗦的聲音像煞在刮落鐵管的鏽蝕，看不清楚由夢境幻化為真實的他：「美麗島大逮捕發生後，無論如何我就是不願意步上吾爸坐國民黨黑牢的後塵，所以選擇了逃——我不可能回家連累家人，更不可能去學校連累妳……」

「你騙人！施明德整形易容照常被抓到！政府真要抓你，你逃得掉嗎？」

「……這是另一個狼來了的故事，很多年之後我才想通……當時黨外人士的抗爭活動趨於頻繁，政府也老是派出鎮暴部隊一旁虎視眈眈但沒有採取任何行動，這讓黨外人士和支持者失去了警戒，以為政府真的害怕改革的民心民意……美麗島雜誌社那場衝突是政府精心設計的陷阱……」

「若不是我跟你跟怪老闆還有書報攤那些黨外支持者相處或接觸過，誰會不相信新聞指控你們是暴力分子的？何況，受傷的都是警察和憲兵……」

「隔天第一時間有哪家報紙敢報導這件事？由政府指導統一口徑後才開始顛倒是非大肆指控。我們被政府的武力像收攏布袋那般包圍在裡頭，事先沒有心理準備也沒有做防範動作，怎可能臨時生出棍棒器械攻擊憲警？那些黑衣人真的不知道從哪冒出來的，後來還有人說看到那些黑衣人衣領上配戴了國民黨徽章，可能是用來互相辨識的……」

「我固然不相信你們是暴力分子，可是現場那麼危急混亂，一切都是政府和國民黨栽贓嫁禍？恐怕也是不知真假吧！」

「妳在現場？」

「我去找你啊！」

「妳怎可以冒這麼大的險？」

「你不明白我願意為你冒任何險嗎？你卻從來只為自己的理念冒險，在現場陪我冒險的竟然是一個強烈排斥黨外的人！」

「……也許真相永遠石沉大海，不過政府製造了輿論風向，強化了大肆逮捕黨外人士和支持者的正當性，那是另一場二二八……」

「你胡說甚麼啊！有民眾死亡嗎？帶頭的黨外人士無一人被判死刑，你怎跟二二八相提並論？我要你交代這十年來為甚麼棄我於不顧，你扯東扯西掩飾自己的澆薄無情？我不是十年前那個任由你牽著鼻子的小女孩了！」

「……素淨，我從來沒有一絲一毫想要改變妳甚麼，我只想愛妳保護妳……雖然我根本無能愛妳保護妳……至少至少，我一直企圖保住妳可以擁有一個比較平順的、不受外力干擾的人生……」

他的聲音哽咽了，她淚眼中也見到了他的淚眼，心一酸，鼓脹的怨怒竟然就溶蝕了……

「平順又怎樣？人生又不是行屍走肉一場，十年前你就改變了我……」

「素淨……」

他上前，卻不敢做出任何安慰的動作，反而她難忍滾燙的情緒，一把捧住他的臉：「你好老，好瘦，這些年過得很不好吧！……跟我回到人間了，這墓園，怎會是你長久滯留的地方？……」

他一把握住她的手，再緩緩放掉，搖頭，她感受到了那冰冷的絕望：「我等同死人了，只不過多了一口氣，在這裡和死者相處，我才真正尋得了平靜……」

「人世還有我啊！我已經有力量幫助你回到現實社會……」

「現實社會對我還有甚麼意義？我在這裡一併哀悼台灣自由民主的亡魂——這些年來不論我在何處，還是關注著美麗島的受難人士，他們沒有任何人被判死刑沒錯，那是來自國內外給蔣經國的壓力，可是林義雄先生的家人被企圖滅門，陳文成博士直接橫屍台大，那是甚麼？威嚇帶頭者，造成寒蟬效應，表面上不像二二八直接屠殺，但是迂迴前進屠殺了台灣人追求自由和民主的決心以及熱情……」

「你的決心和熱情也被屠殺了嗎？你甚麼時候變成了失敗主義者？」

「我的人生本來就是一場失敗，本來以為可以為台灣奉獻自己殘餘的價值——還是失敗了……」

「我不許你說這種話！你才幾歲？把自己搞到狼狽不堪的地步！為甚麼選擇在屏東落腳，你心裡還是想著我的對不對？我來了，我為了你來了，你跟我走，離開這裡……」

「我是為了妳來屏東的沒錯，但不是妄想跟妳重逢甚至相聚，我在妳的生命中只是沒有預期的插曲……我相信十年變化很大，妳一定有自己的生活和人生了，妳沒有妳必須面對的現實嗎？也許我們曾經相濡以沫，現在相忘於江湖就是最好的結局……」

「既然毫無期待，為甚麼選擇來屏東？你給我一個理由啊！」

他再怎麼狼狽，那對牽引她魂夢的深情眼眸卻沒有磨損在歲月：「我對妳許過承諾，妳忘了？只要我活著，我會永遠在妳周遭——怎可能去干擾妳的生活和人生，屏東是妳的故鄉妳的家，守護在屏東小小一個角落，我的精神就守護了妳，我很阿Q，但這是我兌現承諾的可笑方式……」

她搖頭，一直搖頭，搖得淚水紛飛，同時聽見了自己淒厲叫喊出聲：「誰說屏東是我的家我的故鄉？」

「素淨！妳怎可以從根否定自己？」

「甚麼根？一個從來不認識自己的人有甚麼根？」以往連在他面前也不敢承認的另一個心理殘缺，不顧一切喊了出來：「我到現在還每天自問，我是誰？不是本省人不是外省人，不能肯定自己是中國人不能認同自己是台灣人，我是甚麼畸形怪亂的存在？一直以來像飄飄蕩蕩的鬼魂，因為你，我才開始認為我可能找得到生命的出口啊！」

「素淨！這是二二八造成的族群撕裂，這塊歷史妳必須自己去探索才能治癒這個傷口，我以前就對妳說過，我不會是妳的人生出口……」

「那你當初何必來撩撥我、衝擊我？你就讓我繼續恍恍惚惚、懵懵懂懂就好！你就這樣把我甩在半路——我恨你我恨你我這一生都恨你！」

她放聲嚎啕，拚盡一生力氣……。

待續

林素淨不知道自己如何回到屏東火車站的，彷彿嘔心泣血後只剩得魂魄癱瘓，隨著台鐵開來的是最末班車只到台南或嘉義就停駛的恐慌性謠言在火車站瀰漫開來，她透明人似的硬被雜沓的乘客推擠上了車廂。

除了感覺無法呼吸她甚至失去了感覺，不僅僅因為擠到只剩濃濁空氣在挪動的車廂——原來B從不曾打算再與她相見，他怎會墮入如此絕望的深淵？或者，她現在就身處絕望深淵而能同理他了？完全透澈，這真是他倆最後的一面了，即使她明日奮不顧一切重來墓園，恐怕他已預防性遠颺……。

臨別，他終於問了：「這些年，妳跟陪妳冒險的『那個人』在一起？」

「……」除了點頭，難道能夠否認？

「他對妳，可好？」

「極好……」可是，已然牽手一個男人依然癡尋另一個男人，難道自己就是荒謬的存在？

「那他就是妳對的人，我放心了……」

甚麼是永遠？原以為自己以今生今世來狂戀和等待這個男人，墓園相見，才驚覺自己三年前早套下了婚戒，短短數年就走到了永遠的「終點站」，她憑甚麼恨他？……他和那件忘了拾回的風衣，就永遠停留在「終點站」了……

直到搭上往嘉義經過後壁的客運班車，直到車子開不到五分鐘的路程就卡在車陣中動彈不得，她才開始有些回魂於現實世界。

望眼窗外，雨停了，看起來也沒甚麼風，只是天氣不好天色迅速昏暗中，也不知道現在正確時間，應是下班下課的尖峰時刻吧？車上就擠著好些穿制服的高中職學生。

顯然回來遲了，端木嬤嬤會不會又帶著小壞等候在門外？塞車不會耽誤她太久吧！有些擔心，又寬慰自己車子再等一下就開動了——驟然，B說的「我相信十年變化很大，妳一定有自己的生活和人生了，妳沒有妳必須面對的現實嗎？」就竄上了腦際……怪不得，他會斷然要她離開；她也會不假思索匆匆離開墓園，跳上等候的計程車就走……

等待，讓漫長更加漫長，加上不斷有乘客下車內急或透氣，她終於按捺不住問了身旁一個戴錶的學生，車子卡多久了？學生回以將近兩個鐘頭原地不動呢！她吃驚，也著急起來。

而下車的乘客有人衝上來嚷嚷道：「聽說高速公路後壁段橋墩被大水沖垮，所有的車輛全擠到省公路來了！」

啊！莎拉颱風造成這麼嚴重的災害？早上出門時還完全看不出來啊！

那人帶上來的震撼還在最後一句：「我還聽說整個後壁大淹水，比較低窪的地方淹到一樓高！」

學校地勢特別低呢！大水可以沖垮後壁段橋墩，那老舊的教師宿舍呢？五臟六腑著火已不足以形容焦急的程度，小壞現在是否平安？還有執意下班後開車返來的家安有沒有碰到斷橋？

客運車陷在車陣中根本無法預料何時才能啟動，她心裡磨蹭著索性下車一路走回學校？又游移於風雨過後的省公路暗夜裡成了沒有盡頭的大停車場，獨自行走會有更難以預料的凶險？

躊躇在下車與不下車之間，車上一直播放著流行歌曲的電台開始整點新聞報導，頭條新聞證實了高速公路後壁段斷橋，接下來「正在競選連任的高雄縣縣長余陳月瑛的公公也就是前縣長余登發，今天被發現陳屍在仁武鄉八卦寮家中二樓臥室，死因不明，現正由警方深入調查中」倏地凌空利刺那般直接刺入耳膜。

當年的橋頭事件一下子翻滾在腦海，對於余登發出錢出力支持黨外勢力反抗國民黨，B對他推崇如神明。這十年來，她焦心到也妄想從政治的風雨肅殺中追尋B的蛛絲馬跡，逐漸弄清楚這個政治人物雖然反國民黨力挺黨外，但是從頭到尾主張兩岸統一不曾改變，這不是太錯亂了？他和國民黨終極目標完全一致卻互不相容，而黨外人士亟欲台灣獨立建國啊！怎會惺惺相惜？錯亂程度一如從小認定自己是外省人、中國人，直到眷村同學接連「喝」叱清醒了她，她才發現不認識腳下這塊土地甚至不認識自己……

她衝到司機座位旁，把車票交給他：「我要下車！」

「喂喂！查某囡仔妳要去佗？妳按呢危險啦！……」

她已逕行下車，穿梭在大大小小、形形色色的車輛構築成奇特的暗夜荒野迷陣中。

小心避走在最路邊的木麻黃樹下，回想十年前和B如絲牽扯的那段惘然，當時儘管徬徨加上抗拒，B的確啟蒙了她，牽引著她四顧自己從來也不知道的台灣……而今，B已成斷橋，余登發的死亡訊息讓她迅速作出下車的抉擇，在台灣她不認識台灣，在自己身上她不認識自己，她無法假裝沒事一天過一天，當有一天死亡來臨，總結自己這一生只是一筆既荒謬又錯亂的糊塗爛帳，那會比死亡更讓她無法面對……。

她繼續往前邁進，一棵接著一棵的木麻黃，一邊是喧囂卻熄火靜止的現代車陣；另一邊是無聲卻風吹草影的原味田野，抬眼望向黝暗如隧道的遠方，她依稀望見了那個四、五歲小女孩的身影，木麻黃的盡頭是終於回到家？或是另一次的迷路？但她以從不曾有過的決絕步履往前行走。

在眾多的噩夢中，那個從高中伊始就不斷重複出現在暗夜的夢境，她被困在歐式小別墅的屋內，煙囪所冒的煙徐徐灌入屋內窒息她；屋外的她看著自己逐漸死亡卻束手無策。原本一直在解析，那到底是預演著甚麼危機，此刻，她知道答案了，但她絕不讓自己窒息在台灣。

B說得沒錯，她有她的現實人生。此刻，她也同時未曾有過的柔情想著家安，他從不是她會想共度一生的人，那麼安處於任何環境從不生疑義，他這樣的人生態度，居然很違反本性地為她兩次冒險，成長路上絕少有人對她好甚至以她為思考和行動的中心，那是鐫鏤在靈魂的感動，促使她也做出很違反本意的回饋。

想起了十年前他牽著她的手九轉十八彎在昏黑巷弄，一路抵達美麗島事發現場，那就讓她心底雖然放著B，也就甘心跟著他平安平淡相守。

想起了三年前他瞞著她獨自前往萬丹，企圖說服連機讓他家來提親而遭到追殺，終於促成她不再找任何理由推託，毅然決然辦了一場沒有娘家沒有親人的婚禮。

而他最大的冒險就是一直鍥而不捨於她吧？

如果，她告訴他，在台灣她找不到自己，她要離開台灣去尋覓自己，思考邏輯一向簡單的他有辦法接受嗎？但她的抉擇已定，至於，跟她走？離開她？的答案不是也不會由她抉擇。

她繼續行走在荒野大塞車的荒謬背景，在一九八九年九月十三日莎拉颱風過境南台灣的夜晚……。

留住一段歷史印記（後記）

英國學者波普對歷史下了一段這樣的註解：「人類的具體歷史，如果有的話，那一定是所有人的歷史，也必然是一切人類的希望、鬥爭和受難的歷史」，但我們長久以來的歷史教育都是在傳誦關於「偉大」，不論是毀滅者或創立者；殺戮者或救贖者，只要影響夠深遠。但是真正被影響的市井小民只能無聲無息湮滅在歷史洪流中？

台灣是個移民社會，唐山過台灣，或者因為求生主動跨海；或者因為戰亂被迫遷徙。移民已是一頁滄桑史，終戰後不久又發生撕裂族群為外省人、本省人的二二八事件，史學家、傳記家大多著眼於此，疏忽了還有夾在外省人、本省人之間的一群「邊緣人」。

剪雲一直是個安安靜靜以自己的步伐不斷前進的筆耕者，企圖留住一段歷史印記，無關轟轟烈烈的英雄傳奇；不涉豐功偉業的名人傳記，而是在歷史洪流中市井小民一步一顛躓的人生，亟欲呈現一個時代的真實面目。

二部曲《逆》承接了首部曲《忤》，剪雲以第三人稱單一觀點透視林素淨複雜的內心世界，意在重建二二八事件之後台灣的社會氛圍，林素淨從小被生母凌虐，其實是隱喻台灣和中國的關係，她想要違逆，一心一意逃離那樣的環境，其實就是想逃離大中國主義的掌控，但是，出生背景及所受的教育又讓她無法融入真正養育她成人的台灣這塊土地，於是逐漸形塑了既非中國人也不是台灣人的「邊緣人性格」，認同問題其實是終戰後出生的第二代非常嚴肅甚至嚴重的課題，所以才會被稱為「失根的一代」。

林素淨孜孜矻矻透過勤奮努力極力往上爬，這是終戰後第二代很普遍的社會性格，第一代貧窮的父母貧窮的家庭，讓他們想要逃離貧窮世襲的宿命，加上二二八陰影父母教導孩子「閉嘴」哲學，如何安身立命從底層階級爬上中產階級，是當時唯一奮鬥的目標，林素淨不過是象徵性人物。

鄭家安和邱生存在小說中是相當反襯的兩個角色，代表當時社會上兩股相互拉扯的力量，一派只要生活安定無虞，政治的事交給政府處理即可；一派風起雲湧要從爭取人民自由呼吸不再被恐懼掌控的人生。

西元一九四七年二二八事件到一九七九美麗島事件剛好相隔一個世代，戰後嬰兒潮已長為社會中堅，執政當局以白色恐怖統治特意抹去歷史痕跡下，人人心中有個小警總，以致新世代沒有二二八血腥鎮壓的記憶，卻在歷史傷痕的寒蟬效應中成長，莫名所以而苦悶而違逆而反抗，一個世代的英雄就此崛起。

剪雲無意探討「時勢造英雄或英雄造時勢」，英雄不是我的主角，美麗島世代英雄們自有青史為諸人立傳，我著墨的是讓英雄崛起的眾多墊腳石，這些默默無聞的墊腳石讓英雄們嶄露頭角，讓世人看見了他們如何為台灣的自由、民主和人權奮戰。

這是一場失敗的戰役，英雄們一個個成了階下囚，那墊腳石們的下場呢？

中國作家古華在《芙蓉鎮》中寫道：「歷史是嚴峻的，歷史並不是個任人打扮的小姑娘」，看了一開始想笑後來想哭。台灣歷史就是任人打扮的小姑娘，執政當局掌控教育進行洗腦，掌控媒體主導輿論，再加上海峽兩岸長期的隔絕和對峙，上一代的離亂演變為下一代的失根，美麗島世代許多人失去了「身分證」，不知道自己是誰，存在認同問題，不認識腳下賴以生存的台灣，覺醒的或走上街頭；半懵懂的或離開台灣自我追尋；沉默的或囚困於暗黑心牢繼續扮演沉默大眾，只能等待下一個世代破繭而出。剪雲要記錄的，就是關於這個世代的失根印記。

作品既然完成了，身為作者實在也不宜跳出來再做過多的詮釋，一切是非成敗留予讀者批閱評價。俄國哲學家也是作家的車爾尼雪夫斯基說過：「歷史不是涅瓦大街的人行道，它完全是在田野中前進的，有時穿過塵埃，有時穿過泥濘，有時橫渡沼澤，有時行經叢林」，剪雲勉勵自己以無畏的步伐穿過艱險，藉小說補白歷史空缺的一小角，關於市井的聲音小民的背影。

林剪雲　於二〇二〇年六月

九　歌　文　庫　1　3　3　4

逆：叛之三部曲二部曲

國家圖書館出版品預行編目（CIP）資料

逆：叛之三部曲二部曲 / 林剪雲著 . -- 初版 . --
臺北市：九歌 , 2020.08
面；　公分 . --（九歌文庫 ; 1334）
ISBN 978-986-450-304-9(平裝)

863.57　　　　109009631

作　　者——林剪雲
責任編輯——鍾欣純
創 辦 人——蔡文甫
發 行 人——蔡澤玉
出　　版——九歌出版社有限公司
臺北市八德路 3 段 12 巷 57 弄 40 號
電話 / 02-25776564・傳真 / 02-25789205
郵政劃撥 / 0112295-1

九歌文學網　www.chiuko.com.tw

印　　刷——晨捷印製股份有限公司
法律顧問——龍躍天律師 ・ 蕭雄淋律師 ・ 董安丹律師
初　　版——2020 年 8 月
定　　價——420 元
書　　號——F1334
I S B N——978-986-450-304-9

長篇小說專題資料庫
長篇小說 創作發表專案
NCAF 國|藝|會　PEGATRON 和碩聯合科技股份有限公司